Aden

Aden Seliani est entré par effraction dans la mémoire d'un cerveau informatique. Il n'en sortira qu'au prix d'un voyage vers lui-même, longtemps différé. Entre Paris, où il vit, New York et la banlieue de son enfance, Villeneuve-Saint-Georges, trois jours et trois nuits d'allers et retours urbains anarchiques, qui sont aussi un déplacement entre l'histoire de l'Europe contemporaine et sa propre histoire de fils d'immigrés, pleines du bruit des guerres, dans le nuage atomique du siècle. Il marche, il prend des métros, des trains de banlieue, croise des êtres aussi divisés que lui, prisonniers des frontières intérieures et orphelins de la mémoire : Iana, sa mère mourante, et son mari Otar ; Owen l'Américain ; Kerin l'Irlandaise ; Li Song et son père ; et le professeur du collège qui rôde dans la gare...

Mais il n'y a d'autre ailleurs à espérer que nous-mêmes. A travers le roman de Aden Seliani, cet homme « qui a atrocement mal et oublie chaque jour de s'en souvenir », Anne-Marie Garat nous donne un livre d'une pénétration et d'une force singulières sur la condition contemporaine. Comment, cahoté par l'histoire, privé un peu plus chaque jour de repères et de véritable langage, s'adopter soi-même pour pouvoir à nouveau partager ?

Anne-Marie Garat vit et travaille à Paris. Enseigne cinéma et photographie. Aden, *son sixième roman, a obtenu le prix Femina 1992.*

Du même auteur

AUX ÉDITIONS FLAMMARION

L'Homme de Blaye
1984

Voie non classée
1985

L'Insomniaque
1987

Le Monarque égaré
1989
Le Livre de poche, 1990

Chambre noire
1990

Anne-Marie Garat

Aden

roman

Éditions du Seuil

TEXTE INTÉGRAL

EN COUVERTURE : photo Guignard

ISBN 2-02-021538-1
(ISBN 2-02-013184-6, 1re publication)

Une ville au loin ressemble au futur. À un souvenir de peur enfantine arrêtée dans le cri. Elle est une configuration voisine du nuage, aussi instable et confuse qu'un rêve de catastrophe, aussi hostile et désolée. Dans la masse brumeuse du petit matin, on ne voyait que toits concassés, scintillement de ruines en flaques froides d'où émergeaient par places monuments et dômes isolés, frange irréelle effondrée à l'horizon entre le ciel métallique et le floconneux tissu de grisaille, de même que, sous le souffle qui suit l'explosion, s'élève le silencieux nuage des décombres. C'était Paris.

Aden se sentait fatigué par la nuit blanche du voyage, plutôt malcommode ; et la bouche amère. Il rentrait deux jours avant la date prévue, mais cela ne le consolait de rien. Le chauffeur du taxi avait dû repérer les symptômes d'un œil professionnel, il se taisait prudemment. Il roulait vite sur l'autoroute déserte du samedi matin. Aden fit un effort de toute sa face pour défroisser l'espèce de masque en plâtre, écarquilla les yeux, étira sa bouche et découvrit ses dents, mais il ne retrouvait pas la sensation d'un vrai visage, ni celle de son corps, endolori et raide. On s'arrache mal au suspens du voyage, à la parenthèse de temps et d'espace où rien n'a lieu que de bénin, entre deux plateaux de repas et un film insipide. Ni sommeil ni veille, une vague anesthésie qui laisse, à l'atterrissage, le goût de la nausée. Le chauffeur jeta un coup d'œil dans son rétroviseur intérieur. Aussitôt, Aden transforma sa grimace en bâillement et ferma les yeux, laissa monter les larmes. Il lui fallait très vite retrouver l'état d'alerte, la vigilance pour affronter le paysage prochain, dans lequel il entrait. Déjà, ils roulaient entre des murs d'immeubles, avenue d'Italie, dans un décor ingrat, mélange de tours neuves ou presque, de bâtiments plus anciens, le XIXe siècle finissant revu et corrigé par les restaurations hasardeuses, les bricolages modernes, flanqués d'affiches publicitaires pendues trop haut sur les façades aveugles au-dessus des chantiers. Toyota et Peugeot rivalisaient d'un bord à l'autre et les petits enfants du monde de Benetton faisaient du racolage en couleur. Aden retrouvait la pierre grise de Paris et ses balcons de fer forgé qu'aucune ville n'imite, les bâches d'un marché en plein air, les camions de livraison garés en épi sur la chaussée, et plus loin, les premiers passants du matin, défigurés par le déplacement derrière les vitres du taxi, comme dans un filé trop rapide de cinéma amateur ; pourtant il avait le temps d'éprouver pour eux une sorte de solidarité navrée, le regret pour chacun qu'il fût déjà perdu, et comme mort. Il pensa : c'est la fatigue du voyage. J'ai bien le droit d'être fatigué, les nerfs à cran, l'âme sensible.

Trois semaines plus tôt, il lui semblait hier, il filait en sens inverse vers Orly embarquer pour New York. Une mission de trois semaines, estimation large pour des programmeurs de haut niveau. Kim, le petit Coréen, Owen et lui avaient travaillé vite, ils avaient achevé le logiciel hier matin. Aden avait bouclé sa valise et sauté dans le premier avion, en changeant son billet au dernier moment : à cette saison, les vols affichent rarement complet. Si bien qu'il rentrait à Paris avec un temps d'avance dont il ne savait ce qu'il allait faire encore, mais la colère froide au ventre et l'envie de provoquer l'adversaire embusqué. Rien n'a vraiment changé. Un peu plus frileux, en ce jour de novembre, c'est l'automne. Là-bas, c'était encore comme un prolongement de l'été indien, la lumière blonde et bleue, ces derniers jours, réverbérée, émiettée par les tours de verre et l'acier. Les arbres du jardin des Plantes qu'il avait quittés dans les jaunes viraient au roux. C'était toute la différence, ce raccourci de saison entre deux vols. Entre-temps aussi, un peu plus de guerre, la lente implosion de l'Est, jour après jour, et des noms inconnus, surgis d'archives à la Une des journaux télévisés, ou dans le *New York Times,* peuples tchétchène, ossète, tchouvache, Vukovar après Vilnius, et aussi, trois ans plus tard, ce désordre chronique apparemment corrigé, apparemment contrôlé depuis la rupture, mais que la séparation ne guérit pas, ne règle pas. Il a suffi d'un échange téléphonique pour tout raviver en quelques minutes. Kerin demande le divorce, elle s'avise de « normaliser », comme elle dit. Qu'est-ce qui lui prend ? Elle a appelé Aden à son hôtel pour lui annoncer sa décision. Elle avait l'air de ne pas pouvoir attendre quelques jours de plus, quelques semaines, son retour, mais Kerin est quelqu'un qui n'attend pas. S'il lui laisse toujours un numéro chaque fois qu'il part en déplacement, c'est à cause de l'enfant. Par peur superstitieuse de ce qui arrive dans la vie et que l'éloignement rend insupportable. Elle appelait de chez ses parents, à Galway. Elle parlait vite et bas, comme si quelqu'un pas loin pouvait entendre. Elle a utilisé le français, avec ses mots approximatifs et rudes, d'une terrible précision technique. Il faisait nuit. Aden a dit : est-ce que tu sais l'heure qu'il est, *ici ?* Elle a dit : ça m'est égal, ne détourne pas la conversation. Si tu n'es pas d'accord, tant pis pour toi, c'est la guerre. Les grands mots, a dit Aden. Et Paul ? a-t-il demandé. Il est à la pêche avec mon père, a dit Kerin, tu y vois un inconvénient ? Non, a dit Aden, non, moi aussi je suis allé à la pêche. Elle a raccroché. Pourtant c'était vrai. D'une certaine manière il était allé à la pêche, avec Owen, le week-end dernier, dans Long Island.

Aden ne s'attendait pas à cette nouvelle. Depuis trois ans de séparation, ils avaient observé ensemble le statu quo. Et même ménagé des occasions de rencontres pacifiques, quelques séjours en Irlande pour que le père passe des vacances avec son fils, pendant lesquels Kerin, tout en dictant les arrangements, suspendait les hostilités, composait avec diplomatie. Il pensa qu'il ne lui restait plus qu'à prendre des renseignements, à consulter un avocat. Peut-être à négocier, mais si Kerin annonce la guerre, elle ne fera pas de quartier, c'est une fichue tête de mule. Et tout cela tombe mal, comme s'il ne savait pas à quoi occuper son temps. Il se demanda brusquement de quoi allait être rempli ce temps du retour.

Il glissa très vite hors de cette pensée désagréable, jeta un bras en travers du siège et serra le poing pour se réveiller tout à fait, exiger de son corps endolori qu'il soit prêt à riposter dès la première menace. Juste à ce moment, le chauffeur du taxi, tout en faisant une embardée pour doubler un bus de ville lent à démarrer, risqua un coup d'œil dans son rétroviseur.

— Il fait pas beau, et vous allez voir que ça ne s'arrangera pas de sitôt.

Je ne lui ai rien fait, protesta Aden effrayé de l'attaque. Il chercha la parade, ramena son bras en guise de défense. Qu'il me laisse tranquille. Dans l'état de faiblesse où il se trouvait, n'importe quelle diversion ferait l'affaire, les scores du PSG, les inconvénients des grèves d'infirmières, ou la météo. Les chauffeurs de taxi se croient psychologues parce qu'ils voient défiler du monde sur leurs divans. Aden ignora la provocation, pour ne pas se déconsidérer tout à fait. L'homme n'insista pas. Il traversait la place de la Bastille à vive allure, s'engouffrait dans la rue de la Roquette, déserte à cette heure matinale. En entrant dans la rue tortueuse, Aden crut que les murs se refermaient sur lui, obstruaient le passage de leurs façades grises soudain dangereusement inclinées, retrouva la sensation d'étouffement. N'abandonne pas, Aden, en avant !

Il faudrait dormir un peu, avoir la tête claire, et la froide raison mécanicienne qui agence les plans, non ce sommeil qui plombe les paupières, et le plâtre de la peau grise. Désarmé, si faible, faible tout d'un coup. Et il imagina que l'Agence était dans Paris la seule bâtisse encore debout parmi les ruines du lendemain, seule à se dresser encore intacte, tel un bunker. Il chassa l'hallucination, substitua à cette image celle de l'immeuble du Trocadéro qui abritait les bureaux de l'Agence où il travaillait depuis dix ans, la noble et rassurante construction en pierre de taille aux baies vitrées donnant sur les jardins en pente, en face de la Cinémathèque, et sur les ponts de la Seine, Iéna, Bir-Hakeim. Deux étages moquettés, couloirs feutrés où tout se chuchote derrière les portes et le double vitrage teinté. La nuit surtout, l'Agence ressemble à un bateau, isolée du monde extérieur par l'insonorisation, avec la soufflerie douce des computers sous tension, leur lumière bleutée qui veille, ce chuintement continu qui ressemble à une soie froissée au fond de l'oreille ; longtemps après avoir quitté les lieux les tympans en gardent le souvenir, sous les bruits de la rue et jusque dans le sommeil, dans les apartés de silence. Il pensait quelquefois que ce chuintement était celui de son propre cerveau. Il aimait le diapason discret des mémoires informatiques en vibration constante, et son travail sous la lumière des halogènes, le confort de son travail devant les consoles de l'ASI, Agence de services informatiques, discrète raison sociale affichée sur la plaque du hall de l'immeuble et à l'étage, près de la porte blindée sous surveillance électronique. Une entreprise indépendante par statut, mais rattachée par ses recherches et ses services à des intérêts commerciaux et des organismes d'État, et par ailleurs, par ailleurs évidemment, aux groupes internationaux d'informatique en pleine expansion. Trente employés savamment hiérarchisés en vue de la meilleure rentabilité. Aden est au sommet de la pyramide. En dix ans, par promotions successives, auxiliaire indispensable de Lewert, le directeur, il est devenu le meilleur analyste-programmeur de la maison, la matière grise de l'ASI. Il décide de ses heures de travail, de son agenda, il possède en propre le code d'ouverture de tout le parc d'installation, privilège réservé à quelques-uns seulement. Il a acquis le profil « développeur », celui qui intervient dans la création ou la transformation de logiciels spécialisés. Depuis deux ans, l'Agence l'envoie en mission à l'étranger, Genève, Helsinki, en « opérateur système », il a eu à travailler sur des terminaux en réseau avec des ordinateurs Cray II, ces énormes stations informatiques, réfrigérées à l'azote liquide dans des lieux plus protégés que des places fortes. À New York, c'était la troisième mission de ce genre. Trois semaines. Il rentre. Il a rempli son contrat. Il va de soi qu'il l'a rempli. Évidemment. Entre-temps, il a surtout compris, entrevu quelque chose qui lui indique qu'il commence à comprendre, et cela est devenu, du détail au tout, de l'indice au signe et au code, une conscience glacée, une banquise énorme prise dans sa pensée et plus gelée d'azote liquide que tous les Cray II du monde.

Samedi matin, pensa-t-il. Passer à la maison, poser les bagages. Une douche. Et direction l'Agence, sans délai. Vérifier dans les dossiers comptables la trace tangible de l'hypothèse. Attention, Lewert, j'arrive. Je viens de me réveiller dans la glace d'un cerveau en cristaux liquides.

À ce moment, il aperçut, par la vitre du taxi, très haut, un petit nuage isolé, motte de coton guillerette sur l'uniformité grise du ciel.

— Ça va se lever, lança-t-il, menaçant.

Mais sa riposte venait trop tard, elle ne rencontra que l'indifférence maussade du chauffeur perdu dans le dédale des petites rues, un labyrinthe de sens uniques qui mobilisait toute son attention. La ville n'avait rien du futur et des rêves de catastrophes, c'était le quartier de Ménilmontant, un samedi d'automne, début novembre pluvieux.

Aden eut du mal à s'extraire du taxi, assommé par le trajet et le dernier slalom dans les petites rues. Il paya la course, se retrouva seul sur le trottoir devant son immeuble.

Sur le seuil de l'appartement, il eut presque peur, il ne sentit plus rien. Lâchement, il fit appel à une brève fiction de clefs perdues, pour donner forme, mais ce n'était pas ce genre de peur. Il attendit sur place, sans bouger, sans respirer, debout sur le paillasson. Si quelqu'un descend. Mais personne ne parut dans l'escalier. Il eut le temps de faire mentalement le pas. *Le pas en avant*, comme dit Otar avec son inébranlable foi dans l'avenir. En avant.

Tout de suite après, il se réveilla à l'intérieur, la porte refermée dans le silence, ou presque. Juste le bruit d'une chasse d'eau, d'une douche qui tombe en trombe dans les canalisations communes de la cuisine. Trois semaines suffisent à perdre l'intimité d'un lieu. Ce bruit familier l'accueillait en cadeau de bienvenue réconfortant, parce qu'à force de solitude les choses finissent par vous oublier, elles prennent en votre absence un air étrange et négligé. Il posa sa valise dans l'entrée, sur le courrier éparpillé que la gardienne glissait sous la porte, laissa tomber, tout en marchant, son sac de voyage contre la porte de la cuisine, traversa le séjour, alla droit aux fenêtres et souleva le store, libéra la vue du jardin. Cet appartement avait l'immense avantage parmi quelques inconvénients d'offrir un peu de campagne à Paris. L'immeuble d'en face, sa façade arrière, gardait encore les volets fermés, mais le jour venait, vigoureux malgré les nuages, éclaboussait la pierre claire et découpait la ligne franche des toits contre le ciel de l'ouest encore nocturne.

En bas, c'était une suite de jardinets étroits, séparés par des clôtures, les uns abandonnés aux broussailles, encombrés de rebuts et de planches vermoulues, les autres entretenus, avec des allées de gravillons sous des treilles ou des rosiers grimpants accrochés aux arceaux de fer, des cours cimentées que la patine et la mousse finissaient d'ennoblir à la manière des beaux jardins anciens, avec des tonnelles de glycines, quelques lilas, un charme bon enfant où même les nains en plâtre du voisin le cordonnier finissaient par être sympathiques. Il entrevit derrière la palissade le toit rouge de la niche abandonnée que le cordonnier repeignait comme un mausolée dérisoire, des années après la mort de son chien, un vilain bâtard jaune, et il pensa à l'oubli, à l'amour. Il regarda l'acacia, sous la fenêtre. Un luxe, comparé aux arbustes et aux fruitiers stériles du voisinage, un bel arbre robuste dont le feuillage débordait de part et d'autre des clôtures donnant son ombre à quatre jardinets mitoyens et son parfum chaque printemps dans les maisons aux fenêtres ouvertes ; il attirait une nuée d'abeilles que les écologistes prétendent disparues de la ville. Peut-être Aden avait-il loué l'appartement à cause de l'acacia et son feuillage opulent, d'une légèreté de gaze les premiers jours de mai, buisson doré à l'automne. Ou à cause du prix, à l'époque imbattable, dont il bénéficiait encore, condition devenue rare. Aden gagnait assez d'argent à l'Agence pour vivre ailleurs dans Paris, s'offrir un appartement plus luxueux. Il aurait pu déménager après le départ de Kerin. Il aimait l'acacia et il plaçait l'argent. Il n'avait pas le goût du luxe, de la dépense. Et même un penchant pour l'austérité, une grande indifférence aux objets. Le lecteur de disques compacts et son IBM constituaient son seul sacrifice financier. Pour le reste, il avait même renoncé à la moto, c'était du temps de Kerin, et à la voiture qu'il avait gardée seulement quelques mois, garée devant la porte la plupart du temps. Cet appartement de quatre pièces lui convenait malgré son éloignement des stations de métro et l'aspect populaire du quartier, il n'en rêvait aucun autre. De toute façon Aden n'exigeait pas de se sentir quelque part chez lui, nulle part vraiment attaché à un endroit. Ici plutôt qu'ailleurs, peut-être à cause de l'acacia. En trois semaines, l'arbre avait perdu ses frisons dorés, il avait un arrondi brunâtre, et dépouillé beaucoup de ses feuilles, puisque, en transparence, on apercevait maintenant le jardin d'en face, son bric-à-brac de vieux meubles, remisés par le brocanteur de l'autre rue. De ce côté-ci, la rue était une rangée de maisons ouvrières du siècle dernier, à la population mouvante où les nouveaux venus de la classe moyenne voisinaient avec les anciens résidents, petits retraités, artisans, avec les familles africaines et arabes regroupées dans les HLM plus délabrés du haut. Quartier en pleine mutation, laissant le champ libre aux promoteurs pour les expulsions et les réhabilitations ou les reconstructions sauvages. Pour le moment, le coin n'était pas encore menacé. Pour le moment.

Aden calcula rapidement quelle heure il était à New York, quelle heure dans la maison d'Irlande encore nocturne. Ce fut aussitôt l'enfant, l'odeur acide qu'on respire dans le cou moite des petits garçons endormis, et il ferma les yeux. Suffit. Il envisagea d'appeler Kerin tout de suite, décida d'attendre encore un peu, plus tard dans la matinée. Imagina la méchanceté d'une revanche. S'il appelait maintenant, il la tirerait du sommeil, il la tiendrait, faible victime, défaite, au bout du fil pour lui imposer une explication matinale où elle perdrait pied. Belle et fragile, comme Junie sous les flambeaux des gardes de Néron. L'image de son premier émoi érotique le fit sourire. Il abandonna son poste près de la fenêtre.

Quelle fatigue, constata-t-il marchant autour de la pièce, un peu champ de bataille, tel qu'il l'avait laissé dans la précipitation du départ, trois semaines plus tôt, avec la pile effondrée de vieux journaux, les vêtements épars, les pommes ratatinées dans le compotier. Et la poussière sur les enceintes, la cheminée. Il lui avait fallu décamper dans les vingt-quatre heures, sans délai, pour remplacer au pied levé un programmeur indisponible, et Lewert avait insisté pour qu'il accepte. De toute façon, Aden ne voyait pas d'obstacle à ce départ précipité, personne ne le retenait, il ne s'encombrait d'aucune habitude. Il était allé faire à New York ce qu'il savait le mieux faire de toutes les choses de la vie, concevoir un logiciel. Il mesurait le privilège de bien gagner sa vie avec un travail qui lui convenait, dans la coïncidence exacte du besoin de réalisation sociale et d'aptitude à la fonction. Après quelques années de formation, un séjour chez IBM, aux États-Unis, un poste de recherche à Palo Alto, et quelques emplois au retour dans l'industrie, il était passé au profil supérieur, dès son arrivée à l'Agence qui avait coïncidé avec celle de Lewert, dont les ambitions avaient servi sa promotion. Un travail le plus souvent solitaire, et, même en équipe, exempt de bavardages. Dans le langage de quatrième génération, aucune passion, aucune fièvre, des opérations logiques qui ne souffrent pas l'approximation de la langue, n'offrent pas de recours et presque pas d'émotion. Seulement la tension extrême des réseaux d'intelligence artificielle qui, quelquefois, en fin d'élaboration, lui donnaient un sentiment de beauté et de paix intérieure tout à fait solitaire. De cela il ne parlait à personne, à qui en parler. Ni à Lewert ou un quelconque collègue, ni à Coline dont il limitait la compagnie à une nuit ou un week-end de temps en temps, même s'ils se croisaient tous les jours à l'Agence où elle travaillait comme secrétaire du directeur. Aden n'avait pas d'amis, quelques relations de travail. Personne avec qui désirer partager ce sentiment, et toute tentative d'exprimer cette jouissance personnelle, déchue dans les mots ordinaires, lui aurait enlevé sa valeur étrange et secrète. Même s'il lui était arrivé d'échanger un regard avec un coéquipier, c'était seulement une confirmation tacite, peut-être la solidarité fraternelle de deux explorateurs étrangers, rendus au bout du voyage sur des chemins parallèles, qui savent avoir rencontré les mêmes paysages et les mêmes obstacles, et pour qui les mots sont inutiles. Peut-être avec Owen avait-il échangé le dernier jour, au moment du départ, autre chose que ce regard d'entente. Mais il y avait entre eux l'eau de la baie, les Indiens et le père, et le partage du code interdit.

Souvent, Aden travaillait seul à l'Agence, tard le soir et dans la nuit. Insomniaque et taciturne. À l'aube, il se levait, allumait une cigarette, posté derrière les baies, et il regardait la Seine. Il était bien, à ce moment-là, d'accord avec lui-même, sans les mots, sans même un regard échangé. D'une certaine manière, heureux. Rien à voir avec la satisfaction du travail accompli, ni la fierté de l'esprit maison qui assujettit l'employé à cette identification infantile aux intérêts de l'entreprise. Il laissait cela aux analystes de l'Agence, au petit groupe de jeunes gens vaniteux, tout frais émoulus des écoles, que leur premier poste gonfle d'importance. Non, c'était une forme de bonheur privé parce que la langue où il s'était parlé à lui-même ignore tout affect. Elle n'a pas d'histoire. Elle arrête, de zéro à un, toute progression dramatique. Dans cette langue, il est à l'abri, et sauvé. Il aime l'abstraction des signes, le sable scintillant des écrans comme des déserts sans accident de relief, sans frontières, des pays sans désastres d'enfance.

Concevoir un programme informatique, c'est d'abord du papier noirci de signes, quelques pages en langage Ada ou L4G, aussi bien hiéroglyphes ou cunéiformes d'une langue forgée, et puis sa traduction dans la mémoire dure des machines, le logiciel saisi comme une géométrie de l'espace avec intersection des plans et volumes fictifs, abstraits de tout support autre que celui des puces microscopiques, il peut devenir un rêve de texte dont on ne se souvient pas au réveil, le souvenir d'une beauté sans forme, qu'aucune langue ne raconte. Pas de mots pour dire, derrière les vitres teintées, face à la Seine, qu'on a atteint, au millionième de millimètre d'écart, la précision de ce rêve, sa conformité parfaite transcrite en espace mental. Aden souffle la fumée de la cigarette, dont la dispersion apparemment anarchique obéit à des lois de physique moléculaire, aussi intelligibles et impensables qu'un programme inédit. Ce qu'il aimait du langage informatique, c'était sa propension à l'effacement, à l'oubli, ses potentialités infinies réduites à l'espace d'une lettre qui a perdu son chiffre. Sa mission à New York aurait pu lui procurer une fois de plus ce bonheur, ressembler à cette figure finale. Mais c'était devenu la grimace d'une machine de guerre. Et, à son insu, à Helsinki, comme à Genève, c'était déjà la guerre. Des contrats royalement payés, dans les meilleures conditions. Le contrat avait cette fois pour commanditaires des services américains de communication aérospatiale, pour un programme de traitement de compactage des images numériques, transmises par satellites. Intitulé officiel de la mission. Sous lequel Aden était allé à New York et avait passé trois semaines dans un deuxième sous-sol de building, dans la quarantième rue. Niais comme un communiant, sinistre abruti, cette fois comme les autres. Bêtement appliqué à bricoler ses opérations, avec pour équipiers un jeune Coréen, immigré de la première génération, de ceux qui raflent toutes les distinctions de leurs universités de la côte ouest, et Owen, un membre de la Compagnie, gros rouquin cinquantenaire, apparemment anodin, du genre paysan écossais, en réalité spécialiste chevronné, formateur et chercheur, avec une réputation de tueur.

Cela s'était passé la dernière semaine, juste après la partie de pêche à Long Island. Cet après-midi-là, le Coréen était absent pour cause de rage de dents, Owen l'avait expédié chez le meilleur dentiste de Manhattan. Aden travaillait donc seul dans la salle avec Owen, chacun à sa console. Quelqu'un a apporté un plateau de cafés, ils ont fait une petite pause, le temps d'échanger trois mots sur les dents pourries de Kim, à cause de la malnutrition de son enfance, et Owen rigolait. Il est parti ramener le plateau. La première fois depuis le début qu'il s'avise de ramener un plateau. Il a laissé sa session ouverte. On ne fait jamais ça dans le métier. Chacun travaille à un profil différent, dispose de données plus ou moins avancées dans la mémoire centrale. Owen est « opérateur système », il dirige la conception, il a accès à la mémoire protégée, très peu de gens travaillent à ce niveau. Abandonner son poste sans fermer le réseau, sous le nez d'un collaborateur qui travaille au profil inférieur, c'est lui donner le code d'ouverture du système. Pas un programmeur ne résiste à ça. Un dixième de seconde, Aden a failli rappeler Owen, lui signaler l'oubli. Il s'est abstenu. Owen s'éloigne avec le plateau, il sort. Aden n'a pas réfléchi, il a fait ce que n'importe qui aurait fait à sa place, très vite. Il a situé le profil de Owen, a transféré à son propre système le code d'accès. Owen est resté absent dix minutes. Largement le temps, trop de temps. Pour ramener un plateau, transférer un code. À son retour, Aden travaillait. Owen a repris sa place, sans même manifester de surprise en constatant l'oubli. Ne s'est même pas donné la peine de feindre l'oubli. Sans un mot, un regard. Tout naturellement, il a enchaîné en silence. Ce silence a scellé leur complicité ; il a donné à Aden non seulement l'autorisation, mais l'ordre d'aller désormais plus loin. Une telle erreur est impensable, Aden le sait, rivé à son écran. Il tremble, il ne comprend pas. Un tel oubli, une telle distraction, inconcevable chez un type de la carrure de Owen, surentraîné. Il réfléchit, maintenant, mais dans l'affolement glacé. Si c'est un piège, il y est tombé de manière grossière. Comment a-t-il oublié que les caméras de surveillance vidéo fonctionnent en permanence ? Owen a donc pu, sorti de la salle, aller suivre sur un écran de contrôle son détournement, vérifier qu'il tombait dans le piège. Atterré, paralysé par l'idée de la faute, il exècre l'impulsion minable du débutant, l'incurable naïveté, en dépit des années de formation, du professionnalisme. À ce niveau de travail, tout est confidentiel, verrouillé, comment a-t-il pu penser une seule seconde que Owen oubliait ? Et plus les minutes passent, plus s'atténue l'effet de l'incroyable intermède, rien n'advient de plus. L'hypothèse du test délibéré, concerté peut-être en haut lieu pour vérifier sa fiabilité, lui apparaît de plus en plus improbable, ce scénario est trop grossier, invraisemblable. Le patron, c'est Owen en personne. C'est lui qui prend la décision. Aden ne comprend pas la raison. Il renonce à comprendre. Il continue, dans une sorte d'anesthésie, à explorer le système. Les informations sont venues assez vite, il a su presque tout de suite qu'il travaillait sur un Cray II du Pentagone, non seulement que le commanditaire de la mission disposait de l'entrée mais que le programme de son logiciel avait bien d'autres buts que le traitement d'images numériques pour un département de recherche spatiale. Il est tombé sur des messages concernant des données de biotechnique, analyses de génomes de levure, des séquences de protéines, sur des signaux de recherche militaire, un programme de défense stratégique IDS. Et chaque fois de manière logique, comme si son profil s'intégrait enfin dans une cohérence d'ensemble jusque-là dérobée, dont l'évidence s'impose, implacable.

Le décor paisible de l'Agence, avec vue sur la Seine, ses nuits de travail en solitaire et les petites jubilations privées en ont pris un coup. Non parce que Aden découvre que ses recherches ont servi les pouvoirs d'argent, les intérêts économiques. Cela, il le sait depuis le début, un programme ne vaut que par ses applications et les applications échappent en grande partie au programmeur. Mais à cause de lui-même, Aden Seliani. Son principe hypocrite d'amnésie volontaire, son refus prudent de savoir, d'interroger, tout ce qui a présidé à sa réussite professionnelle. À peine sorti du doctorat, sans le moindre scrupule, il n'a jamais fait qu'exécuter, exécuter et obéir. Cette fois, Owen a brisé l'écran de confort, la vitre fumée des baies insonorisées a volé en éclats. Impossible de fermer les yeux là-dessus, plus jamais, même s'il ignore l'intention de Owen. Désormais Aden lit, dans le langage des signes qu'il voulait croire sans histoire, une histoire de mensonge et de piège crapuleux. Le langage, sans approximation ni passion, dit en quoi consiste son travail, et pour qui il travaille. Il en a un vertige de peur et, plus il interroge le clavier, plus il varie les opérations, plus se confirme, en abyme, toute la face cachée. Aden assiste à sa propre exécution.

Il ne sait comment il a réussi à garder le silence, à côté de Owen, cet après-midi-là, et les jours suivants, trouvé ce sang-froid des grandes occasions, ce calme absolu dans la salle du deuxième sous-sol, quarantième rue, à Manhattan. Peut-être l'entraînement au silence, à la solitude. Peut-être parce qu'il savait déjà ce que Owen lui a donné, et sans comprendre pourquoi il donne, Aden subit la sanction. Encore un maître, Aden, un nouveau maître. Tu en as toujours trouvé un sur ta route, de ces chefs bienveillants, au bon regard d'avenir, de ceux qui promettent et enchaînent. Parce que Aden, à quarante-cinq ans, a encore peur de tout. Depuis le jour où le professeur l'a poussé d'une main pédagogue vers l'avenir, les couloirs d'un lycée, il n'a plus fait que gravir la pente, dans la peur. Il avait de bonnes raisons, Aden Seliani, d'avoir peur de tout, de savoir, comme de ne pas savoir, d'ouvrir les livres et de comprendre, ou de ne pas comprendre, et d'aimer sans comprendre, d'engendrer sans savoir, de faire un enfant qui vivra loin de lui, de perdre ce qu'il gagne et sans avancer davantage, d'être plus loin sans avoir su comment, se réveillant quelquefois sans penser à cette peur ancienne, dans l'oubli massif du sommeil éveillé, un oubli de malade mental qui va, promène sa tête en bonne santé parmi les hommes. Cet homme est dangereux, il a atrocement mal et oublie chaque jour de s'en souvenir. S'il tombe, il se réveille. La nuit même, Aden est tombé dans une rue de Manhattan, ivre d'épuisement, époumoné comme un coureur au bout du mille mètres, dans le brouhaha de la circulation, la lumière de la ville mille fois réverbérée par les parois de verre triomphantes. La nuit même, Kerin a téléphoné pour dire qu'elle veut divorcer. Et Aden ne sait pourquoi Owen l'a emmené pêcher avec lui à Long Island, au bord de la baie des Indiens, pourquoi il lui a ouvert le cerveau antérieur du grand Cray II.

Maintenant, il se voit comme un idiot, avec les clefs du bunker, l'accès direct à tous les dossiers, à tous les types de programmes de l'Agence, cette forteresse d'intelligence et de rigueur scientifique qu'est le service du Trocadéro, avec son personnel trié sur le volet, un pion servile, privé de raison, qui a renoncé à la raison, à toute exigence de la raison, même pas par idéalisme béat, ou dans l'aveuglement d'une passion pour l'informatique et sa cuisine, même pas par goût de l'argent ou de sécurité professionnelle. Par démission systématique, résignation délibérée, l'abandon de tout contrôle. Renoncement à soi consenti, sans contrepartie. Parce que cette entreprise d'abrutissement personnel, cette manière de s'oublier dans le travail, lui convenait. En dépit des mises en garde de Kerin, en dépit des alarmes. Pour d'autres raisons, sans doute, elle ne supportait pas de le voir s'*abîmer* dans ce travail sans horaires, sans lien avec la réalité. La *réalité*, plaidait-elle, et elle ne trouvait que ce mot infirme, dont il ne comprenait pas qu'elle l'emploie, elle qui n'a aucun sens des *réalités*. Rien vu, rien entendu. Rien compris. Malvoyant, malentendant chronique, Aden Seliani, jusqu'à ce que Owen, un Yankee rustaud des plaines, lui mette sous le nez, sans y aller par quatre chemins, la réalité. La preuve de sa faiblesse d'esprit, lui qui flotte comme un bouchon, au gré des circonstances et des contrats, abruti de confort intellectuel et social, solennellement idiot devant ses dossiers et ses écrans. Au mieux il est devenu idiot. Ou alors criminel. Il dit le mot sans y croire tout à fait. Qui est criminel plus qu'un autre, aujourd'hui ? Partout dans le monde, il y a des bureaux de recherche et de conception à l'image de l'ASI, des laboratoires sophistiqués et des programmes internationaux qui échangent leurs résultats de recherche fondamentale et appliquée, mettent en réseau leur compétence pour atteindre les niveaux d'excellence, des domaines sans murs, sans frontières, associés au nom d'accords politiques ou économiques qui échappent aux Aden de son genre, des chercheurs transfuges, des trafics de savoirs comme de pièces détachées pour construire tout ce qui permet de gazer à grande échelle, pulvériser en nombre, des usines et des centrales, des ateliers clandestins qui fabriquent des jeans comme des bombes atomiques. Cousent des tee-shirts, assemblent des radios, distillent les armes chimiques. Aucune machine n'est inoffensive. Ni les lecteurs de disques compacts, ni les fers à repasser, ni les jeux vidéo, ni les chaussures de sport ne sont innocents. Même si les responsables des chaînes qui les produisent, les manœuvres qui les fabriquent ne savent pas davantage pour qui ils travaillent, quelle banque centralise les capitaux et les transforme, quelle guerre ils font, et dans quel camp ils se trouvent. Quand Owen laisse ouverte sa session, il est le dernier a prétendre donner des leçons de morale, et quelle leçon donnerait-il ? Il a seulement indiqué à Aden Seliani dans quel camp il travaille. C'est toute la différence. L'étrangeté de ce retour qui voit si peu de choses changées et l'absolue différence de saison. Il fait un peu plus froid, pluvieux en ce samedi de novembre, un léger désordre fait chavirer le masque. Kerin veut divorcer. Une désagrégation sensible des contreforts, des fondations s'effritent, quelque part bouge, désajusté, de ces glissements qui font s'effondrer les centrales en fusion. Il pleut.

Aden est rentré à Paris avec quarante-huit heures d'avance.

Lewert est absent, en déplacement à Dubaï. Il prospecte, négocie. Il trouve des commanditaires convenables, il expédie Aden Seliani en mission avec des intitulés convenables. Après la nuit blanche du voyage, Paris semble un décor de catastrophe au loin, mirage du petit matin. Rien n'a tellement changé, un glissement de saison, une question. La colère glacée, et la peur. Quoi, maintenant.

Aden fait le tour de la pièce, enfermé dans les murs. Il étouffe et n'ouvre aucune issue, garde l'étouffement. C'est la fatigue du décalage horaire, pense-t-il encore. Et celle du séjour là-bas, trois semaines enchaînées sans la détente d'un vrai week-end, hormis la journée à Long Island. Le matin, il quittait son hôtel et marchait jusqu'au siège de la Compagnie, même rue, d'ouest en est. Dans le hall en marbre noir, les gardiens contrôlaient son pass magnétique, quelle plaisanterie. Aden descendait ensuite au deuxième sous-sol où il travaillait à la lumière des néons, à l'air conditionné et souvent tard le soir. Tout était prévu sur place pour leur confort, les plateaux de repas à la demande, des collations et des cafés, et même des cabines de douches, un sauna. Si bien que lorsqu'il surgissait à la surface dans la nuit tiède, le flot des taxis jaunes et la foule des trottoirs lui donnaient le vertige, une brève griserie. Il rentrait, d'est en ouest, tout droit à l'hôtel, trop fourbu pour envisager une promenade de touriste, ou même désirer les lumières d'un restaurant. Autrefois, son séjour d'études aux États-Unis lui avait offert l'occasion de visiter New York, ses charmes et ses célèbres contrastes. Il prenait un somnifère. En dehors du travail, il n'avait eu aucun contact avec Kim, pas plus bavard que lui. Avec Owen, il y a eu seulement ce samedi de pêche improvisé. Mais de ces trois semaines souterraines, restaient le malaise et la lassitude d'une vie monacale, sans la méditation, sans le recueillement. Une vie cellulaire d'animaux captifs, gavés en vue du meilleur rendement. Une vie de taupe, juste le temps de creuser impeccablement son bout de galerie, trois semaines écoulées dans le temps rétréci, étiré, répétitif, dont il sortait effrayé par l'éblouissement pour finir. C'est la fatigue.

Pas question de dormir. Il décida de rester éveillé le plus tard possible pour rattraper le décalage horaire, de passer à l'ASI, dans la journée, il fallait vérifier quelque chose, là-bas. Il défit sa valise, en célibataire entraîné. Il entassa le linge sale dans la machine à laver, rangea le reste dans les placards, suspendit ses vêtements dans la penderie, vida méthodiquement le contenu de sa trousse de toilette. Il trouvait, à replacer son rasoir, sa brosse à dents et la lotion d'après-rasage sur la tablette, une sorte de satisfaction minimale dans le désordre général, car ajuster chaque objet à une place appropriée contribue à entretenir la logique matérielle des fonctions domestiques et à rétablir l'ordre intérieur. Prêt pour la guerre. Il régla le programme de la machine, dose de lessive, dose d'adoucisseur. En route.

Sous la douche, la fatigue revint. Il laissa longtemps couler l'eau très chaude comme si elle pouvait emporter amertume et malaise en même temps que la crasse sournoise de cette nuit sans sommeil. Il monta sur le pèse-personne, deux kilos de moins qu'au départ. Poids standard pour un mètre quatre-vingts. Aden se souvint du ventre de Owen, un vrai spectacle. Pas beaucoup plus vieux que lui, Owen, un drôle de quidam, faux pêcheur, faux jeton, faux frère. Et son regard, au dernier moment, comment dire, une espèce de détresse, un vacillement de solitude. Aden vérifia au-dessus du lavabo sa mine de voyageur, grise mine, papier mâché, et, derrière le cercle des lunettes, les cernes, les rides qui s'installent. L'expression de quoi, Aden Seliani ? L'air de famille, inévitablement. Des yeux gris, gris-bleu d'Europe centrale, l'air du père. Personne pour identifier la ressemblance. Seulement Aden. Mort à quarante ans, Otar. Aden est devenu son aîné, comme un grand frère de Otar qui maintenant ne vieillit plus, pas eu le temps d'avoir des rides d'expression, quoiqu'il ait porté entre les yeux une entaille de souci, un coin enfoncé au maillet entre les deux yeux. Ce visage rectangulaire n'a pas beaucoup rencontré le soleil, cet été, un peu pâle. Pas rasé, le menton proéminent. Le front aussi, proéminent. Des bosses, des reliefs. Il enfouit tout cela sous la mousse à raser. Émergent le grand front, l'entaille de souci, une esquisse nouvelle de ressemblance. Et quelques cheveux blancs par-ci, par-là. Quarante-cinq ans. Et, dans le silence, il entendait tous les bruits matériels qui accompagnaient sa toilette. C'était bien le crépitement de la douche, tout à l'heure, l'eau avalée par le siphon du lavabo maintenant, le raclement d'une lame sur sa peau, mais un ton trop haut, trop net, comme si les bruits, venus d'ailleurs, ne rejoignaient qu'avec peine leur cause locale. Mauvaise bande son, désaccordée, plus tout à fait synchrone. Il aurait voulu une idée fixe pour occuper la suite de cette journée, une idée centrale pour l'organiser autour de deux ou trois actions nécessaires, les enchaîner, les opposer, un mot d'ordre, une direction, un appel. Une demande. Une fois passé à l'Agence, il saurait et tout serait en place.

Il revint dans la cuisine, se fit un café. Plus tard, il vida la machine à laver, suspendit le linge au-dessus de la baignoire. Spontanément, il retrouva les gestes minutieux de l'étendage pour pincer sans froisser, accrocher sans déformer. Se souvint que cette technique domestique lui venait de loin, d'un apprentissage de sa mère qui lui en avait inculqué les rudiments. Ils vivaient tous les deux, seuls, Iana et son fils Aden ; il faut bien quelques principes pour s'en sortir. Linge bien étendu est à moitié repassé. Leçon de choses sans gloire, rigoureuse et vraie. Il y a des gens qui de toute leur vie n'ont pas mis les pieds dans un pressing. À Villeneuve, le linge s'étendait aux beaux jours dans le jardin, derrière l'immeuble, dans la cuisine, l'hiver. On descendait les cordes avec une poulie. Installation du père. Cela se situe dans la nuit des temps. Aden a eu honte du linge suspendu au plafond. Les clientes de Iana passaient sous le linge pour aller dans la chambre faire les essayages. Elles traversaient la cuisine, l'air de ne rien voir. À l'époque, Aden n'imaginait pas qu'elles aient, elles aussi, des cuisines avec linge au plafond. C'est loin. Il a gardé le principe de l'étendage parce qu'il n'y a rien de plus raisonnable, il l'a vérifié. Pas à discuter, tirebouchonné, accroché à la diable, le linge tortillé se défroisse bien moins vite au repassage, il résiste, les fibres se souviennent de la contrariété. Dans ce fastidieux commerce des objets, la méthode est la seule tactique intelligente. Apprivoiser les choses, respecter leurs contraintes naturelles, c'est se sauver. Gagner du temps, soulager la peine. Sauvé, pensa-t-il, suspendant la dernière chemise sur son cintre, manches et poignets tendus, col correctement cassé. Combien de ruses minuscules Iana a-t-elle inventées tous les jours, pour seulement s'en sortir, gagner une respiration plus libre, une miette. Autant d'énergie, de savoir-faire autant d'ingéniosité que dans les sphères supérieures des cabinets ministériels, dans les affrontements diplomatiques. Iana a combattu à sa manière. C'était un terrain de peu. Dommage pour toi que le siècle ignore. Il entrouvrit le vasistas pour donner un courant d'air. L'ange du dressage a triomphé. J'ai retenu la leçon, deux ou trois principes simples appliqués à la vie ordinaire. Chacun s'arrange de son éducation comme il peut. Il tira la porte doucement.

Dans la chambre, les stores gardaient une relative pénombre. La pièce était restée presque comme avant, du temps de Kerin et de Paul. Quelques meubles, achetés dans les salles de vente, ou aux puces de Saint-Ouen, le petit secrétaire Louis quelque chose, et le fauteuil anglais à oreillettes, couvert d'un cachemire parce que, dessous, la toile est fatiguée, les lampes en verre des années trente. Le grand lit poussé dans le coin ;

pas très harmonieux, l'ensemble ; mais confortable, et même la commode de la Compagnie des Indes, le miroir au cadre clouté. Et toutes les photographies glissées autour, entre cadre et verre. Noir et blanc, et en couleurs. Kerin et Aden, trente ans, en Irlande, sur les rochers du Connemara ; une visite à Belfast chez des cousins très catholiques que leur couple alors non marié embarrassait beaucoup. Ils font la tête, mais Kerin est si jolie. Ils portaient le même jean, le même tee-shirt. Dans le jardin de Villeneuve, Paul dans les bras de Iana, raide. Aden et sa femme à Avignon, Kerin et Paul, Paul et Aden aux Buttes-Chaumont, regardant l'appareil, l'air ahuri, contents. Souriant au soleil, Paul à trois ans, cinq ans. Toujours sourire, toujours soleil. Tout va bien, dans les photos de famille. Pas la peine de déplorer, c'est la règle. Soleil et sourires sont restés autour du miroir, depuis trois ans que Kerin et Paul ont quitté la maison.

Au bout de la sonnerie, il y eut la voix du père de Kerin, pleine d'énergie et d'enthousiasme :

— Aden ! Déjà rentré ! Est-ce qu'il fait beau ? Vous avez fait bon voyage ? Quel plaisir de vous entendre. Nous avons du soleil, mais la mer est agitée. Un vent à soulever un cheval… etc.

Et même :

— Galway s'est fait piler par Cork, samedi dernier, quel désastre !

Aden demanda calmement à parler à Kerin, dans un silence providentiel.

— Ce matin, elle est partie en ville, avec sa mère et Paul. Quel dommage que vous appeliez si tard.

— Comment va mon fils ? coupa Aden.

Il se mordit la lèvre. Il aurait voulu que le mot morde quelqu'un, là-bas. *Mon fils* siffla inutilement dans le combiné. Le père aligna quelques banalités sur l'appétit et les jeux de Paul. Mais on aurait dit qu'à présent il parlait avec l'empressement, les égards excessifs qu'on a pour les gens malades, qui l'ignorent encore. Aden raccrocha très vite. Il bascula sur le dos ; étendu en travers du lit, contempla le plafond. À l'instant, il se laissait aller à la détestation féroce du père. Sa gentillesse de bon aloi, son air de toujours tout ignorer, comme s'il se déplaçait en lévitation. Son accent irlandais. Cork contre Galway. La longueur de son nez. Piètre consolation de n'avoir que ce nez à détester vraiment quand le reste se dérobe. Car c'est un homme courtois et cultivé, amateur de vieux livres, de bière et de pêche, à la ligne, au lancer. Il a même poussé la cordialité, dans le temps, jusqu'à initier Aden à son sport favori. Un retraité heureux avec femme joviale, nombreux enfants, dont Kerin qu'il doit nourrir et héberger quand elle ne travaille pas, ce qui est le cas depuis plus d'un an. Sauf qu'elle s'occupe des chevaux d'un voisin, en dilettante, un centre d'équitation pour touristes, randonnées organisées. Métier d'avenir. Elle va peut être se reconvertir, elle en parlait, il y a quelque temps. Du secrétariat aux sports équestres, il y a un grand pas, mais Kerin en a franchi d'autres. Un père compréhensif, libéral. Il n'a qu'un seul défaut, celui d'être le père de Kerin. D'avoir le même nez.

Aden se souvient de l'instant où il a découvert ce nez. Ils pêchaient ensemble, assis côte à côte, sur la barque au milieu du lac noir. Sous le ciel violet, engoncés dans leur ciré, rien d'autre à faire qu'attendre la prise en silence. Tout est là. Cela procure un ennui incommensurable. L'ennui et le désœuvrement lui désignèrent le nez. Sous la visière de sa casquette de tweed, le profil du père apparut soudain presque surréel, détaché avec une précision d'orfèvre contre l'écran d'eau glauque. Un nez sauvage, aux narines embroussaillées, pour lequel il ressentit une haine immédiate et d'autant plus virulente qu'il lui avait jusque-là échappé. Car c'était le nez de Kerin, le même, qu'il trouvait chez elle audacieux, et ferme dans son dessin féminin, appendice stylisé, distingué. L'écart d'une génération l'avait civilisé, mais il le voyait bien maintenant, c'était le même nez, narines larges ouvertes aux ondes de l'air, flairant les messages impalpables, un nez saisissant, incroyablement conquérant. Cette similitude du nez aimé avec la proue abrupte du père constituait une offense personnelle, car il avait aimé Kerin avant de connaître l'original et celui-ci révélait soudain que, sous les apparences, il y avait sans doute la même âpreté, la brutalité d'une nature virile et grossière dont le goût des vieux livres et la bonne éducation dissimulaient la vérité. Car Aden avait aimé le nez de Kerin, oui, et tout ce qu'il y avait de grand, d'excessif en elle, sa bouche aux lèvres charnues, gourmandes et mobiles, ses dents avides dans le rire et le plaisir. Il aimait ses oreilles étonnamment rondes, et d'autres places de son corps comme ses pieds nerveux lorsqu'elle allait, sans ses sandales, sur les trottoirs d'Avignon ; la force de ses genoux, la souplesse musclée de ses cuisses. Il avait aimé Kerin, trouvé à sa personne un charme si puissant que, dans ses rêves, il tenait encore au creux de sa paume, comme des reliques, le genou ou le pied de cette femme, et il gémissait qu'ils lui fussent perdus. Il se réveillait en cherchant encore ses jambes, la chaleur de son dos, la masse de ses cheveux emmêlés par le sommeil, comme dans sa chambre d'hôtel, à New York, la dernière fois, ce sentiment d'égarement du réveil où le décor indécis de la chambre, avant de reprendre sa place et sa fonction, hésite, menace de basculer dans une répartition inconnue, alors le rêve continue et il se croit dans un lit contre le corps endormi de Kerin, à l'autre bout du monde.

Aden se redressa, considéra les photographies de la famille riante, ensoleillée. Il entreprit aussitôt de les enlever, une à une, surpris de les avoir laissées là si longtemps. On ne s'attaque pas impunément aux images d'êtres aimés. Il vaut mieux accompagner la cruauté d'une certaine solennité ; il se tenait droit, et raide, assis au bord du lit, face au miroir, détachant les photographies lentement, mais pas la peine d'en faire un drame. Malgré tout, le drame lui mordait un peu le ventre tandis qu'il assassinait l'image joyeuse des bonheurs. Il jeta le tout en vrac – non, pas dans la corbeille à papiers, pas encore. Il faut être devenu fou de mort pour mettre à la corbeille ces images. Il les déposa dans le tiroir de la commode. Sauf une. Celle où Kerin dort avec Paul, peut-être faisait-elle semblant, ils dorment dans la même chaise longue, encastrés l'un dans l'autre, à l'ombre de l'acacia. Prise de cette fenêtre, un après-midi d'été. Aden s'empara des ciseaux, découpa la forme de son petit garçon de deux ans dont le contour devint une grosse fève bleutée, déposa Kerin endormie, ou bien elle faisait semblant, et son ventre troué d'enfant dans le tiroir avec les autres. Il glissa la fève dans son portefeuille, et jeta un dernier coup d'œil aux photographies entassées. Attention, vous autres, dit-il doucement. Il repoussa le tiroir, ferma les yeux.

Oui, certains matins, la chambre tangue, hésite à se rendre. On reste suspendu dans des limbes de temps et d'espace, tout devient possible sans que la réalité tiraille de son côté. Alors Kerin est la jeune femme intrépide des premiers temps où ils s'aimaient, un corps sans enfant, elle riait, elle apprenait l'anglais à Aden, c'est-à-dire à renoncer à son accent américain de la côte ouest pour prendre celui de Galway. Ils se réveillaient sous la couette, emmêlés de bras et de jambes. Cela ne dure pas longtemps, mais certains matins, il lui semble qu'il se retrouve avec elle dans un lieu inconnu et que tout recommence, comme lorsque, enfant, au réveil, il s'imaginait que le sommeil avait le pouvoir de transporter les gens et de les oublier dans des places étrangères inconnues, il s'inventait des histoires de renaissance dans des familles, avec des gens nouveaux, fictions de vies multiples qui consolent les enfants d'être nés quelque part. Pendant ce temps, la petite chambre de Villeneuve, l'alcôve où il dormait reprenait l'air de rien son apparence ordinaire, il lui semblait qu'il venait d'arriver ; mais qui faisait le mieux semblant, de lui ou des objets ? Maintenant, à quarante-cinq ans, Aden Seliani ne tire plus grand plaisir de cet effarement du réveil propice aux rêveries, il s'empresse de remettre les rêves à leur place et la chambre d'aplomb. Il eut le sentiment de s'incliner vers le plafond, de pencher avec amour vers le corps gigantesque de Kerin, et la vie glissait hors de lui, l'allégeait de toute pesanteur.

Il vit encore ceci : *une brume d'hiver scintille, voile le paysage désolé d'une poudre d'argent instable, la brume chante, ou mugit, c'est un vent importé d'ailleurs sur des cordes vocales ou végétales, une annonce de nuit derrière la brume venue d'aucun lieu naturel, elle assourdit le paysage grenelé, ce grésil, ce n'est pas une neige naturelle, mais pellicule de cendre, ou poudre de farine, à la surface de l'eau nul reflet, nulle ombre, et nulle profondeur, le lointain s'embue et le proche va se corrompre, maintenu au monde dans un tremblement du cœur, palpitation d'aile proche, va mourir, l'image tombe en cendre.*

Il s'endormit aussitôt, en une longue secousse. Seule résistait une pointe de douleur, mal localisée vers l'épaule, comme une vieille ecchymose, qui resta longtemps le seul endroit sensible de son corps où logeait encore la conscience d'être endormi, zone de jour fondante autour de laquelle tournait puissamment la nuit, puis cela faiblit, s'éteignit, mais il garda en dormant le souvenir de cet endroit, s'y déporta en rêve, y plaça une tête d'enfant au front dur, très lourde et moite dans le sommeil, qui l'empêcha de dormir tout à fait.

Le téléphone le réveilla au bout de plusieurs sonneries. Il jeta le bras en somnambule par-dessus le lit comme s'il lançait dans le vide un coup de poing contre quelqu'un — contre

Kerin — pour ne pas entendre, avant qu'elle ne dise : *l'enfant est mort*. Ce n'était pas Kerin, mais la voix inconnue d'un homme. Il était dans un café ou se trouvait près d'un téléviseur. Il demandait Aden Seliani. Tout d'un coup Aden se réveilla vraiment. Il faisait sombre, une clarté blafarde traversait les vitres.

— Je suis bien content de vous trouver, dit la voix. Vous êtes bien Aden Seliani ?

Très vite, Aden pensa qu'il n'arriverait rien de mal à l'enfant s'il parvenait à parler posément malgré la peur, que seraient conjurés les dangers sur sa tête tant qu'il serait capable de répondre à n'importe qui, en pleine nuit, garderait en pleine obscurité ce ton calme et détendu, tandis que contre la vitre ruisselle l'eau en gouttelettes noires.

— Oui, dit-il posément, c'est bien moi. Et vous, qui êtes-vous ?

— Je suis le voisin d'en face.

Il dit son nom, Aden n'entendit pas.

— Ils vous ont appelé, hier, mais il n'y avait personne. C'est moi qui ai donné votre numéro au bureau d'accueil, je me suis permis.

— Le voisin de qui ? demanda Aden, calmement. Quel bureau ?

— Voisin de votre mère. À Villeneuve. C'est pour vous dire qu'elle a eu un petit accident et qu'elle est à l'hôpital.

— Je vois, dit Aden et il ne voyait rien du tout, il faisait de plus en plus nuit.

— C'est qu'il pleut, dit l'homme, ne vous inquiétez pas.

— Je ne m'inquiète pas, dit Aden.

Il ne respirait plus du tout.

— C'est un petit accident avec la pluie. Elle a glissé. Si vous pouviez venir tout de suite...

— Quand ? dit Aden.

— Ce soir, tout de suite.

— Non, je veux dire : quand, l'accident ?

— Hier, dit l'homme. Hier après-midi. Dans le parking, devant le supermarché. Elle est tombée.

— Je viens, dit Aden. Je viens où ? cria-t-il. Quel hôpital ?

— L'hôpital Chardin, à Villeneuve. Vous savez où il se trouve ?

Aden raccrocha.

C'est seulement une averse, pensa-t-il, c'est fini maintenant, et il ne faisait pas nuit du tout, seulement le feuillage de l'acacia contre les vitres assombrissait la chambre. Quatre heures de l'après-midi. Une pluie de novembre, fine et drue. Même pas un orage. La voix de Otar avait des inclinations graves, les nuits de cauchemar. Il restait assis sur une chaise, près de la tête du lit dans l'alcôve. Lorsque Aden appelait, il restait tout le temps que durait l'orage ou la peur du sommeil, il avait un pyjama à rayures, et pieds nus. Aden se souvient des pieds nus de son père serrés l'un contre l'autre posément, blancs sur le plancher quand les éclairs entraient par la fenêtre sans volets. Après la mort du père, jamais plus Aden n'a eu peur des orages. Sa peur est partie avec la mort. Maintenant, le père est assis dans le fauteuil de la chambre, ombre à contre-jour de la clarté pâle des fenêtres. Il n'y a pas de mauvaise nouvelle, dit Aden à l'ombre du père, tassée dans le fauteuil, l'enfant dort, il n'entend aucun orage. C'est seulement la pluie. Iana est tombée dans la rue. Tout va bien. Le père se pencha un peu en avant, comme s'il écoutait quelque chose, une annonce de nuit derrière la brume, un chant de cordes vocales ou végétales. Mais rien. Sa tête tomba sur sa poitrine.

Aden bondit du lit. Quatre heures. Il avait donc dormi six heures d'affilée, en dépit de ses résolutions. Dans la salle de bains, il s'aspergea le visage d'eau froide. Dans la cuisine, il rabattit le couvercle de la machine à laver, releva celui de la cuisinière, changea une chaise de place, sortit du tiroir un couteau, une cuillère. Il s'assit, se releva. En face, de l'autre côté du jardin, il vit une fenêtre s'éclairer. Sous la lumière jaune d'une cuisine, une femme entra comme si elle se réfugiait en coulisse. À peine entrée, Aden la vit se tourner vers un lieu invisible, accomplir des gestes et des grimaces muettes, d'impuissance ou de haine, elle tourna les talons, et la lumière s'éteignit. Aden tenta une grimace semblable mais ne ressentit rien.

Dans le couloir où donnaient toutes les pièces, les portes étaient fermées, il les poussa violemment. De l'air. De l'air. Revint dans la chambre, appela les renseignements téléphoniques pour obtenir ce numéro de banlieue, celui de l'hôpital, qu'il n'avait pas eu la présence d'esprit de demander au voisin. Pas plus qu'il n'avait fait répéter son nom à ce voisin d'en face. En face, dans la rue ? Ou dans le couloir de l'immeuble, l'appartement d'en face ? Hier, vendredi. Quelle heure. Où était-il ? Au décollage, ils avaient survolé Manhattan, remonté la ville, un panorama nocturne de tours illuminées, de guirlandes bleues, une carrière minérale et sauvage. Le disque reprit au début sa litanie de l'encombrement. Il raccrocha. Fit le numéro d'une compagnie de taxis. Occupé. Les pages jaunes. Une autre compagnie. Occupé. Évidemment, un samedi. Il enfila son blouson de cuir, empocha portefeuille, stylo, cutter, n'importe quoi, refit un numéro, obtint une réponse. Donna son adresse. À New York, au bord des trottoirs, il suffit de lever la main, on a toujours dans la minute, quelle que soit l'heure du jour ou de la nuit, un taxi libre pour vous conduire n'importe où. Sur le trottoir, il attendit dix minutes avant de voir déboucher la Peugeot grise annoncée.

— Villeneuve-Saint-Georges, dit-il. Banlieue sud-est. Autoroute de l'Est.

— J'y vais pas, dit l'homme. C'est pas mon secteur.

— Merde, dit Aden. Gare de Lyon. Vous y allez, gare de Lyon ?

Il faisait une vive éclaircie après l'averse. Le feuillage roux des arbres du boulevard émergeait, rafraîchi et nettement découpé sur les façades humides qu'illuminait un soleil bas, si perçant qu'il blessait la vue dans le reflet des vitres. À cette clarté violente s'opposait l'inquiétude du ciel, ses nuages violets et noirs, pressés en une débandade d'exode.

Ma mère, dit Aden, a eu un petit accident. Il y a vingt-quatre heures environ. Il faut donc vingt-quatre heures dans une société de communication si intense que pas une minute, pas une seconde de silence ne se fait nulle part, dans une société informatisée et robotisée jusque dans les cuisines et les caves du dernier analphabète, vingt-quatre heures pour trouver le téléphone des gens à prévenir. Et encore, c'est le voisin d'en face qui s'en charge. Même pas la police pour déposer un mot chez vous, les renseignements internationaux pour avoir le numéro d'un hôtel à New York. Dans l'avion, il y avait un poste téléphonique, et maintenant dans les TGV. Elle n'a rien, dit Aden. Ce n'est rien. Je vais brancher un répondeur. J'aurais dû lui laisser mon numéro à New York, comme à Kerin. C'est un petit accident. La dernière fois qu'il était allé la voir à Villeneuve, c'était la fin de l'été, septembre. Il n'en est pas sûr.

— Il fait pas beau, hein ? dit le chauffeur.

— Merde, dit Aden.

Gare de Lyon, il s'engouffra dans la première bouche de métro, longea les couloirs déserts en courant. À quatre heures, un samedi, il n'y avait pas la cohue des soirs de semaine. Il atteignit au sous-sol la gare des trains de banlieue. Il ne trouva pas de monnaie pour le distributeur de tickets, seulement les billets de la banque automatique, tirés à l'aéroport, le matin. Il dut faire la queue au guichet, derrière cinq personnes, compta-t-il, et son impatience disparut jusqu'à la paralysie de tout sentiment. Quand le préposé lui demanda sa destination, il articula comme s'il parlait une langue étrangère.

— Dépêchez-vous, dit l'homme, placide. Le train part à l'instant.

Aden traversa le hall en trombe, dégringola les marches de l'escalier roulant jusqu'au quai et monta juste au moment de la fermeture automatique des portes. Comme le train démarrait, il vit sur le quai des voyageurs attardés rompant leur élan d'un geste tragique. Il s'en est fallu d'un cheveu, pensa-t-il, le front contre la vitre, et une fille surgit, le visage rendu stupide par la déception, créature abandonnée, fixant le départ du train dans les ténèbres du tunnel comme une héroïne accablée par les dieux. Aussitôt, dans le défilement lent du départ, il regretta de n'être pas de ceux-là, laissés pour compte, cloués à l'immobilité déjà lointaine du quai, comme si, par la complicité de l'employé, l'implacable horaire contre lequel il avait cru gagner venait de trancher et le condamner, au lieu de l'épargner. Dans le wagon, les gens étaient peu nombreux, tous assis, déjà installés sans doute avant l'heure du départ, avec cet air de suffisance que donne l'avantage d'être le premier arrivé et d'avoir choisi sa place. Aden eut l'impression d'être là par erreur, il faisait partie d'un autre voyage, d'un autre convoi. C'était un autre soir de novembre et dans un pays inconnu, ces gens ne pouvaient avoir la même destination. Pourtant il connaissait ces visages tirés par l'effort d'indifférence, leurs yeux détournés ou baissés, chacun enfermé dans sa résistance solitaire. Il s'assit sur la première banquette libre. La grosse femme, en face, fut la seule à lui lancer un vrai regard. Aussitôt, elle remonta son sac contre son ventre et le tint en bouclier, à pleins bras, fronça les sourcils d'un air furibond et affecta de s'intéresser au plafond. Au moins celle-là peut mourir, pensa Aden. Il enfonça les mains dans les poches de son blouson, rentra ses pieds sous la banquette pour ne pas l'effrayer davantage.

Derrière la vitre, il y avait l'obscurité du tunnel, mais bientôt le train remonta la pente, émergea à l'air libre, glissant parmi les voies et les caténaires luisants de pluie dans la lumière déjà crépusculaire. Un moment, ils roulèrent contre un autre train, à la même vitesse. Ils restèrent en face d'une fenêtre par laquelle on voyait un wagon semblable au leur, mais vide, brillamment éclairé qu'ils regardèrent tout le temps comme s'il allait s'y passer quelque chose ; jusqu'à ce que cette image s'éloignât, emportée sur une voie écartée, et tandis qu'ils prenaient de la vitesse, l'autre train reculait dans l'obscurité, long tube lumineux brinquebalant, mais leurs corps aussi, abandonnés aux cahots des essieux, ballottaient dans le reflet des vitres où il n'y avait plus que la pénombre du crépuscule. Sa vie n'était pas en péril, ni celle de l'enfant, et celle de Iana non plus, décida-t-il contre l'inquiétude de la brusque accélération qui venait de les emporter. Il se souvint qu'il avait projeté de passer à l'Agence dans l'après-midi, de rappeler Kerin, au lieu de quoi il avait dormi et maintenant il roulait vers la banlieue, et la nuit tombait, et rien n'avait eu lieu de ce qui était prévu.

Il s'efforça de regarder le paysage qui défilait, le flou humide des quartiers que la voie surplombait, des rues de maisons basses finissant en impasse contre la butte du ballast, contre des palissades de planches, des grillages, fenêtres jaunes derrière lesquelles s'entrecoupaient des scènes fugitives, fragmentaires et perdues, des jardinets mornes, cours d'écoles désertes sous les arbres déplumés, et entrepôts aux toits de tôle luisante. Ils traversaient des gares sans ralentir, longèrent des quais où des voyageurs se tenaient en grappes sous les abris de verre fumé, devant les panneaux publicitaires aux néons tristes ; il n'avait le temps de voir ni les visages, ni le nom des stations, images floues, effilochées par la vitesse, mais il connaissait l'itinéraire par cœur : Maisons-Alfort, Vert-de-Maison, Villeneuve-Prairie, Villeneuve-Triage... C'était un samedi soir, début novembre.

Dans le passage souterrain de la gare, comme il se dirigeait vers la sortie, Aden vit venir à sa rencontre un vieil homme qu'il prit d'abord pour un aveugle, ou un ivrogne. Il avait la démarche mal assurée des vieilles personnes dont les pas traînants entravent la hâte et qui se précipitent quand même dans un élan éperdu pour rattraper leur équilibre. Il tendait un bras vers le mur pour prévenir la chute et de l'autre balayait l'air d'un mouvement de rame qui eût été comique si l'éclairage au néon, au fond du souterrain, n'avait découpé cruellement sa sihouette chancelante. En le croisant, Aden vit sa figure rendue méchante par l'effort, tendue vers son but, l'autre bout du tunnel, il reconnut l'homme, en un éclair. C'était le professeur. Ce voyageur instable au regard de noyé furieux, c'était le professeur du collège, autrefois triomphant, le maître terrifiant et bon, le visiteur du soir. L'afflux des heures, des jours écoulés depuis ce temps, les années, submergea Aden, le laissa effaré que cet homme fût toujours là dans les murs et non englouti par la vie, comme il l'avait été par son oubli. Il ne se retourna pas, emporta dans sa course l'image de cette apparition.

Dehors, il faisait nuit, ou presque. Devant la gare, la station de taxis était vide. Aden traversa le carrefour en se faufilant entre les voitures, accosta le premier venu sortant d'un café, lui demanda la direction de l'hôpital Chardin, la distance. L'homme ouvrit des yeux immenses tellement il était content d'être sollicité. Aussitôt ivre d'importance, il expliqua la relative proximité de cette institution, mais la pente pour y parvenir, et surtout la fourche trompeuse du carrefour font s'égarer les gens, compliquent le parcours, disait-il, docte.

Pour finir, il désigne le bus de ville stationné un peu plus loin, qui y passe, mais il voudrait poursuivre son exposé, comparer encore les inconvénients du trajet à pied, relativement court quoique délicat, et la course du bus qui le rallongera en contournant le jardin. Voilà que Aden l'écoute, se comporte en étranger dans les quartiers de son enfance, en voyageur perdu au milieu de ce carrefour mille fois traversé, devant cette gare où il a pris mille trains de banlieue pour Paris. Certes il n'a jamais mis les pieds dans cet hôpital de la ville ; s'il le situe vaguement sur la hauteur des collines, vers Yerres, une grande bâtisse de béton jaune, c'est qu'il a dû l'entrevoir une fois. Cependant, il feint l'ignorance du passant égaré, perd tout appui alentour, toute assise. Le vent a continué de souffler et de rabattre sur le carrefour les mêmes fumées, les mêmes échappements de voitures dont le dépôt se voit sur la pierre noire, rongée, l'asphalte poisseux des trottoirs et sur les vitrines des cafés, les fenêtres aveugles de maisons désoccupées de tout habitant, la même pluie a continué de mouiller cette place et le soleil d'été d'en brûler la poussière. Aden affecte d'être d'ailleurs quand tout ici le reconnaît, non pour leurrer cet inconnu, mais lui-même, piètre comédie. L'homme a rajusté son col d'imperméable, il se rengorge, ayant épuisé son discours. Tant de solitudes se satisfont, un samedi soir, d'indiquer son chemin au passant perdu. Aden est à la torture. Déserteur honteux, revenu, clandestin, sur les lieux du crime. C'est ainsi que se désaccordent les parties d'un corps ancien, se séparent. Et la vitesse des véhicules soudain libérés par le feu vert, fantômes aveuglés dans les phares, et la course rageuse des gens dispersés aggravent en lui la confusion. Il ne serait même pas étonné, l'homme tendant le bras, détournant la tête pour indiquer à nouveau le bus, s'il présente à nouveau sa face, de reconnaître le professeur dans ses traits métamorphosés. Aden remercie, il fuit, s'éloigne de l'homme au geste suspendu.

Le chauffeur du bus décrète qu'il part dans deux minutes. À peine Aden a-t-il pris place que la femme du train surgit ; elle se hisse avec peine, soufflant, encombrée de son sac bouclier. Elle reconnaît Aden, aussitôt son visage s'éclaire d'un sourire inattendu, car ce qui était tout à l'heure sa peur des voyages et de la compagnie d'inconnus devient la satisfaction d'identifier un familier de sa vie récente. Rassurée, elle cligne de l'œil et soupire. Elle peut mourir, celle-là, pense-t-il encore, et cette fois, nulle compassion, il la chasse de sa pensée.

En échange, il y eut Iana. Il l'avait comme oubliée. Oublié ce qu'il venait faire à Villeneuve, ce samedi soir. Le message du voisin lui apparaît à présent dans toute sa nouveauté. Iana est tombée dans la rue, devant le supermarché, on l'a conduite à l'hôpital, c'est un petit accident, à cause de la pluie et des trottoirs glissants. La mère est devenue l'héroïne d'un petit drame, fait divers de banlieue qui lui donne valeur de personnage. Aden ne fréquente pas sa mère, il est de ces fils que la vie éloigne. De temps en temps, il lui rend visite, comme à un parent de province. Il a défait, il y a longtemps, toute attache. D'ailleurs cette femme ne lui demande rien. Elle poursuit son existence opiniâtre dans la plus grande indépendance matérielle et affective. Iana est devenue une sorte d'abstraction de mère, qu'il rencontre de loin en loin avec une grande prudence, une grande circonspection. Mais, de longue date, elle est devenue inoffensive, s'est très vite désintéressée de la vie que mène son fils, de son travail, auquel elle ne comprend rien. À peine consent-elle à la contrainte de recevoir Kerin, une ou deux fois, dans le jardin sous le prunier, et de tenir Paul sur son bras, le temps d'une photographie. Rebelle à l'effusion, farouche, méfiante jusqu'à l'infirmité pour tout ce qui dépasse le bout de sa rue, elle ignore la curiosité, s'abstient de poser des questions quand Kerin disparaît et l'enfant avec elle. Elle n'exprime aucun des sentiments ordinaires. Si Aden se présente, elle l'accueille volontiers, placide, indifférente. Il l'invite au restaurant de son quartier, un petit café d'ouvriers, puisqu'elle refuse d'aller plus loin dans Villeneuve. Elle n'a pas le téléphone, elle n'écrit pas. Aden lui envoie quelquefois une carte postale, un mot pour le premier de l'an, il n'espère d'elle aucune sorte de réponse. Et depuis si longtemps leurs rapports se sont ainsi réglés que ni Aden ni elle, sans doute, n'imaginent qu'il puisse en être autrement. Si son esprit se cabre au sujet de sa mère, c'est que Aden est pour beaucoup dans l'éloignement où ils se tiennent, silence jeté sur les vieux contentieux, les comptes non réglés, ce fatras de passé, révolu, silence. Un avion passa au-dessus de la gare, tous feux allumés, tanguant très bas. On voyait nettement son train d'atterrissage et la vibration de la carlingue qui miroitait d'éclats du soleil déjà disparu. Il semblait porté par cette lumière des hauteurs tandis que la ville plongeait davantage dans sa nuit. Le tonnerre des réacteurs ne vint qu'ensuite, fracassant. Alors l'avion avait glissé sous les arbres du bord de Seine, vers Orly.

Aden rentra le cou, ferma les yeux.

De toutes ses forces, il appela à son secours une image de sa mère qui fût proche, pour l'apprivoiser en pensée avant la chambre d'hôpital, avant qu'il n'ait à inventer les gestes de sollicitude, à improviser les paroles de soutien. Elle qui ne s'éloigne jamais de sa rue Marbot et ne connaît au monde que son petit deux-pièces cuisine, le même depuis presque cinquante ans, comment a-t-elle supporté d'être placée dans une chambre d'hôpital, ce dérangement immense de sa vie sédentaire, et que des inconnus décident de son sort, s'occupent d'elle, la déshabillent et l'examinent. Pour la première fois de sa vie, sans doute, Aden eut une pensée de solidarité pour cette femme, éprouva un sentiment de révolte pour l'offense faite à sa pudeur de solitaire contrainte à l'inévitable promiscuité ; une sorte de compassion, car venait la vieillesse, peut-être, à laquelle il ne pensait jamais, l'indigence du corps et ses misères, mais cela semblait ne devoir jamais concerner Iana. D'ailleurs, songea-t-il, si elle n'a pas pris l'initiative de me faire prévenir elle-même, c'est qu'elle ne tient pas à en faire une histoire.

Il chercha d'elle un souvenir récent, n'obtint aucune image. Ou plutôt se superposaient des figures floues, noyées d'inattention, forme ronde des joues, haut front, mais un nuage de visage sans contour stable, rongé en son centre d'une absence, et soudain naquit cette figure d'elle. En contre-jour d'une fenêtre, sa silhouette replète, sa taille perdue sont celles d'aujourd'hui. Ces dix dernières années, elle s'est empâtée peu à peu, perdant dans la chair les saillies anguleuses de la femme ancienne, carrée d'épaule, pointue du coude et du genou, aiguë du menton. Aden reconnaît aussi la couronne de frisons poivre et sel qui auréole son front, cheveux crêpelés, rebelles au peigne, aucun chignon n'en vient à bout, si bien que, pour aller dans les rues, elle noue un foulard serré bas sur son front, comme une paysanne. Mais son visage résiste encore, il est un puits inquiétant, recule dans le contre-jour, et ce creux d'ombre appelle en arrière celui d'une autre qu'elle, très ancien visage de jeune femme, suspendu comme un masque de transparence sur le corps vieilli de Iana Seliani.

Il l'identifie aussitôt, voici un souvenir, celui d'une photographie prise dans un studio de quartier où ils ont dû aller poser tous les trois, autrefois, le père, la mère et l'enfant. Ce soir, cette figure triomphe de tout effort de mémoire, abolissant les autres, plus récentes. Pour Aden, elle ne l'a que sur cette photographie, et le visage de jeune femme monte, en masque immatériel d'ombre et de lumière, grave, sans sourire, modelé d'énergie, le sourcil sévère barrant d'un pli le front bombé, visage de jeunesse rude, plein de méfiance et de tristesse. Il ne ressemble à aucun souvenir réel ; Aden n'a pas connu ce visage à sa mère, il était trop petit. Pour lui, elle ne l'a que dans ce cadre, sur le papier jauni, conservé en viatique, parce qu'il est le seul à les réunir tous les trois et que Iana n'a jamais désarmé, jamais renoncé à ce moment de la vie qui fit d'eux, Iana, son mari Otar et leur fils Aden, une famille. Ils ont si peu été cette famille-là, ce corps à trois têtes accroché depuis quarante ans à la même place, au chevet du lit de la chambre de Villeneuve. Le visage est monté, victorieux de l'ombre, il se dessine, il pointe, dans le contre-jour, son regard fixe de brûlot.

Et tandis que le bus gravissait la pente abrupte des hauts de Villeneuve, Aden souhaita un détachement, un faux pas qui lui restituerait quelque chose de vrai la concernant, un cahot plus fort pour détacher la pellicule d'apparence qui le sépare d'elle, mais derrière la vitre où se fondit aussitôt le visage de la mère, il ne vit plus, au-dessus des premiers toits, que le paysage urbain couvert de nuit, l'anarchique distribution des masses d'immeubles et de maisons, les bâtiments de la gare et son réseau de voies ferrées, la frange noire des arbres bordant le reflet métallique du fleuve, tout cela troué en mille places par les feux des voitures, phares et signaux routiers dans l'embouteillage du pont, de la bretelle d'échangeur avec la voie rapide, engorgée par la circulation du soir. Une cuvette concassée de lumières mauvaises, de plaques obscures, trous noirs et halos fluorescents, traversée par le tube lumineux d'un TGV glissant à grande vitesse vers le sud sur une voie écartée, par les trains de banlieue éclairés de faible jaune, convergeant vers la gare, et, sur tout cela, la descente, de minute en minute, des avions sur les axes d'atterrissage de l'aéroport, couvrant de leur vrombissement énorme la trépidation des trains, le hurlement des freins d'acier sur les rails, et les moteurs de voitures, la rumeur de la ville. On peut toujours renchérir dans l'éloquence des bilans et les discours de mise en garde, ce carrefour de folie humaine prospère, noue avec un art diabolique ruelles, routes locales, artères, voies ferrées et pistes d'envol convergeant vers cette place de la gare, qui fut dans le passé une place de campagne, au temps où ce bourg d'Ile-de-France, aux toits de tuile et d'ardoise, était le premier relais de postes de province sur la route du Sud, avec des champs et des hameaux, perdus au bord de l'eau, des vols de mouettes basses, des angélus du soir. Pourtant, pensait Aden, c'est une ville où les gens vivent, il y a des cafés de quartier, des épiceries, et des clubs de yoga, des agences de voyages, d'immobilier, il y a dans les maisons des chambres avec des photos de famille, des canapés devant la télévision, et des jardins où poussent la glycine, les dahlias, et des écoles où les enfants apprennent à lire dans le bruit incessant, le nuage de carbone, de kérosène, le tonnerre des trains de marchandises, des camions, des avions, le bombardement permanent monté de terre, tombé du ciel. Il se souvint de sa vision devant Paris dans les brumes du petit matin. La grande explosion a lieu ici. Ici, jamais les décombres pulvérisés ne retombent, dans la poussière de la minute d'après. La minute d'après n'existe pas, elle est celle d'une déflagration toujours recommencée, d'une commotion constante où vivent les gens. Pourtant Aden a grandi là, Iana y vit encore. Depuis qu'ils ont trouvé, elle et son mari Otar, l'accueil d'une vraie maison, un deux-pièces cuisine, des murs solides, des volets, et une porte avec une vraie clef, un verrou, et l'eau courante à volonté, de la lumière électrique, un paradis pour des gens sans la langue, ni le droit, étrangers. Suffit. Même les chiens pleurent, c'est facile. Et la figure de la mère jeune, barrée au front de souci, regard brûlant, immense, envahit l'image nocturne de la ville.

Dans le hall de l'hôpital, le kiosque à journaux était fermé, le salon d'accueil désert, avec des revues déchirées abandonnées sous les fauteuils de simili-cuir. La réceptionniste, pour chercher, cessa un instant de mâcher son chewing-gum, suivit de l'ongle rouge la colonne des admissions. Elle rentrait ses lèvres dans l'effort, mais quand elle eut trouvé, elle donna un grand coup de dents et sourit brusquement, leva les sourcils de l'air joyeux des hôtesses d'aéroport.

— Chambre 502, dit-elle en levant le doigt, comme si elle le menaçait gentiment. Cinquième étage.

Au cinquième, tout semblait apprêté pour la nuit, les veilleuses des couloirs, les chariots rangés le long du mur. Il avisa la salle de garde des infirmières.

— 502, c'est le fémur ? s'enquit la plus proche, assise à un bureau, en s'adressant à quelqu'un d'invisible, dans une autre pièce.

Puis elle se mit à chercher sans attendre la réponse sur un panneau mural piqué d'épingles en couleur.

— Les visites sont terminées, j'appelle l'interne, dit-elle, dévisageant brusquement Aden. Vous êtes qui ?

— Le fils de la 502, dit Aden, et il s'éloigna dans le couloir.

Il n'attendit pas l'interne, chercha la chambre. La porte était entrebâillée sur une lueur bleue. Il se glissa à l'intérieur, vit deux lits, tête-bêche, une fenêtre au milieu dont le store à lamelles pendait de travers. Il vit des portiques de transfusion, et des écrans scintillants. Il se souvint de cette odeur, vestiaire d'infirmerie, lors des visites médicales, salle de classe en cours de chimie. Un avion descendit dans le cadre de la fenêtre, lentement, disparut. Aden enleva ses lunettes embuées, les essuya avec son mouchoir, les renfila, immobile de crainte parce que dans l'obscurité rien ne bougeait et le corps étendu paraissait dormir. Il tenta de se souvenir encore, d'obtenir l'image récente, récita en voix intérieure des injonctions enfantines, de celles qu'on se lance au bord des terrains sur les stades, au seuil des salles d'examen. Il fit un pas en avant vers le seul lit occupé. Elle dort, une femme couchée sur le dos. C'est Iana, il la reconnaît, elle ressemble à l'autre, la plus jeune, avec son air sérieux et absent de personne endormie, profondément occupée à dormir, il remarque son front, la barre des sourcils étrangement soulevés, la couronne mousseuse de cheveux, bleue dans la lueur des veilleuses, des écrans de machines barbares. L'interne est entré soudain. Il semble contrarié, ce grand jeune homme maigre se tient voûté, il tire Aden hors de la chambre, avec autorité.

— Monsieur Seliani ? interroge-t-il, tout en cherchant quelque chose au fond du couloir. Je suis le docteur Parent.

— Qu'est-ce qu'elle a ? demande Aden. Elle dort ?

— Vous ne pouvez pas entrer dans les chambres comme ça, sans autorisation. C'est interdit hors des heures réglementaires.

— D'accord, dit Aden. Alors ?

— Nous avons tenté de vous prévenir, hier.

Maintenant, ce Dr Parent regarde la pointe de ses chaussures et prend un ton de reproche.

— J'étais en voyage. C'est un voisin qui m'a appelé, tout à l'heure.

— Nous ne pouvons pas nous occuper de toutes...

— D'accord, dit Aden, très vite. Qu'est-ce qu'elle a ?

L'interne s'est mis à marcher à grands pas lents, il entraîne Aden à sa suite, il a l'air décidé à prendre son temps. On entend un grondement lointain, une sorte de vibration grave dont on ne sait s'il est l'écho étouffé du bruit de la ville ou bien s'il émane des profondeurs, un ronflement de chaufferie, de machines médicales sous tension ; cependant le calme de l'étage, la solitude du couloir ressemblent au silence. Les semelles de crêpe de l'interne crissent sur le revêtement de plastique, Aden résiste à l'envie d'empoigner ce jeune homme pour presser l'entretien. Ils entrent dans un bureau, l'autre propose une chaise. Aden refuse d'un signe. Ils restent debout. Ainsi, le regard baissé, attentif, Aden apprit de l'interne les circonstances de l'accident et le diagnostic provisoire. *Provisoire*, ponctue-t-il, le doigt levé. Ici, tout le monde utilise les gestes des instituteurs, à force de s'adresser aux malades et à leurs proches comme à des enfants.

— Une chute dans la rue, le front a dû heurter quelque chose de contondant, le bord du trottoir sans doute, assez violemment pour que la tempe présente un œdème caractéristique, *un œuf de pigeon*, n'est-ce pas, bénin par lui-même.

Le jeune homme semble satisfait de son mélange habile de discours technique et d'images simplettes. Il a allumé un écran lumineux ; du plat de la main, il applique les radios.

— Cependant, il y a bel et bien traumatisme crânien, certes sans fracture, comme vous le constatez, l'image osseuse est intacte, mais là, cette espèce de précipité pas catholique, ces *gros grumeaux*, hein ? Nous avons un hématome sous-dural, très net.

Voici la boîte crânienne de Iana Seliani, son cerveau bleu, une grande fleur nébuleuse au bout de sa tige de moelle épinière, un champignon de nuage atomique en expansion silencieuse. Il neige dans le cerveau de Iana, des concentrations floconneuses, opaques, que tapote le Dr Parent du doigt plié, juste à l'endroit sensible. Aden en a un frisson de douleur.

— Comme vous le savez, la boîte crânienne est rigide, non extensible. L'hématome compresse le cerveau par son volume à travers la dure-mère, comme ça — et provoque cet état léthargique caractéristique.

Il a rejeté les radios, il serre son poing, mime dans le vide une pression latérale, geste de boxeur au ralenti jusqu'à heurter et presser la paume ouverte de son autre main.

— Et puis — il garde son poing dans la paume —, c'est le plus contrariant, il y a eu un petit infarctus, cause probable de la chute elle-même. Notre cœur n'est pas bien bon, dit-il avec une moue réprobatrice. Théoriquement — il lève le doigt, professoral —, *théoriquement*, l'intervention est simple : petite trépanation pour évacuer l'hématome, il n'y pas d'autre solution. L'eau d'un œdème se résorbe par traitement chimique, n'est-ce pas, mais cette poche de sang, l'hématome, n'est-ce pas, il n'y a que l'opération pour l'évacuer.

— Qu'est-ce que vous attendez ? demande Aden.

Il en a assez de l'exposé.

Le jeune homme plisse les yeux, fait la moue comme s'il considérait l'état de son élève, l'étendue de son ignorance et sa lenteur d'acquisition, en vue d'adapter son discours. Il cherche l'accord, la conciliation, peut-être même la sympathie. Cette façon répugnante de vous tirer dans leur camp, de vous neutraliser.

— Notre cœur n'est pas bien bon, répète-t-il désarmé, à bout d'arguments.

Du doigt, il dessine dans l'air une hachure rapide qui imite peut-être le tracé d'un signal d'électrocardiogramme, ou bien les pulsations désordonnées du cœur malade, à moins que ce doigt agité ne serve que l'exposé, le rende plus menaçant pour le profane.

— Votre mère a-t-elle des antécédents ? s'enquiert-il, abruptement.

Aden est pris au dépourvu, en flagrant délit d'ignorance. Il dit que non, à sa connaissance du moins, pas d'antécédent.

— Voyez son médecin traitant, qu'il se mette en rapport avec nous dès demain.

À nouveau, ils sont dans le couloir, un tunnel béant aux lueurs sous-marines, et Aden renonce aux questions techniques.

— Est-ce qu'elle est en danger ? chuchote-t-il, la gorge nouée.

Il a honte, il se racle la gorge.

— Danger ?

L'interne a pris l'air interloqué, ou choqué par ce gros mot. Il regarde Aden pour la première fois en face, identifie l'adversaire.

— Je vous demande si c'est grave, corrige Aden, posément, soutenant le regard de l'interne.

— Elle est en *observation*, convient celui-ci, pour finir.

Il a tellement détaché le mot qu'il semble le charger de toutes sortes de significations évidentes. Aden aurait dû comprendre à demi-mot, sans l'obliger ainsi à préciser sa pensée, et provoquer son embarras.

— Je voudrais la voir, maintenant, dit Aden. Je ne la réveillerai pas.

— Elle ne dort pas, dit le docteur avec accablement. Elle est dans un état de coma léger, comme je vous l'ai dit. En observation.

À ce point, ils sont parvenus au milieu du couloir, sous la lampe du palier. Malgré l'espace entre eux, ils se heurtent de l'épaule. D'une secousse, Aden retire son bras, recule. Non, pense-t-il, c'est un inconnu, au moment où l'interne s'écarte aussi, si bien qu'ils se trouvent ridiculement loin l'un de l'autre sous la lampe.

— Vous voulez vraiment la voir, concède le jeune homme, mais c'est inutile.

Il semble distrait, maintenant, à l'affût d'un bruit, la tête tournée vers le fond du couloir. Soudain, Aden n'est plus tout à fait certain de vouloir revenir dans la chambre, car il s'agit de Iana Seliani, une personne réelle dont il a vu le cerveau. Quelque chose couine, derrière eux, grince, gémit. L'interne se pince le nez, absorbé dans ses pensées, on dirait qu'il attendait ce bruit, précisément, depuis un moment.

— Allons-y, décide-t-il, mais je vous préviens...

Il ne termine pas, hausse les épaules, fataliste.

Dans la chambre, il fait plus sombre. La nuit luit entre les lamelles du store cassé, les écrans clignotent, traversés de lignes vertes sautillantes. Approchant du lit, l'interne, soudain affairé, se précipite vers un clavier, examine des chiffres affichés, il tapote des touches, règle sévèrement le goutte-à-goutte d'un flacon. Aden est rendu près de la femme qui dort. Il est profondément effrayé et désolé de ce visage nu aux paupières blanches. Elle a une bosse au front, dérisoire. Un *œuf de pigeon*. On presse sur les bosses d'enfants des pièces d'argent et ils cessent de pleurer. Aden prenait Paul sur ses genoux et pressait la petite pièce magique. Est-ce qu'un fils pour sa mère peut ce geste, et la culpabilité étreignit son cœur, du fils qui fut mauvais fils, un homme séparé, et hostile, arrêté à ses haines d'adolescent, jamais dépassées, ayant renié la filiation, le transport d'affection naturelle, réfugié au-delà des frontières, des douanes intérieures ; car elle a l'air si seule, infiniment seule, allongée sur ce lit anonyme, très sage et résignée, avec ses bras étendus, transportée dans le bain bleuté de la chambre inconnue, attachée aux tuyaux et aux fils électriques, très seule et très sage. L'œuvre patiente de séparation, la chirurgie du long terme opère dans les profondeurs sa déchirure, aboutit à ce soir de novembre, sans réparation possible. Mais nous étions deux, s'écrie Aden, désespéré, toi et moi, à y consentir, ligués ensemble ! Un train passa longuement. Aden relève le visage avec effort, mais sa peur et la superstition la plus prosaïque résistent. Il garde ouverts les yeux, dévore des yeux la mère endormie. Il l'a quittée debout, la dernière fois, très droite sur le seuil de chez elle, c'est son port ordinaire, Iana ne fléchit pas. À contre-jour, il ne parvient plus à voir son visage d'alors, seulement celui d'une autre qu'elle, à qui elle ressemble ce soir.

Dans le bruit cliquetant, cahotant, il tendit la main — passa un long train de marchandises, un train de voyageurs parti pour une destination lointaine, à travers des villes où il y a des hôpitaux dans la nuit —, il tendit la main, toucha le front du bout des doigts timides, la peau molle et tiède sur l'os, resta paralysé dans ce geste par le contact inattendu tandis que s'entrechoquaient des ferrailles de wagons malmenés. Mais le regard par lequel tu reconnaîtrais en cette femme immobile ta mère, éprouverais pour elle sollicitude et compassion naturelles, tu l'as révoqué, et perdu pour finir, ce visage a gagné mystère, obscurité, il est devenu une image de douleur séparée.

— Il se peut, dit l'interne, à voix basse, qu'elle sente vos doigts, qu'elle entende quelque chose.

Aden retire sa main, effrayé.

— Le train ?

— Pardon ?

— Elle entend le train ?

L'interne jette loin son bras au-dessus de la mère, le ramène, consulte l'heure à son poignet.

— Quel train ? Excusez-moi, il se fait tard. Je dois reprendre mon service. À l'accueil, on vous indiquera les heures de visites autorisées.

En sortant, ils se trouvent face à face, embarrassés d'avoir à franchir le seuil ensemble. Le jeune homme esquisse une grimace professionnelle d'encouragement, tente un mouvement pour toucher peut-être l'épaule, le coude. Aden se met hors d'atteinte aussitôt pour ne pas lui lancer son poing dans la figure.

Il descendit à pied à la gare, coupa par le jardin. À l'air libre, il retrouva une sorte de lucidité, celle de son corps rétabli, de sa respiration, de son regard acéré perçant la nuit, sensible au danger. C'était un état neuf de résistance. Tellement déserté de sentiments que lui venaient crues les sensations du vent humide sur sa face, du choc de ses pas sur le chemin de terre dont la déclivité l'emportait entre les arbres, du froissement âpre des buissons dont il longeait les massifs rangés, si proche que le bruit végétal sembla un instant dominer le grondement de la ville. Alors la sensation physique de sa solitude, de la chaleur retrouvée de son corps solide, et des battements de son cœur au rythme duquel sa respiration s'accordait, le balancement ample de ses bras furent ensemble ligués contre le monde adverse, sensation pure d'un soir d'enfance, quand on apprend qu'on va, seul, à la rencontre du plus noir au bout de la rue, à son tournant, et qu'il faudra être prêt, ligué tout entier contre cette clameur de stade ou de champ de guerre vers lequel il descendait, ce tohu-bohu inhumain du bas de la ville. Il retrouva un sentiment d'humanité à se déplacer ainsi au cœur de la catastrophe.

Gare de Lyon, Aden prit le RER jusqu'à Nation, puis la ligne Pont-de-Sèvres. À cette heure-ci, la classe moyenne a déserté en grande partie le métro ; domine la population des figures immigrées de tous les coins du monde, Africains, Antillais en groupes, Asiatiques, isolés, ceux pour qui le métro est le seul moyen de transport ; mais s'il y a des gens solitaires, la plupart sont en bandes, des jeunes, ils sortent pour la soirée, en vêtements de ville ou de sport, presque endimanchés, d'une gaieté bruyante. Cinq jeunes Arabes, les walkmans en écharpe, se donnent des bourrades de petits mâles fanfarons, ils portent des badges et des pins piqués sur les revers qu'ils arborent avec provocation. La plupart descendent à République ou Strasbourg-Saint-Denis, retrouvent d'autres bandes sur les quais. Ils vont émerger sur les boulevards, déambuler devant les cinémas et les cafés et rôder dans les rues clignotantes de toutes les tentations ordinaires et basses de la ville. Aden fait le reste du voyage à côté d'une vieille femme arabe tatouée de bleu au front, enfouie jusqu'au nez dans un vaste manteau de laine et protégée par le contrefort énorme de sacs en plastique de chez Tati, pleins à craquer. Que trimbale-t-elle avec elle depuis Nation, endormie, le front contre la vitre et bouche ouverte, indifférente aux secousses des portes automatiques, et de la décélération, à chaque station ? Aden l'abandonne à Trocadéro, voyageuse au long cours.

Il est près de sept heures, il coupe par l'esplanade, face à la tour Eiffel illuminée, il descend dans l'obscurité des jardins. Sans hésiter, il avance dans les allées sur la jonchée de feuilles mortes. À travers les branches à demi dépouillées des arbres, il aperçoit les façades des immeubles aux fenêtres éclairées. Il se poste en face de l'Agence, s'installe sur un banc. Il reste là un moment. Il sait ce qu'il est venu faire, mais un instant encore, il attend. Derrière les bosquets maigres, la circulation du samedi soir est devenue dense ; klaxons, appels de phares survoltent l'agitation de la rue. Il se sent séparé, tellement éloigné de ces gens qui vont dîner ou au spectacle, qui parcourent en tous sens la ville avec des envies d'amour ou de meurtre, des désirs d'alcool, de rêves, et rien de cela n'apparaît comme fantastique ou seulement étrange, mais amer, d'une mélancolie lasse, détachée. La vie de la ville n'est que ce petit manège, brassage inquiet de trajectoires courtes, spasmes individuels dans le ronflement emphatique des moteurs, l'exaspération brève des coups de freins, un simulacre de fièvre, rien d'autre au travail que des causes de mort, des effets de la mort, et la flambée magique des oublis, chaque minute.

Il a oublié. Depuis trente ans, il a cru comprendre quelquefois et agir, et l'ensemble des constructions laborieusement échafaudées, le vain espoir de savoir et d'agir se dérobent. Que reste-t-il de possible, ce soir, à la fin de cette journée du retour, altérée de rêves, d'élans rompus, qui accumule incohérences et accidents. Le cerveau bleu de Iana sur le tableau lumineux, le lent voyage aller-retour du train de banlieue et le fantôme du professeur se surexposent sans donner davantage le sens, la direction prise, et tout se défait dans le glissement de catastrophe imminente, ce sentiment qu'un irrépressible processus s'est mis en marche, dans la déflagration très lente du cerveau central. Cependant, assis sur le banc, dans la fraîcheur humide du jardin, il tolère encore l'intolérable somme de ce spectacle du soir dans la ville. Encore un éclair d'ironie en lui, ou la colère humiliée de l'idiot devant son propre saccage. Il laissa la conscience du danger s'installer, suivit le passage dans l'allée de quelques jeunes gens sortis de la séance de la Cinémathèque, excités et bavards, ils se retournèrent sur cet individu bizarre qui prenait le frais, puis plus personne.

Il ne distinguait plus, à travers les branches, que les fenêtres éteintes au quatrième étage de l'immeuble, celles de l'Agence, faciles à repérer parmi les autres brillamment éclairées. Personne, ce soir, dans les bureaux. De cela, il avait voulu s'assurer d'abord. À tâtons, il trouva dans sa poche, parmi le trousseau de ses clefs, celle qui ouvre la porte blindée et celle qui neutralise l'alarme. D'où venait l'impression, la lente formation d'une idée, irréfutable et solennelle dans la solitude du jardin, tandis qu'il guette, selon laquelle il a vraiment passé la frontière d'un pays intérieur. D'un seul pas, un *pas en avant*. Il ne sentait plus le froid, ni l'odeur mouillée de la terre et des feuilles.

Qui comme lui ce soir soupçonne ce que dissimule la façade respectable de l'ASI ? Seul Lewert, sans doute, sait vraiment. Il est de ceux qui aspirent depuis l'enfance au pouvoir, il a les dents aiguisées des vrais chefs, délicat dans la brutalité, élégant dans la vulgarité, il ne répugne à aucun coup de force, il est son propre homme de main, exécuteur sans état d'âme des hautes et basses œuvres, sans lui l'Agence ne serait rien. Il s'habille et parle avec le naturel que donne l'héritage, un de ces maîtres que Aden rencontre chaque fois, si parfait adversaire qu'il ne peut lui attribuer le crime, l'appeler son ennemi mortel sans en porter la charge, lui dont Lewert a fait généreusement son partenaire préféré.

Un hélicoptère clignota de rouge dans le ciel urbain, s'éloigna vers le sud. Lewert papillote d'admiration sincère, il approche à pas de loup, pose sa main douce sur l'épaule du collaborateur bien-aimé, tapote ces épaules sur lesquelles repose la maison, dit-il ; il excuse en même temps d'une mimique ce que la flatterie a d'inconvenant, entre gens du monde, il sourit. Il a des joues d'adolescent, vite empourprées, handicap apparent, car il se sert, par feinte, de ses rougeurs, il a l'œil d'un fauve. Mais non. Aden balaya d'un geste exaspéré l'hypothèse romanesque. Même pas de complot, de mensonge organisé. Beaucoup plus simple, le fonctionnement ordinaire d'une entreprise moderne soumise aux lois du marché, une machine commerciale sans morale ni passion, un instrument de pouvoir qui négocie les cogitations d'élites sur le terrain international, peu importe s'il s'agit d'intérêts privés ou d'État, pour beaucoup d'argent. Ce week-end, Lewert est à Dubaï ; il y a un mois, il était à Prague. Les nouveaux marchés de l'Est. Qu'est-ce que cela fait, puisque toute transaction se traduit en dollars. Ce que Aden a découvert à New York est-il vraiment intéressant ? Ce petit aperçu, vraiment nouveau ? Celui qui vient d'apprendre lancera dans la nuit de novembre quelques cris d'alarme enroués, tout raidi de vertu et de principes périmés. Il n'y aura pas un passant pour tendre l'oreille à ses histoires, pas un homme politique qui ne soit déjà au courant depuis belle lurette. On laissera divaguer le témoin sans craindre qu'il trouve écho à ses révélations éventées et sa voix embrumée se perdra dans les klaxons du soir. Aden soudain fut pris de nausée parce qu'il n'était plus entouré que de broussailles urbaines malades, de puanteur d'égout et de hauts murs cadenassés de mort. Il venait de reconnaître la vieille terreur de ceux qui naissent pauvres et qui, quels que soient le combat et les épreuves affrontées, auront toujours une heure de retard sur l'adversaire. À quoi servaient alors aujourd'hui l'ancien reniement, l'oubli, Villeneuve rayée de la carte, l'enfance, Iana et son mari Otar versés aux poubelles de l'histoire privée ?

Il revit la femme endormie, là-bas, vers le sud, sur le lit d'hôpital. La bosse au front, enfantine, l'absence de visage. D'elle aucune image ne se présente, seul le vertige du puits d'ombre. C'est ma mère, s'écria-t-il avec force, navré de l'avoir tant oublié, et il ne savait pourquoi il lui fallait venir ce soir sous les fenêtres de l'Agence brandir le fantôme de Iana, convoquer ce témoin sans visage et contre quel tribunal ?

Il poursuivait le mauvais rêve commencé à New York, trois semaines plus tôt, la parenthèse de temps où il s'était engouffré, tête baissée. D'habitude, ce monde carcéral lui convenait. Dans le travail, il se faisait prisonnier volontaire, se soumettait sans peine aux contraintes. Au-dessus de sa tête, la ville trépidait et dansait, vibrait d'une surchauffe humaine et mécanique, sa chambre d'hôtel lui servait de refuge pour le sommeil chimique qu'exigeaient ses longues journées. Il avait connu d'autres séjours semblables, à travailler douze heures d'affilée, seul dans des villes étrangères. Hors d'atteinte, croyait-il. Dans cet état d'éloignement qu'il désirait, il perdait même les mots, perdait la parole des jours et le ressort vivant pour ne plus se mouvoir qu'en apesanteur, au milieu des signes en codes inviolables, au centre d'un cerveau logique baigné d'éther, particule mentale en flottaison parmi les particules de sens pur.

Dès le début, la présence de Owen avait empêché cet état de grâce, Aden s'en rendait compte à présent. Une manière physique de rester là, d'occuper trop d'espace avec son corps ; il avait des accès de jovialité froide et de brusques dépressions, un air chagrin contagieux. Il affectait de pratiquer la psychologie de groupe, la surenchère laudative et les bourrades dans le dos, comme à l'entraînement sportif. Des spécialistes de la psychologie avaient dû plancher là-dessus, élaborer ces lois élémentaires de l'émulation, toutes les entreprises ont recours à eux. Les subtiles gratifications d'une relation humaine réelle, l'embrouillamini des sentiments sont un gaspillage d'énergie. La sympathie fondée, l'estime conquise, trop de temps perdu et de risques encourus. Comme le cheval de labour, l'homme doit se contenter de quelques cris d'encouragement et d'une bourrade. Et d'un bon cachet. Comme un coach, Owen roulait des yeux, ravi. Et pourquoi pas ravis, contents ? *Good boys, the best of the world.* Seulement Owen n'avait pas l'air d'y croire. Il voulait être *aimé !* Quand Aden a-t-il pressenti cela, cette charge presque matérielle dans l'air climatisé, cette tension qui émanait du corps lourd de Owen, une demande d'amour ? Comment comprendre qu'il ait quitté son poste et livré l'accès. Tout donné. Parce que le désir du coéquipier subalterne est toujours le même, accéder au savoir supérieur. Et son trouble, la peur qui l'a saisi, alors, parce qu'il ne comprenait pas l'erreur grossière, aveuglé par sa fièvre d'en apprendre encore davantage. Est-ce à cause de la partie de pêche, le dimanche précédent, que Owen a cru bon d'intervenir ? Un dimanche avec fantômes d'Indiens et fantôme de père au bord de la baie. Ce gros homme taciturne, sûrement un des boss les plus compétents de la Compagnie, qu'achète-t-il en glissant sous les yeux de Aden le code d'accès, mettant à mal le travail de tant d'années d'aveuglement, le refus de voir le vrai visage des planificateurs, des manipulateurs avisés, eux-mêmes exploités, ignorant les connections mises en place, en réseau tellement vaste et ramifié que pas un seul ne sait vraiment ce qu'il engendre, ce qu'il injecte, minuscule pièce de transmission dans l'énorme cerveau électronique dont les terminaux sélectionnent, au fond des bureaux ou des bunkers, les équations meurtrières. Peut-être Owen a-t-il voulu partager, se décharger de ce dont il ne sait que faire. Être aimé, ou haï, tomber le masque, une fois. Pas plus que lui, Aden ne sait que faire, sinon tituber au-dedans, de peur sauvage et bête, et silence. Tes maîtres t'ont bien dressé.

Il quitta le jardin, entra dans l'immeuble. Dans l'ascenseur, le temps d'atteindre le quatrième étage, il interrogea le visage que lui rendait le miroir, vit une durée d'image continue de Aden Seliani en train de regarder l'autre, mais rien de plus, regard dévié, ici ou là, pour éviter le regard, la lèvre dit la lèvre, et le front le front. Il se passa la main sur le visage pour y effacer l'image. Il fit jouer le double contact de la sécurité, déconnecta l'alarme. Il referma doucement la porte blindée sur le palier au moment où la minuterie s'éteignait.

Dans le couloir, la veilleuse donnait un éclairage suffisant, il ne perdit pas de temps, gagna les bureaux de l'étage par l'escalier intérieur. Ils ouvraient sur une cour. Aucun Aden Seliani, posté dans le square, ne verrait s'allumer les lampes de ce côté. Il alluma. Il était dans le fief de Coline, le secrétariat privé de Lewert, avec lequel communiquait son propre bureau par une double porte matelassée. Ordre impeccable des week-ends, la femme de ménage d'une entreprise de nettoyage passe le samedi matin, en présence de Coline. Jamais d'étranger au service ne se trouve seul dans les murs. Coline est arrivée à l'Agence il y a cinq ou six ans. Elle est libre et jolie, elle est intelligente. Une fois, Aden a trompé Kerin avec elle, un week-end où tout allait très mal, ils sont partis au Mans. Le Mans, c'était une drôle d'idée, une ville où il pleuvait ; Aden appelait Kerin toutes les heures. Depuis trois ans, quelquefois, il fait l'amour avec Coline, ils vont au cinéma, puis chez elle ou chez lui. Avec Coline, l'amour est simple, hygiénique. Elle a toujours des préservatifs dans son sac avec sa poudre et une paire de bas neufs. Elle ne parle pas du travail, c'est reposant, mais de sa sœur qui a quatre enfants et plein de problèmes de scolarité, ils ont des accidents de

Mobylette ou de ski, et des maladies. Coline reste célibataire et profite de la vie, dit-elle. Aden ignore si elle a d'autres amants. Jusqu'à ce jour, il ne s'est posé aucune question à son sujet. Ce soir non plus, aucune question. Ce qu'elle imagine, ce qu'elle pense lui est indifférent. Au point qu'il peut devenir maintenant, installé dans le bureau, aussi dangereux qu'un tueur. Quiconque se présentera devra mesurer le danger s'il approche Aden Seliani, entré par effraction mentale dans sa propre obscurité. Il est sur le point d'éclairer ce coin d'ombre. Éloignez-vous, vous autres.

Il commença par inspecter les livres de comptabilité et, bien qu'il ne se soit jamais avisé de mettre son nez là-dedans, il repéra vite le principe de classement sur les rayons, trouva ce qu'il cherchait : les relevés d'exercices comptables et les numéros d'identification de chaque catégorie d'employé et chaque type d'intervention. Il prit quelques références en note à partir des dossiers de feuillets tirés par l'imprimante, les siennes en particulier. Jusque-là, tout était simple, et il savait qu'il trouverait dans la mémoire du Mac les mêmes informations. N'importe quel contrôleur pouvait débarquer à l'improviste, il reconstituerait son parcours de carrière sur dix ans sans problème, si ça lui chantait. Coline est du genre méticuleux. Contrats, numéros bancaires, intitulés de missions, et tout l'appareil administratif. Par acquis de conscience, il s'installa devant la console du Mac, le mit sous tension. L'écran bleuit, le tableau apparut. Il vérifia quelques disquettes, au hasard, contrôla dans la mémoire dure, mais ce fut sans surprise. L'information venait, sans varier, en conformité parfaite avec les traces papier. Dans le silence, le chuintement discret du micro maintenait sa note chantante, comme un murmure narquois. Il vida le lecteur de la dernière disquette. La mémoire du disque dur est simple, elle obéit bêtement, ne garde que la dernière saisie, elle perd trace des corrections, des effacements, ne se souvient que du dernier traitement. Propre, et sans ombre portée. Elle oublie les destructions, les manipulations. Par exemple la substitution d'un commanditaire à un autre, sa raison sociale, si lui est affecté en interface un code secret. Elle oublie. Cela Aden le savait, il ne s'était pas imaginé un seul instant que Lewert, et Coline sur ses ordres, laisseraient traîner quoi que ce soit dans l'archivage officiel.

Le disque dur n'oublie pas. Chaque système dispose, quel que soit le logiciel, d'une mémoire de sauvegarde, inaccessible. Une sorte d'inconscient de la machine, qui conserve tout, la moindre opération, saisie ou destruction, le jour et l'heure et sa nature, le *JobLog*, mémoire de la mémoire, verrouillée. Seul un programmeur chevronné peut retrouver le JobLog, fouiller dans l'historique, et cela demande des heures de travail pour identifier les combinaisons d'accès, détourner les verrouillages sophistiqués sans rien détruire au passage, avant d'accéder au catalogue de ces archives informatiques. Des heures de recherche. Quand mieux que ce soir ? Personne ne viendra. Il se mit au travail, parce que, s'il parvenait au JobLog, au moins à un premier palier, il tiendrait la seule preuve tangible, si elle existait, pour étayer le doute, la seule pièce à conviction pour justifier sa colère, instruire le procès. Il entreprit le fastidieux combat avec l'intelligence artificielle. En nulle autre circonstance de sa carrière, il n'avait eu à explorer à rebours la résistance d'un système. Le programmeur dispose à l'avance des données et des protocoles du logiciel qu'il invente. Il prospecte, explore les potentialités, il crée. Aden aimait ce travail d'inventeur, d'architecte. Cette fois, il lui fallait se faire archéologue du site, descendre dans les strates de mémoire, s'introduire dans le labyrinthe des profondeurs, sans carte ni description, même légendaire, s'initier au lieu enfoui, là où rien ne se perd de la mémoire de l'histoire. Il tâtonna longtemps, se perdit, faillit plusieurs fois renoncer. La démesure de l'entreprise se révélait de quart d'heure en quart d'heure, un labeur qui mobilisait toutes ses compétences, non seulement son expérience et sa connaissance des systèmes, mais l'ingéniosité de l'enquêteur, et plus encore, son désir de vaincre, d'arracher la solution. Cela seulement pour atteindre la mémoire cachée d'un petit logiciel de traitement de texte ordinaire, un disque dur standard qui se vend comme un aspirateur. Loin de s'exalter dans son enquête, il ne ressentit que l'exaspération, l'humiliation de cette recherche dérisoire. Des heures harassantes, d'essais et erreurs, à piétiner en vain, à répéter jusqu'à l'abrutissement des combinaisons de plus en plus sophistiquées et leurs variantes, une espèce d'acrobatie mentale dans laquelle il usait peu à peu ses ressources, son énergie, ayant même oublié le but. Car même s'il obtenait l'entrée du JobLog, la partie ne serait pas gagnée, il faudrait encore des heures avant de situer la place exacte qui dirait si, tel jour, à telle heure, le logiciel de Coline avait capté une information concernant la mission de New York, et quel traitement elle avait pu lui faire subir. Le temps avait passé, il désespérait d'aboutir, quand il franchit presque par hasard le verrouillage. Il n'eut aucune joie, plutôt un haut-le-corps pénible et la fatigue brouilla sa vue. Il considéra sur l'écran la figure simple du passage, renonça brusquement. Suffit pour ce soir, décida-t-il. Il lui restait toute la journée et la nuit suivante, s'il le fallait, mais il en était sûr à présent, tôt ou tard il aurait la réponse qu'il cherchait ; restait à s'enfoncer dans l'espèce de plaine ouverte devant lui, initier un chemin, inventer son itinéraire dans le désert minéral de mémoire, parmi les pierres mortes depuis des millénaires, jusqu'au souvenir du signe, du chiffre élémentaire de l'équation qui résumait Aden Seliani.

Lorsqu'il tourna au coin de la rue des Pyrénées, Aden vit que le Tunisien était encore ouvert. Presque minuit, la seule place encore éclairée de la rue était l'auvent de toile verte. Il entra dans l'épicerie, cligna des yeux sous les néons agressifs. Il avait somnolé dans le métro, écrasé de fatigue, la tête vide, ayant perdu l'élan du soir qui le conduisait vers les lieux de combat. Le garçon grimpé sur le tabouret derrière la caisse lui était inconnu, mais la nombreuse famille de Rachid le relayait souvent. Il lança un bonsoir sans attendre de réponse. Le garçon ne leva pas le nez. Son casque de walkman vissé sur les oreilles laissant filtrer des rythmes grésillants de reggae, il resta plongé dans un livre de BD, sans doute, sous le comptoir. Aden avança entre les rayons déserts, chercha quelques articles de première nécessité parce que son réfrigérateur était vide, mais très vite il ne sut plus ce dont il avait besoin. Les emballages multicolores des conserves, des lessives, serrés en murs compacts jusqu'au plafond dans leur abondance et leur empilement anarchique avaient quelque chose de décourageant. J'ai besoin de tout, constata-t-il, dérouté, sans force pour laver sa vue du barbouillage colorié. Tout est à portée de la main, cela interdit la légèreté, choisissons. Il passa un grand moment à feindre d'hésiter entre deux pots de confiture, deux boîtes de lait stérilisé, lutta pour se limiter à l'indispensable, comme un jeu de pénurie, mais c'était une ruse pour traîner encore avant de rentrer, retarder le moment de glisser la clef dans la serrure et affronter l'obscurité de l'appartement où, moins que jamais, il lui sembla qu'il serait chez lui. Brusquement, il imagina l'appartement désert de Iana, à Villeneuve, plongé dans la nuit. Il pensa à la chambre, au lit vide dans lequel elle avait dormi la dernière nuit, sans savoir qu'ensuite... une longue secousse le paralysa. Demain, se promit-il solennellement, demain. Il passa la main sur son visage.

À la caisse, le garçon daigna renverser son livre ouvert sur le comptoir pour déballer le contenu du panier. Il cherchait son prix pour chaque article ; visiblement, il n'avait pas l'habitude. Aden collabora à l'opération, tout en jetant un coup d'œil à la couverture du livre.

— Rachid n'est pas là ? demanda-t-il en posant le pack de yaourts près du pain sous cellophane.

Statistiques et Démographie, lut-il à l'envers, débusqué dans ses préjugés. Sa question était de pure forme, Rachid avait maintenant pris l'habitude de s'octroyer le week-end et de se faire remplacer par des cousins. Depuis près de dix ans qu'il tenait son épicerie ouverte sept jours sur sept, cette pause dominicale marquait une conquête. Le garçon décrocha ses écouteurs, se fit répéter la question.

— Il est parti là-bas, dit-il. Le cousin tient le commerce toute la semaine, et moi le week-end.

— Ah, dit Aden, sans curiosité. Il a pris des vacances ?

Il savait que *là-bas* était un village de Tunisie, près de la frontière algérienne d'où venaient Rachid et sa famille.

— Son père est mort, dit le garçon, tandis que le reggae poursuivait son grésillement sur ses épaules. C'est combien, les œufs ? Il a fini par mourir, son père. À force d'être vieux, hein ?

— Six francs cinquante, dit Aden. C'est arrivé ces jours-ci ?

Sa voix sonna si faux que le garçon lui décocha un regard méfiant.

— Il y a quinze jours. Vous n'êtes pas du coin ?

— Si, dit Aden, j'habite à côté.

— Vous n'avez pas l'air d'ici, on dirait.

— J'étais en voyage, ces derniers temps. Je m'appelle Aden. J'habite au 12, ajouta-t-il précipitamment, comme s'il se disculpait.

— Je dis ça pour parler. Moi, c'est Hamsi. Ça m'arrangerait qu'il rentre vite, Rachid. Là-bas, un deuil, ça vous prend quinze jours de tralala. J'ai pas que ça à faire, dépanner le cousin, si vous voyez ce que je veux dire.

— Je vois, dit Aden en hochant la tête, conciliant. Il regardait le livre posé sur le comptoir.

— J'ai un contrôle lundi matin. Ça tombe mal.

Aden paya, sortit. Hamsi l'accompagna sur le seuil, inspecta la rue avec une grimace.

— Bon, fini la fiesta, je ferme. Je suis resté ouvert rien que pour vous, hein, lança-t-il en riant. Au boulot !

— Je peux vous aider, proposa Aden, spontanément.

— C'est pas de refus, dit le garçon, après une hésitation.

À eux deux, ils eurent vite fait d'entasser les cageots de fruits de l'étalage entre les rayons, de bâcher les étals du trottoir et de les fixer avec les stand-offs. Tandis que Hamsi fermait la caisse, éteignait les néons, Aden attendit sur le trottoir. Il l'aida encore à baisser le rideau de fer.

— C'est nul, dit Hamsi, calant son sac à dos, rester ouvert pour dix manants dans la soirée. Enfin, je m'en fous, ça me laisse le temps de bosser pour moi. Bon, je me tire. J'ai du chemin.

— Vous allez où ?

— Pas la porte à côté : Nanterre. La semaine dernière, j'ai fermé trop tard, le dernier RER m'a filé sous le nez, à Châtelet. Je suis revenu dormir dans les caisses d'oranges, si vous voyez ce que je veux dire. Bonjour le confort.

— La prochaine fois, sonnez chez moi, proposa Aden, on peut s'arranger.

Il rougit, se racla la gorge. Qu'est-ce qui le prenait tout d'un coup ? En était-il rendu à ce point d'épuisement que tombaient les défenses ? Ils descendaient la rue, côte à côte. Sans se tourner Aden sentit le regard de Hamsi, et le petit silence.

— Merci bien. Mais il n'y aura pas de prochaine. Rachid va rentrer, et puis ce genre de combine familiale va finir avec leur génération, si vous voulez mon avis. Ils trouveront pas la relève avec les jeunes.

— Ah bon, dit Aden.

— Moi, je fais de l'économie. Je m'intègre, si vous voyez ce que je veux dire.

Il lança un coup de coude dans les côtes de Aden et il se mit à rire.

— Ça ira ? enchaîna-t-il, brusquement.

— Moi ? dit Aden. Pourquoi ?

— Vous avez l'air pas pressé. Pour tout dire, quand vous êtes rentré, j'ai flippé. Vous faites une drôle de tête, hein.

Ils arrivaient devant la porte de l'immeuble.

— Pas pressé, dit Aden, désemparé. C'est peut-être ça, oui.

— Ciao, lança Hamsi, en rajustant ses écouteurs sur les oreilles.

— Bonne chance pour lundi, lança Aden avec retard.

Le garçon s'élançait dans le noir sans se retourner, vers la rue des Pyrénées.

Il s'enferma dans la cuisine, laissant le reste de l'appartement à l'obscurité. Dans la pièce close comme une cabine de bateau, il pouvait se réaccorder un peu avec lui-même, rattraper le retard. Pas pressé, avait dit Hamsi. Pourtant, il se hâtait, bon sang, vers quelque chose de ce jour, de cette nuit, une précipitation lente, entravée de tant d'obstacles. Avancer est un tour de force, aujourd'hui, et il ne sait plus très bien quand aujourd'hui a commencé à remplacer hier, depuis quand il avance par à-coups, par bonds fulgurants, à la vitesse d'une secousse électrique et l'instant d'après il est arrêté. Déjà dépassé par l'autre qui file plus vite que l'air, impossible à rejoindre. Et rien ne s'arrête, il tourne à l'envers du jour, plus il avance plus il prend du retard. Aden revit l'interne de l'hôpital pointer son doigt en l'air, tapoter le clavier avec le même doigt, et le pointer encore vers lui. Dans le couloir, d'où venait ce couinement de bête, pleurs, petits cris gémis ? Au moins Iana ne souffre pas. Apparemment. Mais quand s'abîme la conscience, qui sait ce que recueille le cerveau anesthésié, comment survit la mémoire de chaque cellule, rongée comme un acide d'une angoisse mortelle depuis la compression de la naissance, depuis la mise à feu du processus de vie, et, même si le corps ne bronche pas, si rien ne frémit dans la face, pas un doigt ne tressaille, enfermée dans la carapace vitrifiée du corps, peut-être appelle-t-elle, supplie-t-elle le secours. Aden aurait lancé son poing à la figure du médecin, uniquement à cause de son geste esquissé, compassion, apitoiement convenu. Cette suffisance. S'est cru autorisé. S'est permis. Il en tremblait encore de colère dans le train du retour où il jetait aux voyageurs des regards hostiles qui leur fit détourner le visage.

A-t-il ce soir, dans la cuisine, assez de place pour récapituler sous la lumière jaune ? Minuit passé et plus la moindre envie de dormir, à présent. Par la fenêtre, il vit la masse des feuilles. Dans le noir, l'acacia semblait plus proche et vivant, dessiné contre l'immeuble d'en face, toutes fenêtres éteintes. Le feuillage nocturne palpitait et luisait derrière les carreaux, presque charnel. Juste ce dehors, mélancoliquement noir.

Il déballa le contenu du sac et porta à sa bouche, un à un, l'œuf, le beurre, la tranche de pain de mie, respira leur senteur singulière pour se réconcilier avec la sensation de choses immédiates, et maintenant une bonne odeur d'œufs au plat et de bacon grillé emplissait la cuisine. Il glissa deux tranches dans le grille-pain, posa son blouson sur le dossier d'une chaise, alluma la radio. Être chez soi n'est peut-être pas autre chose que ces gestes ordinaires. Il tomba au milieu d'une émission scientifique sur les recherches en physique nucléaire du dernier Prix Nobel, crut-il comprendre, mais la cuisson des œufs couvrait les voix et il n'éprouva pas le besoin de monter le volume, laissa se mélanger les bruits. Il se frotta les mains. Au travail. Il ne trouva rien à faire de plus que regarder frire les œufs dans la poêle, blanchir l'albumine qui se gonflait de cloques blondes.

Trop tard pour rappeler Kerin, évidemment. Il hésita encore au bord de l'idée de la réveiller, mais c'était surtout pour la prendre dans ses bras en pensée, et qu'elle mette sa tête dans son cou, ensommeillée. Il chassa cette faible pensée. Au téléphone, elle employait le français. Pour que l'enfant ne comprenne pas, pour l'épargner, prétendait-elle. En français, elle pouvait dire à Aden des choses cruelles, simplifiées par sa pratique hésitante, et c'était bien ainsi. Les mots simples avaient quelque chose d'apaisant dans leur dénuement, ils rendaient la souffrance plus digne, en quelque sorte plus propre, dégagée des brouillards d'illusions et des rhétoriques misérables, et parfois, tandis qu'elle parlait, il ne respirait plus du tout pour entendre ces mots simples, les inscrire, ne pas les oublier. Il se demanda à quel moment il avait commencé à se perdre de vue. À ne plus se sentir d'ici. *Pas l'air d'ici.* Hamsi avait trouvé le mot juste, et simple. Exprimé son sentiment récent d'avoir quitté quelqu'un nommé Aden Seliani. Et maintenant, il le promenait écrit sur sa figure, le premier venu pouvait lire : pas d'ici. Et pas pressé. Perdu la grille horaire, dans le décalage. C'était peut-être cette drôle de journée à l'envers commencée hier à New York dans les yeux de Owen, la nuit blanche dans les fuseaux et le sommeil en plein jour, d'avoir appris avec vingt-quatre heures de retard l'accident de Iana, lui qui croyait rentrer avec deux jours d'avance. D'avoir couru après des trains de banlieue dans un aller-retour semblable à un rêve très vieux où il avait quinze ans et croisait le professeur, et d'avoir guetté comme un chasseur à l'affût les lumières d'un bureau vide.

Tandis que les œufs finissaient de cuire, il entendit soudain l'homme de la radio demander à ses invités : *mais le totalitarisme n'est-il pas d'abord intérieur ?* À la manière dont il ponctuait, Aden comprit qu'il lisait et que la question concluait une citation dont le début lui avait échappé. Comme le début de la nouvelle émission. En tout cas, le débat que suscita la question dégénéra aussitôt en invectives car les invités se lançaient camps nazis et camps communistes à la tête, Pol Pot et Saddam Hussein. Dans la confusion générale, chacun voulait passer devant, anticiper les arguments, et chacun ne prétendait plus rien sinon abattre l'autre d'un meilleur mot, sanglant. L'homme dont la voix solennelle et vaniteuse avait jeté la citation en pâture pouvait se taire maintenant, laisser tout ce bruit faire silence sur la question. Quoiqu'il protestât pour la forme, réclamant l'ordre, la discipline. *Chacun son tour, messieurs*, s'écria-t-il, excédé, et soudain un vide imprévu succéda à son intervention. Alors, quelqu'un se lança, reprit posément la définition du mot « totalitaire », et dénonça son abus moderne, galvaudé, disait-il.

Aden vida dans la poubelle le contenu de la poêle, les œufs, le bacon, cracha par-dessus la bouchée de toast déjà mâchée comme s'il allait vomir. Il jeta le reste du pain grillé. Est-ce qu'elle va mourir ? d'une bosse au front ? Tombée toute droite sur le trottoir du supermarché. Dans la nuit de la ville, il y a des lambeaux de phrases accrochés aux façades, des slogans, des cris de guerre économique déguisés en guirlandes et banderoles joyeuses de néons fluorescents. Des gens dorment et des gens veillent. Des torrents de lumière électrique giclent dans les couloirs des avenues comme des tunnels d'hôpital. Poussez les portes entrebâillées sur les impasses d'ombre, les cellules, les bureaux climatisés, les studios d'enregistrement, poussez les portes sur la puanteur aseptisée. À la surface de la ville, des mots pour ne rien dire sur des équations de désespoir. Les maisons pilonnées de bombes sont toutes grises et fumantes ; recouvertes de poussière de guerre, elles parlent pourtant clairement, et personne n'entend le langage naturel des rancœurs, des fanatismes recuits dans le gargouillis des histoires, toute raison étranglée, la haine d'héritage. Ma mère n'a jamais pleuré, si loin que je me souvienne, pas une larme. L'œil sec, elle veille, la nuit de même que le jour. Son regard de caillou noir est lissé d'érosion, comme dans les déserts qui n'ont pas vu d'homme, pas entendu de voix. Est-ce qu'elle entend les voix, passer l'interminable train ?

Dans la vitre de la cuisine, Aden se vit aller à sa rencontre, marcher sur lui-même, ennemi déclaré. Contre la dictature des bons sentiments, en avant. Il ouvrit grande la fenêtre, inspira avidement l'air humide du jardin, laissant les voix de la radio poursuivre à l'arrière. Avec effort, il évacua jusqu'au fond du thorax ce goût de cendre tiède qui assèche la faim. Jusqu'à s'écœurer la poitrine, tenant à l'écart toute pensée d'effondrement intérieur. Enfin, il resta là, portant droit son regard au travers du feuillage vivant et noir de l'acacia, jusqu'à ce que ses yeux ne soient plus troublés par la peur.

Mille et mille dorment et mille autres veillent, divisés. Jusque dans le sommeil et dans l'oubli du jour : divisés. De manière invisible, insensible, divisés dans la très bonne mémoire, mémoire en très bonne santé, de toutes les haines anciennes. Il aurait voulu rester froid devant les glapissements. Si un seul homme public, un de ces débateurs s'avisait d'abandonner les discours fabriqués ! Mais pas un seul de leurs traîtres mots ne dénonce la vraie figure de l'histoire, décomposée. Il en reste ces reliques d'actualités vendues à la criée, triturées, pelotées en public par des voix apparemment compétentes, apparemment autorisées, sur les ondes et les écrans de télévision, des images flashées dans l'ignorance et le mépris, bégayées au bord de l'impensable, des nouvelles hoquetées d'un défilé de désastres immobiles qui campent au bord du monde. Mille n'entendent rien au froid qu'il fait dans ce désert de mots. À l'approche des villes, on oublie, on oublie où s'abîment les cris d'ailleurs qui offensent la vie. Et tant sont occupés à compulser, enquêter, payés pour commenter, écrire et parler, bâtir dans les laboratoires vidéo, les banques d'archives, les condensés, les résumés falsifiés, lorsque soudain l'un d'entre eux ramasse la petite phrase percutante, la citation choisie, il la transporte en taxi jusqu'au studio d'enregistrement, jusqu'au plateau de télévision et la lance, dans le brouhaha des voix, les palabres, pour faire ce bruit de fond, ce profond bruissement, intarissable rugissement des villes riches, transfusées de lumières électriques qui condamne au silence des choses extrêmement simples et réelles comme la mort des réfugiés embourbés dans la glace des camps, le sommeil interdit des enfants, leur peau brûlée par l'acide de l'eau et de l'air, la croûte des terres stériles, les centrales effondrées. Un tel écart entre l'absence de faim, de sommeil, maintenant, et le bruit. Il éteignit la radio doucement, comme s'il voulait ne faire de mal à personne, mais quand il tourna le bouton, il y eut un silence nouveau, à bout portant. À brûler la cervelle. Il dit : maman, ferma la lumière brusquement.

Il traversa l'obscurité jusqu'à la chambre, se jeta sur le lit. Le père fut aussitôt assis dans l'ombre du fauteuil. Il se penchait vers Aden, avec la mansuétude des anciens soirs d'hiver.

L'interne voulait savoir si elle avait des antécédents, dit Aden. Ce jeune homme consciencieux, qui aspire à devenir bientôt médecin-chef, arpente le couloir aux veilleuses, et plaque le cerveau bleu sur les écrans lumineux d'une main compétente. Il s'enquiert de savoir si Iana Seliani a eu des antécédents. Il veut dire des ennuis de santé, anicroches du cœur, des artères, état des coronaires, des neurones. De la santé de ma mère, nulle nouvelle. Ma mère et moi n'avons pas ce terrain de conversation. Même pas capable, le fils, de donner le nom du médecin traitant. Ma mère est-elle traitée par quelqu'un ? Quelqu'un s'est-il jamais inquiété de *traiter* Iana Seliani, d'aider son corps immigré à vivre, à vieillir ? Cette femme ne s'alite pas, ne gémit pas, assise, d'un mal de dos, d'un mal de ventre. Elle n'a pas de migraines, de rhumatisme ni d'eczéma. S'il lui manque trois doigts au pied gauche, c'est un accident de jeunesse, de s'être oubliée un peu dans la glace pieds nus, faute de chaussures. Cela n'entrave pas sa marche. Ma mère est exemplaire de santé. Elle n'a pas d'organes, pas de dents, pas d'os. Du carbone pur, calciné. Toutes les maladies ont fondu dans son corps en fusion. Elle ne porte pas de lunettes. Elle pique à sa machine à coudre, sous la lampe, elle coud sous l'abat-jour du prunier en fleur dans le jardin, un samedi du printemps dernier, droite et sans lunettes. Les yeux de ma mère sont de l'anthracite. Elle ne sait pas lire dans les livres. On les a brûlés avant qu'elle n'apprenne. Quand elle a rencontré les mots écrits, c'était tout de suite pour les trafiquer, les faire mentir sur de faux certificats de travail, de faux laissez-passer et des cartes de rationnement. Son mari Otar était imprimeur, il lui a montré les lettres sur le papier, assemblées elles produisent des mots qui vous sauvent la vie, et les chiffres font la multiplication des pains. Elle sait écrire les signes d'écriture juste assez pour sauver sa peau, c'est un miracle. Quand ils ont dû changer de langue, et de pays, venir ici, à Villeneuve, ils ne savaient pas qu'ils étaient arrivés quelque part, ils ont appris la langue, vite, en cas de malheur ; échangé les mots, un à un, opiniâtres, ils ont vite enterré les autres. Je n'ai entendu d'elle que sa langue française, qu'elle prononce bien et écrit mal. Elle a d'orthographe ce qui suffit pour s'arranger. Elle a le discernement, la ruse des gens à qui rien n'est donné et qui doivent voler leur dû. Dans l'environ de son regard, elle tient deux mille mots utiles qui lui servent d'aplomb, ce sont des munitions pour le restant écrit des jours. Le reste, elle parle.

Elle assassine l'adversité, sans l'aide des connaissances, juste la ruse, le savoir-faire. Pas le temps d'être malade, pas la place pour s'écouter gémir, derrière, à côté de soi, quand on pare au plus pressé, chaque minute. Chaque minute ne tient debout que par la combustion de colère. La santé de ma mère, c'est sa grande colère. Une fureur immense, et calme, qu'elle alimente comme un feu couvant, une braise prête à jaillir s'il passe par son esprit de souffler dessus. Cette colère est contre son mari Otar qui n'a pas eu la force de survivre. Bien qu'elle vienne de beaucoup plus loin, d'offenses pour lesquelles il n'y a pas de mots en français, dans son vocabulaire, ni peut-être dans aucune autre langue, elle a éclaté au grand jour quand Otar l'a laissée, seule avec son fils Aden, dans la maison de Villeneuve ; malgré sa foi, son courage et sa ruse, quand cet homme qu'elle aimait lui a fait l'affront de donner raison devant elle à la mort. Cette colère ne tarit pas, quarante ans après, elle brûle. Iana est contre la mort, debout, en bonne santé et sans lunettes.

Le père dit : cette femme est bien Iana Seliani, je la connais. Et sa tête fléchit sur sa poitrine.

Mais soudain, dit Aden, elle est tombée de tout son long, sur le front. Dans le parking d'un supermarché. Il pleuvait. Cela se passe dans une banlieue de grande ville, un jour d'automne. Cette femme, pleine de colère en bonne santé, marche sous la pluie. Elle tombe. Cela s'arrête là.

Comment concevoir que cet arrêt puisse signifier un arrêt de mort. Aden, à quarante-cinq ans, apprend que Iana peut tomber, et mourir. Il l'a perdue de vue, il s'est éloigné d'elle, sauvé en un sens. Il est devenu presque tranquille. Il pense à elle, quelquefois, comme à un souvenir, il lui rend visite dans son appartement de Villeneuve, celui où il a passé son enfance, où si peu de choses changent que chaque fois lui semble la même fois, retour au même point d'immobilité, qu'elle garde, et chaque fois, passant la porte au départ, il recommence à fuir.

Kerin n'a pas bien admis qu'entre une mère et son fils une telle relation soit concevable. *Amazing*, s'effare-t-elle, consternée. Elle qui arrive avec une histoire de famille nombreuse, une colonie d'oncles et tantes et de cousins dont l'éloignement géographique n'a jamais compromis la cohésion, un couple de parents, unis et vivants, entourés d'enfants et de petits-enfants, n'envisage une telle réduction familiale que sous l'angle de l'infirmité tragique. Aden a résisté, il s'est tenu à l'écart de la tribu irlandaise avec beaucoup de soin. La vie de famille ne lui est pas naturelle. Il a aimé de Kerin, d'abord, qu'elle fût seule, étudiante exilée, séparée des siens par la langue et un bon bras de mer. Peut-être a-t-elle aimé de lui, d'abord, qu'il semblât orphelin et pouvoir ainsi lui offrir une famille au complet, prête à l'emploi, en cadeau amoureux. On ne sait pas bien sur quels sombres accords, ou quels malentendus, s'inventent les couples dans les premiers temps. Il est encore trop tôt pour exprimer ces choses-là, ensuite on les oublie, mais elles ont la vie dure. Kerin considère cette incroyable famille réduite au nombre deux comme une étrangeté pénible, une offense personnelle, elle en fait son affaire. Elle a voulu rencontrer cette mère reléguée en banlieue, dont Aden parle si peu, l'amadouer, la séduire, peut-être. Pauvre Kerin, tu surestimes tes forces, tu ne connais pas l'adversaire. Kerin a exigé qu'il annonce leur mariage. Et puis que Iana tienne une fois Paul dans ses bras. C'est tout ce qu'elle obtient, car Iana, comme Aden, résiste, elle ne se prête pas au rôle de belle-mère et de grand-mère. Si elle accueille la jeune femme aux cheveux roux, pétulante et rieuse, c'est contrainte et forcée, sans dissimuler son hostilité. Elle n'offre aucune chaise, tend la main quand Kerin tend sa joue, puis elle ferme sa porte, indifférente au départ des intrus. Sans se l'avouer, Aden acquiesce à la résistance de

Iana ; solidaire de sa rudesse, il est de son côté. Kerin méritait la leçon. De quel droit prétend-elle exporter à toutes forces l'idyllique fusion familiale ? Elle a renoncé assez vite, s'est contentée apparemment de la version brève, celle des contes pour l'enfant, où Iana et son mari Otar furent si malheureux dans un pays lointain, puis ils vinrent en France et tout alla très bien. Kerin renonce à Iana et ses antécédents, peut-être du même coup a-t-elle commencé à renoncer à Aden, comme si elle les sentait de la même espèce. Aden ne raconte pas, il ne sait rien. Il laisse s'installer le malentendu. Expliquer, justifier dépasse ses forces, son entendement. La mythologie familiale de Kerin n'est pas à sa portée. Peut-être, oui, tout est venu de là, du grand silence, trop grand pour ne pas faire mal à l'amour, à l'enfant. Ils ont pourtant essayé, vaillamment, jusqu'à se découvrir, les yeux éclairés d'effroi, ennemis du matin. Aden se tait. Il a vérifié les vertus du silence, il croit que le silence sauve, puisqu'il l'a déjà sauvé, mais il a déchaîné en Kerin une fureur qui est la seule forme possible de sa peur, qui n'a pris fin qu'avec sa fuite, son retour dans les terres de la famille unie, vivante et nombreuse. Avec l'enfant. Dont Aden ne guérit pas, en dépit de trois années passées, sachant mal comment Iana a joué son rôle dans la rupture. Il se tait. Ou plutôt le silence a dévoré l'histoire, celle-là comme l'autre, la sienne.

Iana a tari sa langue avant les mots, Aden a pris la route du désert des mots dès l'enfance. C'est sans ombre, écrasé de lumière, dans l'exactitude de midi, une réalité minérale impensable. Il suffisait alors que la mère parle et sa parole buvait les mots de Aden sur sa langue comme du sable. Longtemps il l'a écoutée, il s'est laissé boire. Il était devant elle comme un puits béant. Toute pensée s'enfuyait dans cette parole à l'envers de lui, il en était retourné de frayeur, bouche bée. Il aurait voulu la croire sur parole, et comprendre, lui donner raison, mais elle campait dans un désert sans dénouement, sa colère toujours recommencée. C'était il y a longtemps. Aujourd'hui, il a quarante-cinq ans, il gagne largement sa vie en concevant des programmes, il est séparé de sa femme Kerin et de son fils Paul, cinq ans. Il a appris une patience et une liberté qui lui rendent supportables les êtres, il trouve des excuses, à eux surtout. À lui, parfois. Mais il n'entretient pas de grandes conversations avec lui-même. Le couple absent de l'enfant et de la femme, en dépit de la rupture, lui reste attaché par toutes sortes d'étreintes physiques et de regards humains qui ont réellement eu lieu, par une *invention* amoureuse inédite, une qualité nouvelle des jours sans lesquelles, il l'a su à New York, il ne pourra plus vivre, et cependant il vit. Au prix du silence, jusque-là. Et maintenant ?

Aden se déshabilla dans l'obscurité et s'étendit sous la couette, légère, froide. Demain, projeta-t-il posément, je téléphonerai à Kerin, je lui demanderai d'attendre un peu parce que Iana ne va pas très bien et que cela m'occupe. Demain, j'irai voir ma mère à l'hôpital de Villeneuve. Demain fit un petit cercle dur dans la conscience, un serrement de cœur tout seul. À New York, il s'était vraiment perdu de vue, à un certain moment, séparé. Mal de s'être absenté, ou de l'absence en lui de quelqu'un. Il crut à la nostalgie de l'amour pour sa femme, comme s'il l'avait perdu depuis longtemps, un amour de jeunesse. Ou bien c'était l'enfant, cette faiblesse particulière de la mise au monde, la fatigue d'un poids porté, son souvenir vague, organique, associé encore à l'idée d'une faute commise, certain moment, un manquement à sa propre parole. Demain, je retourne en banlieue. Dans le paysage du début, retour. Il se déporta à l'autre bout du lit, vers plus froid que cette place déjà chaude. Il se déporta vers un quartier, une part écartée de l'espace, à sa périphérie lointaine. C'est un endroit qui n'existe pas. Il est perdu. On ne l'a pas trouvé, pas décrit. Aucun archéologue, aucun historien ou amateur de fouilles n'est venu identifier le site. Ce n'est pas une ville, on ne peut s'imaginer contrée plus enfouie, il n'en reste rien. Il ne reste que la mère, elle n'a pas d'espoir. Que sa colère. Elle est fossile d'une espèce humaine. Aden est le fils de cette femme en roche de volcan qui a tenu soixante-dix ans debout. Elle vient de tomber par terre, sur le front.

Ces pensées s'agitaient dans l'insomnie et rien ne s'expliquait. La nuit n'explique pas. Elle opère seulement des émiettements de surface, la nuit est un désert de pierres, la réalité y fait des mirages. Les yeux brûlent d'y entrer, d'en crever l'écran pour savoir. Très jeune, il connaissait déjà la peur, il la voyait de dos. Il attendait qu'elle se retourne.

Il y eut encore ceci : *quelqu'un est assis à une table, sous une lampe, et il tourne le dos. Il écrit. Au centre d'un halo de lumière stable qu'encercle la nuit, un homme écrit et c'est le noir autour. Dans un endroit inconnu du monde, mais très précis. Cet homme est seul, on n'entend rien, on ne voit rien autour. Le coude droit s'écarte par saccades, glisse au bord de la table, et revient, rappelé d'un seul mouvement contre le buste, puis s'écarte à nouveau. L'image n'évolue vers rien de plus, suspendue au recommencement d'une ligne, achevée dans sa répétition.*

Aden ne sait d'où vient cette scène, elle se présente à lui depuis si longtemps qu'il a oublié la première fois. Il n'y a peut-être eu aucune première fois, elle était déjà vieille et vieillissait en lui. Elle s'altère parfois, se trouble en nuage dans la profondeur qui menace de l'engloutir, elle ne s'éteint pas. Soudain elle grandit, s'affirme, approche jusqu'à se fixer à distance constante, parfaite de netteté. Alors l'homme écrit. Aden ne peut approcher davantage, passer l'écran. Il ne connaît pas cet homme, ne sait ce qu'il écrit, quel est le lieu.

Ce n'est pas une photographie, ni une image de cinéma, ce n'est pas un souvenir. C'est une équation de lumière transcrite derrière ses paupières, et de l'espèce humaine. Ce que cet homme écrit dans le contre-jour des yeux est d'une importance vitale. Aden bascule, attiré vers un point de gravité voisin, ramené au centre et déporté vers une fin promise, sans cesse différée, perpétuée dans sa durée vers quelque chose qui n'aurait pas eu lieu et qui viendrait avant la nuit, avant la mort.

Cette image, comme l'autre, celle du paysage de brume, ou de cendre ou de neige, revient souvent, fenêtre ouverte sur le désert des mots. Elle s'épuise une fois atteint le seuil de netteté, elle tombe en poussière, rejoint son état naturel qui est de la brume, du nuage. Poudroiement blanc de neige atomique, brume du lendemain des catastrophes. Nulle photographie, nulle peinture n'en rend compte, nul rêve. Ce sable au grain scintillant, ce n'est pas une dune, le dos d'un homme penché, ce n'est pas un chemin, cette piste de hasard vers l'horizon, le pli d'un très grand linge, ce brouillard de ruines où tombe le nuage ralenti des fins d'explosion, ou bien le floconnement blanc, ce n'est pas un champ de sarrasin et sa barrière noire sous la pluie, ni une lampe allumée, ce halo de lumière stable dans la nuit, l'homme au dos courbé écrit. Les petits paysages intérieurs développent des éclaircies d'images par lesquelles, si brève que soit leur vision à l'instant du sommeil, Aden est acquitté.

D'un seul coup, il fut jeté hors du sommeil. Il se réveillait sans transition, souvent, tout de suite en alerte, avide de commencer quelque chose dans la réalité, si précise qu'elle n'est pas encore vraie. Puis le réveil s'acheva et tout redevint incertain. Il toucha son corps, sa poitrine nue, trouva son sexe, et au lieu d'une pensée sexuelle, il eut un tressaillement d'entrailles pour l'absence de sa femme et de l'enfant. Il les avait séparés, hier, avec les ciseaux, mais ils lui faisaient mal ensemble.

Sur le moment, il décida qu'il avait raison. Raison pour tout. Pour avoir découpé dans la photographie l'image du petit enfant, pour avoir cherché dans la mémoire du JobLog une trace de son histoire, et pour avoir pris, en échange de son silence sur la barque, au milieu de la baie, le code que Owen lui donnait, et pour avoir cherché, comme un homme ivre, une lettre, une raison dans la nuit de New York jusqu'à en tomber par terre de fatigue. Il décida que parler anglais avec Kerin avait été la chance de sa vie et que faire avec elle un enfant qui ne parlerait jamais la langue de son père démasquait le vrai sens de la paternité.

Il s'habilla rapidement, vacilla. Il se souvint qu'il n'avait pas mangé depuis très longtemps. Il avait faim. Il faisait à peine jour, il pleuvait derrière les vitres. Six heures. L'heure à laquelle il se levait les jours où tout allait bien. Dans le couloir, il eut un mouvement involontaire vers la chambre de Paul. Depuis trois ans, il y avait installé des rayons de bibliothèque, ses livres, ses dossiers de travail, mais le petit lit était resté là. Même si, il ne savait dans quelle fiction, le petit garçon revenait un jour dans cette chambre, il ne pourrait plus dormir dans ce lit trop étroit désormais. Aden se demanda quel signe de réalité pourrait le décider à s'en défaire. Ce matin, son corps venait de retrouver le geste d'alors. Sitôt levé, il poussait la porte entrebâillée, entrait dans la chambre à pas de loup ; il faisait toujours trop de bruit, empoisonnait l'air de son épaisse respiration d'adulte, redoutait de faire grincer le plancher. Il se penchait avec précaution. L'enfant dort sur le dos, bras ouverts. Aden respire l'odeur de chocolat, de mandarine, l'odeur acide fermentée par la nuit au creux du poignet, de la paume. Impuissant à localiser l'étrangeté de son amour, ignorant, il contemple le miracle du souffle égal, la peau sous laquelle brûle de la vie, interroge. Jamais la mort n'est aussi présente que lorsqu'il entre dans la chambre pour prendre connaissance de son enfant endormi. Il cherche un appui, un secours contre cette douleur. Il invente une grimace, des simagrées qui conjureraient le mal, mais il est sans force. Il recule. Ce matin, la chambre est vide, qu'attend-il sur le seuil ? Il ferma la porte.

Il prépara le premier café. Il étendit du beurre sur le pain grillé, huma l'odeur du beurre fondu. À New York, il avait pris goût au sirop d'érable sur les pancakes, mais ce matin s'accordait avec l'odeur retrouvée du beurre tartiné et celle du café noir crachotant dans le filtre qui coulait goutte à goutte. Cette sensation, il aurait pu la partager avec Iana, une manière d'éprouver ensemble les choses quotidiennes, sans même en parler et de ce partage tirer une connaissance si humble soit-elle. Mais rien en commun de cette sorte. Aucun partage, depuis tant d'années. Être séparé à ce point, seuls des êtres de notre chair peuvent se tenir à une telle distance, contaminer par leur absence, d'un manque irréparable, l'odeur du café et du beurre sur le pain, faire ce vide matinal.

Il alluma la radio au moment des nouvelles, apprit que le dernier cessez-le-feu en Yougoslavie n'avait duré qu'une heure, que Salman Rushdie embarrassait la diplomatie britannique à cause de fumeuses transactions liées à la libération d'otages, et la dernière indexation des taux, les quotas, la bourse de Tokyo, pourcentages et formules magiques d'une astrologie sommaire qui remet le ciel d'aplomb, ou le fait tomber, selon, puis il y eut une chanson d'amour. Il éteignit la radio. Les gens commencent leur journée de cette manière dans les maisons, les voitures du périphérique ; du même geste machinal chacun se reconnecte à son antenne dans l'odeur du café, celle du dentifrice ou de la première cigarette. Partout dans les usines, les bureaux éclairés, dans le métro, ils ont un peu entendu, lu les titres, les jeux de mots, les métaphores laborieuses du jour par lesquelles se vend la dernière actualité. Des avions décollent dans les aéroports, les hommes d'affaires parcourent les colonnes de chiffres sur leurs écrans de quartz. Impossible de penser à Salman Rushdie, impossible d'imaginer que des hommes meurent en ce moment sur le seuil d'une porte enfoncée ; elle pend au bout de ses gonds, elle a belle allure, la porte, elle ressemble à toutes les portes de films télévisés, et non à celle qu'enfoncent les soldats, quand ils entrent avec leur arme à la hanche, arrachent du dedans des lits les vieilles, les femmes, ils arrachent l'homme à son cheval ou son tracteur. Et celui-ci, soldat de Dieu, vient par-derrière, défiguré de folie froide, d'une haine si vieille qu'elle l'a décharné, il veut la vie d'un homme qui écrit, assis de dos sous la lampe. Toujours la même scène recommencée, sur la route les camions militaires, les tanks roulent vers le village prochain ou vers l'homme penché à sa table. On ne doit pas dormir et se réveiller, les uns et les autres, avec ce sable de sommeil qui nous fait entendre trop tard les nouvelles et les oublier aussitôt dans les métros, les voitures, dans les bureaux tandis qu'ils enfoncent la porte et les tirent tous dehors contre le mur, c'était hier, leur jeunesse, c'est aujourd'hui.

Je n'ai rien vu de cela. Je suis dans le nuage de mon âge, né dans le jour aveuglant d'Hiroshima, les yeux brûlés pour le restant des jours. Pas un n'a commencé à écrire le premier mot d'un poème, le poème n'existe pas ? Ni la corde pincée d'un violon, pas la cantate, le chœur, pas un ne peut prétendre avoir posé l'or d'un pinceau sur la toile, quand le nuage aveugle ainsi les yeux ? Iana entend-elle le bruit que font les trains au passage ? Entend-elle le bruit des convois et les cris ? Le dernier cessez-le-feu n'a pas duré une heure. Un tour de cadran pour la grande aiguille. Qu'est-ce que cela signifie, une heure ? Une heure de silence ? Aucun tir, pas un char, pas un tireur isolé, un seul coup de feu du dernier groupe de miliciens enfonçant la porte de cette maison. Le soldat de Dieu n'a pas avancé d'un pas, pendant une heure, vers l'homme qui écrit. Quel observateur compte les minutes où cesse le feu ? Aden se demanda s'il pouvait encore écouter quelqu'un. Il pensa à l'intelligence des tanks, à l'intelligence des radars et des missiles, et celle des robots de la mémoire artificielle et des machines à laver. Il tombe face contre terre, parmi les plus vieux ossements du monde, dans un charnier de souvenirs qui ne sont pas les siens. Pas les miens, supplia-t-il. Il bascula tout entier du côté de la banlieue, du côté d'une chambre d'hôpital ordinaire, d'une femme étrangère tombée sur le front. Celle-là est d'une famille de sang-mêlé, métissage de peuples déplacés, sans qu'il ait jamais su d'où exactement. Iana n'a pas le culte de la chronologie, ni de la topographie, mais même s'ils ont trafiqué les papiers et les identités en des temps tourmentés qui se prêtaient au désordre des noms, c'était l'Est, vers le centre de l'Est, ou l'Europe centrale, c'est un ventre d'histoire où la haine a si bonne mémoire, ma mère.

Iana et ton mari Otar, je ne veux rien savoir de votre histoire, longtemps enseveli tout entier sous le sable des mots, pour avoir trop entendu ta voix raconter, enrouée de redire, et ressasser, sans épuiser la voix, le désordre de votre histoire. Pas les miens, ces souvenirs, je ne sais rien. Le nuage a noyé le paysage. Chacun de mes pas soulève de la poudre d'oubli. *En avant.*

Aden remit ses lunettes, les ajusta sur son nez avec précision comme pour mettre fin au trouble, cette tentative pour penser en équilibre et se donner raison.

Il partit tôt. À huit heures, le métro était vide, pourtant, parmi les rares passants qu'il rencontra, il s'en trouva pour courir dans les couloirs et dévaler les escaliers quatre à quatre. Il rejoignit une femme, encore essoufflée, immobilisée sur le quai dans l'attente de la rame, soudain calmée de sa grande course, accablée de tristesse. Aden utilisait souvent le métro, et si ses horaires lui évitaient les heures de pointe, il avait pourtant maintes fois constaté combien, dans le labyrinthe des couloirs, la hâte d'un seul peut devenir contagieuse. En montant, la femme se retourna sur lui, il eut presque honte d'avoir été témoin de sa course inutile.

Gare de Lyon, il longea le couloir qui mène aux trains de banlieue, désert. Il pensa à la masse des voyageurs déferlant dans la silencieuse hostilité des matins de travail, au troupeau maussade qui expulse de sa trajectoire le passant malencontreux venant à contre-courant, au nom de la loi sauvage du nombre ; il eut un sentiment de malaise à marcher si librement. Au guichet automatique, il était seul.

Dans le wagon où il monta, ses narines reconnurent l'odeur de l'animal de gare, le résumé d'odeurs individuelles des animaux de ville entassés toute la semaine dans les trains au saut du lit, tabac, poudre, semelles mouillées, aisselles frottées, tous les cosmétiques, les relents de petits déjeuners, les peaux chauffées ensemble, laine, lotions, suints, haleines mal réveillées. Il n'eut aucun dégoût, aucun ressentiment. La faute à personne. Les hommes ensemble sentent mauvais, très vite. Ils croient que ce sont les autres qui sentent, c'est le nombre, la multiplication. Aden connaissait cette odeur, elle revenait de loin. Longtemps qu'il n'avait pas pris un train de banlieue. Cela commençait à lui revenir.

Aden commençait à revenir vers cet endroit, il se tenait en alerte ; il faisait très attention pour reconnaître la réalité qui se présentait, l'odeur, la couleur des choses alentour, ce bout de banquette, ce coin de vitre embuée. Hier, il était allé trop vite, inattentif, pressé d'arriver et de repartir. Cet éclairage faible des trains à l'arrêt. L'odeur. Toutes choses qu'il avait effacées du souvenir, à force de les éviter, de ne prendre que des trains aérés de fraîche date, ceux des grandes lignes, ou des taxis pour aller voir Iana, le dimanche. Le moins possible, pour effacer. Mais ce matin, il se trouvait juste dans la réalité toute neuve d'avant, la même, elle attendait. Cela se mit à ressembler à une idée de guerre, venue de loin, elle appelait des vues jamais vues et cependant au bord d'une vérité immédiate, comme si le nuage commençait à tomber, la buée de la vitre à s'évaporer. Quelquefois le nuage se déposait ainsi derrière l'obscurité, il voyait des endroits inconnus très précis, il était dans les yeux d'un autre qui s'était déclaré la guerre à lui-même, ouverts sur le passage d'un convoi de camions, le long d'une route inondée, camions bâchés chargés d'hommes en armes, habillés de la couleur universelle qui porte cette odeur pourrie des corps entassés, kaki, vert-de-gris, grisâtre ou brunâtre, couleur de bâche, de drap universel dont s'ensevelissent les corps avec l'odeur universelle des corps de guerre, les camions roulaient devant les yeux de l'enfant en lui, bouche bée, et quand ils avaient disparu, la route inondée restait dans la fumée noire des échappements, lentement dispersée, le paysage pâlissait derrière la couleur des choses réelles et leur odeur de train de banlieue, ce matin.

Depuis des années, je vis dans le corps d'un homme qui n'est pas moi, qui a quitté sans se retourner un garçon de treize ans. L'âge d'adoption, du mensonge. L'âge où j'ai commencé à ne pas me retourner, à ne pas revenir. Perdu de vue, dans un nuage de plus en plus solide derrière l'écran des vitres, les buées. Il y a eu, de temps en temps, des éclaircies d'images, un paysage de cendre froide, un homme sous la lampe ; elles résistent, sans vieillir, elles viennent de ce temps-là. C'est tout ce qui reste d'avant treize ans. À cet âge, Aden a laissé Iana seule dans l'appartement de Villeneuve, dans sa cuisine où sèche le linge des lessives, dans la chambre avec sa machine à coudre et ses ciseaux, dés, bobines de fil, jonchée de chutes de tissus sur le plancher. À treize ans, Aden quitte l'enfant que Iana et son mari Otar ont engendré, noués dans un spasme de colère ou de rage de vivre, ou de douleur insurmontable, dans un spasme de solitude, cramponnés l'un l'autre à leur bouée de chair tant maltraitée, tant dégradée qu'on voudrait en être orphelin plutôt que l'enfant. On le veut, on le veut tant, que cela finit par arriver. Un jour, le père meurt. Plutôt son orphelin que son enfant. Je l'aimais déjà trop. Trop tard.

Le père meurt, reste Iana. Elle aussi va peut-être mourir. De cette mort, de rester veuve avec la colère que Otar lui laisse en héritage, si lourde à endosser. Mais au lieu de rejoindre Otar, elle l'a condamné à rester avec elle en lui parlant tout le temps. Elle pédale sur sa machine à coudre sans céder un pouce du terrain, pas une minute elle ne se tait, elle s'adresse à lui comme s'il comptait les points de piqûre par-dessus son épaule, elle coud sans lunettes sous la lampe, et lui adresse tous les reproches qu'elle a sur le cœur. Ainsi le tient-elle assis à l'autre bout de la table, dans la cuisine ; la nuit, elle l'emmène avec elle dans la chambre, le tient debout dans l'encadrement de la porte et lui raconte la vie qu'ils ont eue, pour la millième fois. Elle ne le lâche pas d'un mot. Elle lui rappelle qui il est, qui elle est, et sa mort comme un crime impuni, qu'elle ne pardonne pas. Iana ne meurt pas du tout, elle rappelle à Otar d'où il vient, ce qu'ils ont vu l'un et l'autre, qui dépasse l'entendement, elle trouve des mots. Elle parle, à la troisième personne, de l'enfant qu'ils ont eu ensemble, qu'il a laissé avec elle, sur le carreau.

L'enfant est sur le carreau, debout. À côté de Iana, il la regarde piquer à la machine sous la lampe. Il sait qu'elle s'adresse au mort, pas à lui. Il entend la voix de la mère, il n'est plus que du sable dans le désert des mots. Cela se passe en sa présence, mais ne le concerne pas. Otar se tient quelque part dans l'obscurité, derrière lui, dans l'encadrement de la porte, ou bien dans le noir de la cuisine, assis au bout de la table. Iana l'entretient, il ne part pas. Mort, il reste là, comme avant, fatigué, avec ses mains noires posées sur la nappe cirée, ou bien dans l'encadrement de la porte, les épaules lasses, il toussait. Elle l'empêche de s'en aller, d'être tout à fait mort, c'est sa punition pour l'avoir laissée. Aden ne comprend pas ce que Iana reproche à son mari Otar, mais sa colère a le pouvoir de tenir en otage l'ombre du père, loin de la mort où il serait tranquille. Au lieu de quoi il demeure, pensif et las, aussi muet que son enfant debout, à côté de Iana.

Alors Aden voudrait sa mort aussi, qu'elle meure et se taise. Il voudrait les réunir dans la langue des morts, pour qu'ils y déroulent ensemble leur histoire inaudible, où l'on coupe des mains à la hache sur une table, où l'on remplit avec des excréments la bouche des cadavres, où ils marchent sans chaussures dans la glace, des histoires d'enfants qui tombent dans un fossé avec leur cartable, et leurs fables et leurs crayons, où plus personne ne dessine de plans pour inventer des ponts, des écoles, mais des plans de prisons et de camps comme celui que bâtit Otar, sans outil, et les coups pleuvent, des pluies de coups à n'en plus finir. La neige tombait sur la clairière, des mains blessées palpaient le pain, et sous les flocons, toute la nuit, ils attendirent. Il faudrait qu'elle se taise. Quelquefois, il veut sa mort aussi. Cela ne se pense pas avec des mots, il n'en a pas. Il bée, langue coupée, tarie par celle de sa mère. Cela se conçoit dans une contrée en deçà du palais et des cordes vocales, se décrète dans le ventre, sans haine, sans méchanceté, dans la parole tue. Être orphelin plutôt que leur enfant, et s'adopter soi-même. Se faire naître tout seul, sans histoire d'avant. Ne pas se souvenir, trancher la mémoire comme une main, à la hache sur la table. Mais cela ressemble encore au souvenir, car le père de Otar eut la main coupée sur une table, comme une mémoire. Dans une maison de loin aux portes défoncées. Noyer la mémoire dans un trou d'eau ; mais la sœur de Iana avec son enfant fut noyée dans un étang par les partisans. Est-ce qu'on peut s'adopter et ne se souvenir d'aucune image, naître neuf sans Iana et son mari Otar ?

Iana ne meurt pas. Elle travaille. Au début, elle faisait le ménage des trains à la gare de triage. Maintenant qu'elle est veuve, elle ne peut laisser son enfant seul à la maison ; elle a repris son ancien métier de couturière. Elle retouche des vêtements neufs et anciens, elle reprise, raccommode ; quelquefois, elle coud dans le neuf, une robe, un manteau. Elle coud à façon, sur patron. À domicile, pour les voisins du quartier, sa clientèle est pauvre, mais moins qu'elle. Villeneuve, au bout de la rue Marbot, un immeuble de deux étages, en pierre meulière, à volets de fer. Il y a un jardin derrière, une cour commune. Les voisins sont espagnols, italiens, et même auvergnats. Iana refait leurs habits de travail ou du dimanche sur sa machine à coudre. L'agent des allocations lui a conseillé de se déclarer à la mairie pour sa couture, et de voir, pour sa retraite. Iana a eu très peur. Otar en a entendu de toutes les couleurs avant qu'elle ne se décide aux démarches. Aden grandit, très silencieux. Il va à l'école, au collège. Il fait ses devoirs dans la cuisine, sous le regard du père assis au bout de la table, pensif. À treize ans, Aden est parti en internat dans un grand lycée de Paris, il a quitté la cuisine où sèche le linge, la chambre où roule la machine à coudre. Il a commencé à ne pas revenir, ne pas se retourner. Il vivait dans quelqu'un qui s'enfuyait, mentant à lui-même et aux autres sur ses antécédents de banlieue. Il s'adoptait. Cet homme s'appelle Aden Seliani. Il est étonné, ce matin, de se retrouver dans la réalité d'un train de banlieue toute neuve du jour, avec son odeur et sa couleur d'avant, la même. Il s'aperçoit maintenant qu'il n'a rien tranché, rien noyé. Toujours la même main, le même étang. Toujours la même neige sur les cadavres. Le nuage, à cet instant, atteint le rendu des images maniaques de précision, jusqu'à la douleur. Cela revient de loin, cette éclaircie d'image. Comment a-t-il pu faire si longtemps l'amnésique, le sourd ? Comment se fait-il qu'il se rencontre dans la vie d'un autre, Aden Seliani, un homme d'adoption, immigré de lui-même dans l'autre ? À l'âge de treize ans, sa mère était devenue sa pire ennemie, elle tirait du côté de guerre, d'avant-guerre, qui était déjà entre deux guerres, celle dont la parole l'a engendré, il s'est sauvé en tirant de l'autre côté.

De l'autre côté, il y a des écoles où l'on apprend la marche à suivre, en écoutant l'instituteur, le professeur. En particulier celui qu'il croise, hier soir, dans le passage souterrain de la gare. Celui-là, Aden lui doit une fière chandelle, il lui a montré l'issue de secours, un soir d'hiver. En personne, il est venu dans la maison de son élève, convaincre la mère, Iana Seliani, d'inscrire son fils Aden en seconde, dans un grand lycée ; il lui a dit comment on obtient une bourse. Il a tant insisté que Iana a signé. Juste au moment où Aden cherchait à s'adopter. Un de ces maîtres bons que la vie place sur votre route. La marche à suivre est de travailler pour être le premier. Aden arrive premier. Camarades de classe, voisins d'internat et professeurs voient de lui le grand singe tranquille qui a la bosse des mathématiques, le grand échalas taciturne, toujours premier, sans deviner qu'il sue d'effort, le singe ficelé dans sa blouse grise, à mimer de son mieux la désinvolture, hautain, gauche jusqu'à l'infirmité. Il plonge dans ses livres pour conjurer la menace d'une amitié importune dans la promiscuité de l'étude. Barricadé dans ses frontières, l'immigré clandestin, dans le secret lourd à porter de son indignité, avec l'effroi de ces livres ouverts sans guide pour s'y conduire. Il ne comprend pas ce qu'il lit, il a honte. Il peine, il dévore comme s'il en allait de sa vie. Lire commet un vol, une sorte de crime parce que personne n'explique ne donne l'autorisation ou le droit. Il vole des idées d'adoption, emprunte des parcours de travers, perd la trace, s'égare dans les contrées insoupçonnées de savoirs qui ne le concernent pas, de livres jamais écrits pour lui, s'empare et pille. Il répète, il cite, grand singe acclimaté.

Très vite, il a compris qu'il n'avait pas le choix, et pas de temps à perdre, en étude, le soir, le samedi. Ni pendant les longues vacances, qu'il passe au soleil de Villeneuve, dans l'appartement où rien ne change, la couleur des murs, la place de chaque chose figées en un ordre immuable. Iana poursuit son soliloque dans la pièce à côté, elle pique à sa machine, souvent tard dans la nuit d'été. Aden n'est plus planté sur le carreau, près d'elle. Il a pris des distances, il se sépare, car, en mathématiques, le langage n'a plus besoin des réalités, il est sans référence, sans attache naturelle ; il articule des signes qui ne se souviennent de rien, des assemblées de signes à l'état de cristaux, antérieurs à l'histoire et de pure invention. Cette langue étrangère lui convient, qui se passe des mots ; elle se transmet en code chiffré, n'oblige pas à décliner l'identité, ni l'origine. *Vous n'êtes pas d'ici ?* C'est votre nom, ou votre tête ? Pas tout à fait adopté. Votre nom les intrigue. Ils demandent : Seliani, c'est italien, non ? À cause du i, qui sonne italien, tandis que le o ou a, plus espagnol. Comme on dit. Votre prénom, surtout. Ils disent : Aden, c'est un drôle de prénom, c'est une ville, non ? Une ville du grand Sud, quelque part, en Afrique. Ce Sud égare les gens, les perd dans des déserts du monde qu'ils ignorent, ou alors vaguement, sur les cartes, un point. L'Éthiopie ? L'Arabie ? Aden ne connaît pas Aden. Jamais allé. Rien à voir. Complètement étranger. Mais à force d'entendre, il épouse la ville en lui, il l'adopte sans la connaître, il y est réfugié par décret. Quel fonctionnaire inattentif, quel bégaiement du père, ânonnant un prénom exotique, sont à l'origine de son identité ? Quelque part, au bord d'un rocher noir, un mirage de sable, de cendres de volcan sur des toits de tôle, un minaret, des murs blancs, il est peut-être chez lui, sans le savoir ; un endroit pour égarer les soupçons, les écraser de soleil sur des pistes à peine tracées, effacées du matin par une tempête de sable, voies non classées qui échappent à l'administrateur, au géographe. La mer Rouge est violette, dit-on, et Aden s'éveille en barbarie. Le réveil de Aden a lieu dans un train de banlieue, il voyage vers sa mère Iana et son mari Otar. Il est de retour dans les odeurs et les couleurs de la réalité, ce matin.

Maintenant, le train roulait lentement au-dessus d'une succession de rues grises ouvertes dans la profondeur grise. Aden entrevit des enseignes lumineuses, un feu orange clignotant, une laverie automatique et des femmes en foulard, assises sur des bancs, les vitres embuées d'un café, des immeubles d'habitation en rangée, tous semblables, fenêtres ternes, un centre sportif vivement éclairé, une longue baie derrière laquelle, sous les projecteurs puissants, un groupe d'adolescents noirs semblaient figés dans une passe de basket-ball. Cela s'en allait doucement, déchiré sans bruit par le tiraillement du train, ses secousses d'essieux, un parking vide, une place, une église, un chantier avec des bulldozers arrêtés dans la boue, convergeant vers une bâtisse effondrée, dont le béton s'effilochait dans les filins d'acier, encore des immeubles. La voie enjamba l'autoroute, luisante de pluie, où filaient de rares voitures traçant leur sillage, puis traversa la Seine aux eaux tourmentées sous les piliers d'une passerelle, puis ce furent des usines, des toits, des jardinets déserts. Au rythme lent du train, l'inventaire morne se déroulait, ressemblait à un feuilletage mélancolique, abrégé de tous les lieux sans identité que les villes engendrent dans leur périphérie. La vue se brouillait de pluie fine, son voile uniforme adoucissait les lignes, et la tristesse fondait, atténuée par le défilement continu des images, tel un vieux film qu'on a vu cent fois et que le regard distrait revisite en rêvant. Il se sentit gagné par une sorte d'indulgence pour ce paysage traversé en douceur dans la grisaille du jour venant. D'autres fois, déjà, il avait été effleuré par ce début de tendresse, un penchant affligé pour la banlieue, sur le point de lui trouver un charme attachant, et toujours derrière la vitre d'un train lent, dans ces moments d'abandon qu'ouvre la brèche d'une somnolence, d'un épuisement. Alors, par un décalage de pensée, venait l'intuition d'un paysage possible caché sous la pellicule du visible, un paysage latent près de se révéler. Derrière la désolante défaite, la détestable laideur des formes avortées, répétées jusqu'à la nausée, une beauté approche.

Aden eut un haut-le-corps de révolte. Cette séduction des matins de pluie, où ballotte le train, et la lueur des lampes qui s'épuise, le jour venant. L'effet de leurre, la sournoise monotonie tentent l'imagination quand s'amoindrit la vigilance. Il avait été sur le point d'aimer cette image où l'écran de la vitre embue de douceur la disgrâce de la réalité.

Aucune pensée ne préside à l'accumulation urbaine des banlieues, à leur prolifération informe, aucune intelligence. Je ne vois qu'un monde d'anomalie, en désespoir d'amour. La banlieue n'a pas d'avenir, elle régresse sans cesse vers des laideurs plus grandes, elle se déplace sur place, ressasse, hoquette les mêmes aberrations mentales, elle grandit et change ses masques qui recouvrent l'absence de visage, d'héritage. En dépit des équipements, des monuments et des grands projets d'aménagement, à cause d'eux, qui aggravent le dommage, inflation de l'irréparable à chaque réparation programmée dans les bureaux d'étude où des jeunes gens en costume et cravate complotent, sur leurs tables d'architecte, leurs plans de chirurgie urbaine. Entailles et plaies sur cicatrices infectées. La banlieue est de l'ordre de l'accident, de la maladie, aussi scandaleuse. Une catastrophe immobile en guise d'histoire, réitérée quotidiennement par ignorance, indifférence. Cet endroit est à l'image de ma mère qui tient debout soixante-dix ans sur un effondrement, sans avancer d'un pas, en équilibre sur ses échafaudages de décombres. Ma mère est la banlieue d'elle-même. Elle avance sur place sans quitter une arrière-pensée qu'elle a derrière les yeux, dévorante, le contraire d'un paysage. Cela ne ressemble à rien de connu derrière la vitre, ne réclame aucune identité. Une plaine de désastre et de haine, une montagne de souvenirs écroulés, très précis, très exacts, et concassés dans l'effondrement dont aucun livre ne raconte l'implosion d'histoire, à rebours du temps naturel. Rien n'avance. Derrière la montagne de souvenirs, dans une plaine claire comme un cristal de roche sertie à l'horizon, Iana a vu pire que ceci avant, que cela maintenant, elle n'en est pas revenue. Elle n'apprendra rien, assiégée dans sa guerre civile intérieure. Aden essuya ses lunettes comme s'il allait y voir plus clair, étonné de sa colère contre la banlieue, et la souffrance qu'elle procurait encore, de la montée violente d'un ressentiment qui cherchait son objet. Il se leva, s'installa au fond du wagon, se tint debout pendant le reste du voyage, oppressé par la sensation d'aller à reculons, ni guéri ni consolé.

Il monta la côte de l'hôpital à pied, quitta le jardin municipal désert, longea l'église et le mur moussu du presbytère, une petite place provinciale dans l'enceinte ancienne de la ville, et au bout d'une ruelle pentue, tortueuse, aux pavés romantiques sous la pluie, il déboucha sur la hauteur. Étrange, la rapidité avec laquelle il s'indignait encore, après tant d'années, pour la désolation de la banlieue. Il n'avait pas habité ce quartier ancien, enclos à peu près préservé, mais le bas de la ville, vers le nord, la partie qui s'étend le long des voies ferrées. Une zone urbaine gagnée peu à peu sur les terrains vagues, ou maraîchers, cité de maisons ouvrières en meulière, cette pierre du Bassin parisien, brune et granuleuse, crevée de petits cratères, qui décore les façades avec, pour fantaisie luxueuse, la brique ou quelques carreaux de faïence. Les rues raccordaient tant bien que mal les murets bricolés, les palissades et les grillages, séparant les devants de porte étriqués. Ainsi la rue Marbot, tellement semblable aux autres, qu'il remontait en tenant l'équilibre, par jeu, sur les pavés de granit déchaussés, au retour de l'école. L'immeuble était au fond de la rue, une bâtisse brune, avec un couloir central qui distribuait deux appartements de rez-de-chaussée et menait à l'escalier vers les étages, ouvrait sur la cour arrière. Aden y avait grandi, Iana y vivait encore. La détestation était venue plus tard, dans la révision que permirent les années de lycée, quand il découvrit Paris, les belles demeures de la ville, l'autre planète. Pour rien au monde il n'aurait avoué de quelle province il était le rescapé, intuitivement instruit d'avoir à dissimuler la tare, par instinct de conservation. Il n'eut pas d'ami, découragea toute approche, en respect de son dessein solitaire. Tout cela était loin, mais il en conservait le mal, même s'il s'était réconcilié entre-temps, ayant tourné la page ; pourtant, ce matin, le vieux ressentiment est comme rajeuni, et, tout en gravissant la côte, il ne peut s'empêcher d'en souffrir le souvenir.

Dans le hall de l'hôpital, on vend des bouquets de fleurs conservés dans une armoire réfrigérée, empaquetés sous cellophane. Aden contemple leur anémie, il renonce. Il connaît le chemin, escalade les étages.

Ce matin, un tuyau de nylon jaune sort de sa narine, plonge dans les plis du drap. Le lit est en fer-blanc, à barreaux. Le linge est blanc, impeccable. On a installé des glissières de sécurité comme pour les enfants ou les grands vieillards. Dans son lit encagé, Iana semble plus petite, on dirait qu'elle a rétréci, c'est l'effet de ce berceau de fer-blanc.

Dehors, les bruits s'affrontent. Le vent a tourné, des trains passent, lointains. Le fracas des décollages s'est déporté. Plus près, ce sont les démarrages de la rue, débrayages dans la pente, décélérations en vagues incessantes, mêlés aux cliquetis de chariots dans le couloir, des pas claqués, ou glissés, chocs métalliques, vaisselle, ces bruits viennent heurter les murs de la chambre, repartent en échos. Ainsi entend-on une sorte de silence à l'intérieur. Le silence vient de Iana. Elle est étendue sur le dos dans la même position que la veille, avec ses bras étendus le long du corps et le goutte-à-goutte est fixé à son poignet par du sparadrap. Tout est en ordre. Depuis le seuil, Aden voit la femme étendue derrière ses barreaux, empaquetée, buste et ventre confondus en un même renflement, amenuisé aux jambes, pointu aux pieds, momifiée sans raideur. Il fait jour dans la chambre qui a perdu son allure de caverne d'hier soir, mais il lui semble cependant que la clarté manque pour y voir tout à fait. L'écran à ligne verte clignote, à l'arrêt. Les murs sont peints de laque claire. Le sol en linoléum bleu-gris a été lavé depuis peu, il est encore humide par places. Le store pend toujours en éventail de lamelles grises, filtre le jour gris. L'autre lit est défait, il ne reste, sur le matelas, qu'une alèse de caoutchouc. Une odeur de café et de pansements chimiques stagne dans la chaleur. Aden s'épuise dans l'inventaire de ce lieu ordinaire et menaçant, sans parvenir à l'apprivoiser. Derrière les barreaux, la tête fait une tache jaune affaissée, toute flétrie sur l'oreiller blanc. Il faudrait approcher, il n'ose pas encore, retarde le moment du regard de compassion auquel conduit le voyage, qu'il faudra bien donner. Il baisse les yeux vers le linoléum, un revêtement d'usine, de cantine. Cet endroit contre lequel s'épuisent les bruits d'agitation urbaine est incompréhensible. Que signifie le clignotement arrêté, pourquoi les glissières et ce tuyau supplémentaire enfilé dans le nez, signes qu'il se passe quelque chose, ou rien ? Trois veilleuses, une au-dessus de chaque lit, éteintes, une en haut de la porte, allumée. Il approche, un peu. La tête est légèrement rejetée en arrière, cela tire le menton, décroche la mâchoire, position inconfortable qui descelle les lèvres comme dans le profond sommeil. Est-ce une négligence de nurse qui l'a abandonnée ainsi, ou bien est-elle dictée par la pose de ce tuyau ? Mécontent, il n'ose intervenir, mais il souffre de ce visage péniblement renversé. Pour soulager la femme étendue, il faudrait un secours. En elle couve une créature différente en voie d'apparition qu'il n'ose approcher seul. Aden surplombe la cage de fer. Il ne peut se pencher sur elle sans risque puisqu'elle a mis un masque et laissé son visage dedans ; de ceux qu'on dépose dans les arrière-salles des musées parmi les moulages de plâtre, les cartons poussiéreux, un masque de cire jaune déjà desséché qui fixe sa dernière expression, incrédule, ou chagrine, dans la surprise d'une empreinte de lumière jaune. Elle l'a laissé là, elle s'est absentée. Cette femme n'est pas Iana, mais son visage abandonné. Elle rejoint en ce moment le jeune fantôme de mère qu'il a connue, vêtue de sombre, d'un abord anguleux et brusque de gestes, trop précis, gestes d'efficacité domestique, machinale à force d'abréger tout élan, toute action, elle glisse hors de sa figure tardive épaissie, ce flottement des traits empâtés ou défaits, ce lent effacement des angles dans l'enveloppe de chair, gommant la carcasse énergique, paralysant la mécanique vive des articulations qui ont enrobé son corps ancien. Elle rejoint son fantôme et laisse là le résidu d'un instant d'inattention, comme un extrait d'elle-même saisi, un après-midi d'automne, par un éclair maléfique, au bord d'un trottoir sous la pluie. Et de même, Aden, penché au-dessus du corps abandonné, sentait se séparer de lui toute pesanteur corporelle, ne laissait subsister ici que sa trace résiduelle délivrée par un accident de lumière, entre deux battements de paupières, dans cet écart où toute réalité s'apparente à une image. Ainsi, dans la chambre silencieuse, l'image de Aden regarda celle de sa mère tombée, un long moment où s'absentent aussi les trains, les avions, les chariots, toute odeur et couleur de réalité.

Puis entrèrent deux femmes, l'une en blouse blanche, l'autre en bleu ciel, qui porte sur le bras une pile de linge plié. La première, infirmière-chef, dit bonjour, regard net dans le vôtre pour dissiper tout malentendu : c'est elle qui aura l'initiative. Aden redresse ses lunettes du bout du majeur, s'efface, laisse sa place à la femme en blanc. Elle est jeune, maquillée avec discrétion, tirée à quatre épingles. Elle consulte sans commentaire la fiche suspendue au pied du lit, griffonne des notes sur son calepin, l'empoche. Pendant ce temps, la bleue apprête le lit libre.

— On n'a pas trop mal passé la nuit, finit par estimer l'infirmière.

Elle a détaché les syllabes, comme si elle chantonnait en aparté. Elle ne s'adresse à personne en particulier, mais Aden admet que cela lui est destiné. Avec son titre épinglé à la blouse, qui doutera de sa compétence à estimer la qualité de la nuit ? Elle est tellement absorbée par sa compétence qu'elle se croit seule dans la chambre 502. Il lui faut afficher clairement sa bonne santé et son indépendance, moins pour donner l'exemple roboratif de la fermeté, pour enjoindre à tous ces gens alités, tombés et cassés, de remonter la pente où ils se laissent glisser, que pour se protéger elle-même, garder son énergie intacte. Toute la différence est dans leur horizontalité et sa verticalité à elle. C'est peu. Aussitôt, il a étendu l'infirmière en chef et son calepin sur le lit d'à côté, avec un tuyau dans le nez et défense de bouger. Ce qui lui donne l'audace de demander :

— Est-ce qu'*on* va se réveiller, aujourd'hui ?

Avec le plus de détachement possible, le plus poliment, mais il ne peut dissimuler son effort pour résister à la peur organisée des hôpitaux.

— Pardon ?

Elle a froncé le sourcil, un événement dans son visage impassible.

— Est-ce que Mme Seliani va reprendre connaissance ?

Elle soutient le regard, attentive, cette fois. En voilà une qui ne se perd pas de vue ; même si elle rougit un peu, elle garde son aplomb.

— Vous n'avez pas rencontré le docteur ?

— L'interne de service, hier soir. Je voudrais des nouvelles, des explications. Je suis son fils, explique-t-il, vaincu.

— Son état est stationnaire.

— Quel stationnement ?

Agacée, elle cherche un témoin à ces impertinences matinales, mais la blouse bleue s'affaire de l'autre côté comme si elle était sourde.

— Écoutez, c'est un état grave. Pour les précisions, attendez la visite. Elle ne va pas plus mal qu'hier, vous voyez bien, corrige-t-elle avec une gentillesse tardive.

— Je vois, murmure Aden.

Soudain, elle ouvre un placard, en retire un paquet. Soulagée d'avoir trouvé un dérivatif, elle se fait plus cordiale.

— Tenez, ce sont ses vêtements, vous pouvez vous en charger, n'est-ce pas ? Ramenez des effets personnels, s'il vous plaît. Nous ne fournissons pas le linge des malades.

— D'accord, dit Aden.

Il prend le paquet que lui tend la femme, du papier kraft scotché.

— Passez aussi au service administratif, pour la prise en charge. Voyez avec la petite.

Elle sort, tirant de ses lèvres un sourire mince.

— À quelle heure est la visite ? demande-t-il à la petite.

La blouse bleue a au moins l'âge du chef, elle a sa taille, mais elle semble endosser le qualificatif sans broncher.

— Entre une heure et deux. Le soir, de cinq à six.

— Est-ce qu'elle doit absolument rester comme ça, la tête renversée ?

La petite approche, examine ; elle hausse les épaules.

— Moyen, dit-elle.

Elle passe de l'autre côté, glisse sa main sous la tête d'un geste professionnel et la fait basculer en douceur vers l'avant, rajuste la courbe du tuyau. La bouche s'est refermée.

— Elle est mieux comme ça, concède-t-elle.

Elle passe le bout de deux doigts sur la joue, légers.

— On n'a pas trop mauvaise mine, dit-elle en chantonnant et souriant au masque de Iana.

— Pas trop, dit Aden.

— C'est votre mère ?

Ça suffit comme ça, pense Aden. Il pose le paquet sur l'autre lit.

— Si vous voulez, dit la petite, je finis mon étage et je vous conduis à l'administration.

— Je trouverai, dit Aden. Merci.

Elle quitte la chambre d'un air rechigné.

Sur le lit, il déchire le papier scotch, ouvre le paquet. Ce sont les habits de Iana, ceux qu'elle portait vendredi. Son chapeau de pluie, et, roulés dans l'imperméable marron tout taché de boue noire, le reste des vêtements ; il en dépasse un bout de robe, des pieds de bas en nylon. Il y a aussi les chaussures et le sac à provisions. Les chaussures sont des bottines de caoutchouc molletonnées à semelles de crêpe compensées, presque neuves. Il dégage le sac à provisions en plastique à dessin écossais, dont les anses ont été renforcées de feutre cousu solidement, rafistolage maison. Pour épargner la main que scient les charges. Il est vide, mais tout au fond, Aden trouve un porte-monnaie, une bourse à fermeture Éclair, et, dedans, deux billets de cent francs, de la monnaie, les clefs de la maison. Il jette un coup d'œil à Iana qui se tient soudain debout près de la fenêtre, à l'ombre des lamelles grises. Elle est boutonnée jusqu'au cou dans son imperméable marron, avec ses bottines molletonnées et son chapeau de pluie rabattu, prête à partir. Ici, la vie est suspendue à ces faux bruits tenus à l'écart, à ce faux jour filtré. Quelle mauvaise lumière. Insupportable de rester plantés plus longtemps dans ce musée, partons d'ici, Iana. Il met la clef dans sa poche, remballe le paquet. Avant la visite de une heure, il a largement le temps de faire un saut rue Marbot et de revenir, de ramener du linge « personnel », et de s'occuper des formalités. Non, Iana, plaide-t-il, se détournant, je n'ai pas toujours eu honte. Le lieu est mal choisi, mal choisi pour une pensée pareille. Être né pauvre n'est pas facile. Nourri de pauvre, vêtu de pauvre. On en est empaqueté, ficelé, pour le reste de sa vie, même quand on a l'argent pour s'habiller de beau et de coûteux. Trop petit, ou trop large tu raccourcis, tu rallonges et tu rapièces, tu fais durer trop longtemps, du marron et du gris. J'en suis encore habillé sous ma peau. Le luxe de l'écossais, tu le réserves au sac. Nourri de nourriture jamais bonne ni en quantité ni en saveur. Cela m'a fait horreur et honte. Mais souvent j'en ai tiré orgueil contre le reste du monde. De la valeur de pauvreté, je me suis armé pour me donner orgueil, force et rage en secret, dans le serment de n'être plus jamais pauvre. C'était un serment enfantin très contradictoire qui me désignait à moi-même comme objet de détestation et de culte et faisait de toi ma pire ennemie. Les blessures les plus graves ne sont pas celles que l'on croit, du sexe et du sentiment. Des sentiments, on s'accommode, ils se domptent ou s'apprivoisent au frottement des autres, et les méprises du sexe, les reliquats de douleur à désirer et s'assouvir au corps d'un autre. On s'exerce et s'apaise ; ce sont des blessures de fierté, d'humiliation passagères dont on se sauve. Mais ce qu'il y a de plus profondément enfoui, inextirpable, indestructible, c'est d'avoir été pauvre, tête vide et mains vides, muselé, démoralisé, et de ne rien envisager qui ne soit confisqué d'avance ; il ne reste qu'à écraser sa face du côté de la terre pour ne pas la montrer au jour. Le lieu est mal choisi, mal choisi. Je n'ai pas toujours eu honte, mais mal, et je t'ai faite la destinataire d'une lettre jamais rédigée qui contenait tous les griefs additionnés en colonne, comme un règlement de comptes planétaire à toi seule destiné, parce que, finalement, je n'ai que toi au monde devant qui plaider, et tu n'en pouvais mais. Il aurait fallu que j'accepte de n'avoir que l'humilité pour grandeur et je ne veux pas de cette grandeur des pauvres, ce rêve de bonté et de justice promise aux pauvres en consolation me fait horreur. Ce qui m'a grandi, c'est ta colère de tous les jours, ton impiété furieuse, toi qui n'as pas de honte, mais, allant chez toi, je crains d'y trouver cette lettre jamais écrite.

L'homme est entré, il s'est glissé si doucement que Aden ne l'a pas entendu. Le voilà planté dans la chambre, sa casquette de marine à la main. Aden reconnaît le voisin pour l'avoir croisé quelquefois, il bricole parfois son moteur de voiture devant la porte de la rue Marbot, il habite de l'autre côté du couloir, juste en face de chez Iana. Il fait mine de se retirer, se ravise. Il tend la main, très embarrassé, chuchote :

— Je passais voir si ça va mieux, excusez-moi. Vous êtes son fils, je crois. Moi, c'est Le Guen.

— Oui, dit Aden, je me souviens. Merci d'avoir appelé.

La main calleuse est franchement cordiale. La petite bleue entre en coup de vent, fâchée.

— Les visites sont interdites, dit-elle. Sortez, sortez.

Elle les pousse fermement dehors.

— C'est pas un moulin, ici, vocifère-t-elle à voix basse, comme s'ils étaient des enfants. Juste la famille.

Elle s'éloigne en menaçant du doigt.

Le Guen a pris l'air penaud, il triture sa casquette, sourit pour excuser sa gêne. Il demande des nouvelles à voix basse. Aden ne sait que dire, il résume comme il peut l'état stationnaire. Il se tient éloigné, il a hâte de partir. L'homme a une bonne soixantaine d'années, robuste, les jambes courtes et de grands bras. Son pantalon de velours tombe sur ses souliers, il a croisé une écharpe sur son veston. Il hoche la tête d'un air entendu et soupire, considérant le couloir et les chariots. Une jeune femme en robe de chambre rose se traîne vers eux à pas glissés. Très vite, Le Guen explique, volubile, qu'il n'était pas loin quand l'accident est arrivé. Quelquefois, il emmène Iana au supermarché avec sa voiture, parce que, maintenant, les commerces du quartier ont fermé, il faut aller au diable. Donc, il lui rend service ; entre voisins, c'est bien naturel. Ils venaient juste de se quitter, parce que chacun fait ses courses séparément, ils se retrouvent à la voiture sur le parking, mais il avait oublié ses bouteilles vides pour la consigne, alors il l'a quittée et quand il est revenu, là, il a vu l'attroupement, elle venait de tomber. Peut-être même est-elle tombée juste quand il a tourné le dos ? Enfin, comme il est son voisin, il a pu donner son nom et son adresse aux ambulanciers.

— Voilà plus de vingt ans que je la connais, Mme Seliani. Ça m'a retourné, croyez bien.

— D'accord, dit Aden.

— Entre voisins, dit l'homme toujours tourné vers les chariots.

Aden replie le paquet mais le papier kraft se défait, il a du mal à tout maintenir sous son bras.

— Excusez-moi, dit-il, je partais.

— Moi aussi, je m'en vais. C'est malheureux, mais ça ne sert à rien de rester là.

Le Guen renfile sa casquette, comme soulagé. et, pour être aimable, tandis qu'ils descendent ensemble l'escalier :

— C'est un bon hôpital, dit-il. Ils feront comme il faut, soyez tranquille.

— Merci de m'avoir prévenu.

— Ce n'est rien. Je leur avais donné votre numéro, notez bien, mais quand j'ai appelé samedi pour prendre des nouvelles, ils ont dit qu'il n'y avait personne chez vous. Je me suis permis. Entre voisins.

— Ma mère vous avait donné mon téléphone ?

— Pas à moi, à ma fille, Lili. Elles s'entendent bien toutes les deux. Cent fois, Lili lui a dit de ne pas se gêner, si elle veut profiter de notre téléphone, pour appeler si elle a besoin, mais ce n'est pas le genre, elle préfère se marcher dessus plutôt que demander. Vous la connaissez. Je la houspille avec ça, pour plaisanter. Alors, Mme Seliani, pas de fusible à changer ? Elle a horreur de tripoter l'électricité. Ou bien : Lili a fait du riz au lait, ça vous chante ? Quelquefois c'est oui, quelquefois c'est non. Elle est très personnelle, vous savez. Je ne me formalise pas de ses petits airs, c'est une brave femme.

— Oui, dit Aden qui perd pied. Pourquoi vous a-t-elle donné mon téléphone ? Il y a longtemps ? insiste-t-il, car la femme dont parle Le Guen ne ressemble en rien à Iana.

Non, il ne la connaît pas.

— Pas à moi, à Lili.

— Bon, dit Aden. Merci pour tout.

Ils sont arrivés dans le hall. Dehors, il pleut à verse, les voitures soulèvent des gerbes d'eau grise. À nouveau ils se serrent la main, croisent leurs yeux. Aden demande à la standardiste de lui appeler un taxi. Le Guen revient sur ses pas.

— Je peux vous déposer quelque part ? J'ai ma voiture, là dehors.

— Ça va, dit Aden. Je vais rue Marbot. Il y aura bien un taxi.

Le Guen se met à rire, revisse sa casquette :

— C'est plutôt bête, dit-il, je rentre chez moi. Je vous emmène, si vous voulez.

Entre voisins, pense Aden.

— J'y serais allé à pied, sans la pluie, se croit-il obligé d'expliquer.

— Venez donc.

— D'accord, dit Aden.

Voilà qu'au moment d'introduire la clef dans la serrure, il réalise qu'il n'a pas accompli ce geste depuis l'enfance. Depuis très longtemps, il n'a plus de clef pour cet appartement et quand il vient chez Iana, il frappe à la porte comme un visiteur étranger. Il a un pincement au cœur d'être ce matin en possession de la clef, de réintégrer subitement son corps de petit garçon, quand Iana lui criait depuis la chambre d'enlever ses souliers et de se laver les mains, avant de relancer la chanson de la machine à coudre derrière les murs. La clef dans la serrure est un geste de régression, elle donne droit d'entrer dans les murs si vous entendez cette voix. Aden ouvre, il entre. Avant de refermer la porte, il voit que Le

Guen a déjà discrètement refermé la sienne en vis-à-vis. Il repousse le battant. Il est à l'intérieur.

L'entrée, si minuscule qu'on n'y a jamais installé une lampe, laisse juste la place d'un portemanteau où pend tout un fatras d'habits dans l'obscurité. D'un pas, on entre dans la cuisine. Aden hume l'air confiné, il traîne une odeur froide de soupe de légumes, de savon, d'eau de Javel. Malgré la clef, il se sent en effraction. Iana ne donne elle-même aucune autorisation d'entrer ; en son absence, il pénètre ici comme par violence, celle qui consiste à forcer les huis des maisons isolées, à briser des scellés. Il chasse cette pensée de culpabilité. Il pose le paquet sur la table de la cuisine. L'évier fuit, l'eau tombe goutte à goutte. Il donne un tour au robinet. Le poêle est éteint, le vieux poêle à mazout. La pluie bat les carreaux. Une lumière triste baigne la pièce. Iana est restée là-bas, debout contre la fenêtre de la chambre d'hôpital, boutonnée jusqu'au menton dans son imperméable. Elle attend, sévère, que Aden tente encore un geste ici, qu'il ose. Dans ce petit appartement très pauvre, rien qu'il ne connaisse de très longue date, où qu'il porte le regard, les choses sont familières, et cependant étrangères, hostiles. Il ne sait rien. Ce qu'enferment ces murs de bruits, liés aux gestes ordinaires d'une vie recluse, ce que contiennent ces tiroirs, les placards, de dérisoires objets utilitaires. Leur usage, leur usure. Ni la lumière de midi, comment tombe le jour et quel est le réveil derrière les volets, l'odeur du café, du beurre tartiné. Brusquement, gagné par la paralysie, il étouffe pour de bon. Il ouvre la fenêtre qui donne sur la rue, un grand courant d'air froid s'engouffre. Tant pis si les voisins observent derrière leurs rideaux, d'ailleurs aucun voisin n'est visible. Les façades, toutes semblables, alignent leurs fenêtres voilées. La pluie rebondit sur le toit des voitures garées.

Il quitte la cuisine, traverse d'un seul élan la petite pièce où il dormait, enfant, l'alcôve étroite, pénètre dans la chambre de Iana et va à la fenêtre. Il l'ouvre à deux battants. Le jardin dégouline de pluie, le prunier perd ses feuilles. Au fond, sous une bâche, une Mobylette est rangée, un Solex rouillé, sans roues, des planches. Il est né ici, il y a grandi. Cela lui donne la force de se retourner, d'affronter la chambre de sa mère. Bouclé dans son blouson de cuir, poings dans les poches, prêt à faire face. Le vent froid traverse l'appartement, enlève les rideaux. La rue est grise, la pluie est grise, que sont devenues les couleurs de la réalité ? Si peu de modifications, dans le petit monde de Iana, voué à la conservation, et si peu de mystère. Pourtant il ignore l'origine de ces meubles toujours vus. Quand ont-ils acquis l'armoire aux portes plaquées en losanges de fausse marqueterie, calée dans l'angle, et le lit couvert de cretonne à fleurs bleues ? est-elle la même qu'autrefois ? La vieille Singer avec sa roue désuète, son pied-de-biche encore enfilé d'un fil noir, et la boîte à ouvrages, petit meuble à couture dont les compartiments débordent de fournitures. Il passe en revue les articles de la chambre, s'apaise. Ils ont toujours fait partie du décor. Qu'a-t-il imaginé ? Aucune hostilité, seulement l'ordre désolé, banal. Le canapé défoncé, dont le velours râpé, tellement usé qu'en maints endroits la trame apparaît, est recouvert d'une couverture en laine au crochet. Que croyait-il trouver ici de mélodramatique ? Les choses ne revendiquent rien d'autre que leur insignifiance de choses privées, je ne suis mendiant de rien, je ne réclame aucune confidence de ces lieux.

Alors, il aperçoit, sur le lit, le sac à main, jeté là, dans la hâte d'un départ. Parce qu'elle est en retard, parce qu'elle entend Le Guen faire tourner le moteur de sa voiture devant la porte, Iana a pris son porte-monnaie et laissé là le sac. Aden baisse les yeux. Les yeux vont vite, ils repèrent des fils sur la carpette, fil à bâtir, fil à coudre, petites bourres d'étoffe, menues miettes du travail. Aden s'accroupit, ramasse une épingle. Il tremble comme les chiens sous la pluie. Ils tremblent, ils pleurent, c'est facile. Soudain affaissé, épuisé. Au même instant, l'affolement, l'émotion, au même instant le soubresaut final. Il referme la fenêtre, revient dans la cuisine. Il ferme là aussi, rajuste le rideau. Un fond de liquide noir reste dans une casserole, il le vide dans l'évier, nettoie la casserole, met à chauffer de l'eau. Dans un placard, il cherche, ouvre des portes, trouve pour finir une boîte de chicorée soluble, du sucre en morceaux. Tandis que l'eau chauffe, il continue d'explorer, avise contre le poêle un bidon de mazout, presque plein ; il charge le poêle, craque une allumette. Ses gestes sont rapides, ne nécessitent aucune réflexion. La flamme s'affermit derrière la plaque de mica. Il lave un bol, prépare la boisson chaude, il se sent mieux maintenant. On frappe à la porte. C'est une vieille femme qu'il n'a jamais vue, en pantoufles de feutre. Elle serre un foulard de laine autour de sa figure, grimace un sourire sans dents qui se veut sans doute avenant.

— De chez moi, dit-elle, montrant du doigt crochu le plafond, j'ai entendu du bruit, j'ai pensé qu'il y avait quelqu'un...

— C'est moi, dit Aden, abrupt. Et vous ?

— Mme Lieman. Notez bien, je me suis douté que c'était vous.

— Mais vaut mieux vérifier. Vous n'avez peur de rien.

Elle hésite, se renfrogne.

— Ça va, Mme Seliani ?

— Pas fort, dit Aden.

— Ah ! on se fait du souci, vous savez.

— Non, dit Aden. Qui ça ?

— Moi, tiens donc.

— Merci bien, dit Aden.

Il referme la porte, sèchement. Est-ce que tout le quartier va défiler, à présent ? Autrefois, Iana ne fréquentait personne. Jamais quelqu'un n'aurait frappé aussi librement à sa porte. Iana traçait autour d'elle un cercle invisible que personne ne franchissait, dans lequel Aden se trouvait pris, dont il n'était pas sorti tout le temps de sa vie à Villeneuve. Au point qu'à peine il peut aujourd'hui évoquer le souvenir flou des visages d'alors. Il faisait le chemin du retour, le soir, avec des enfants de l'immeuble qui rentraient de l'école, mais ils ne se parlaient pas ; il les voyait jouer dans le jardin, derrière la vitre ; ils lui adressaient des grimaces, des singeries quand l'un d'entre eux le surprenait à son poste. Aden reculait. Il ne souffrait pas. Il vérifiait seulement la justesse des préventions de sa mère et lui donnait raison de ne pas le laisser jouer avec n'importe qui. Car Iana décourageait toute approche. Aux voisins immédiats, elle concédait un bonjour, un mot sur le temps, mais la conversation s'arrêtait vite, elle s'esquivait, pressée. Elle l'était souvent, la livraison d'une commande, une course, cela servait d'empêchement aux bavardages futiles de palier. Cette femme pressée était inabordable. Acculée au dialogue, elle adoptait un ton abrupt qui provoquait l'embarras des commerçants, intimidait plus qu'il n'indisposait le candidat au papotage, elle ne se liait pas. Si peu loquace au-dehors, elle dont l'éloquence dans le monologue domestique atteignait des sommets !

Aden avait pensé quelquefois à ce principe appliqué sans entorse, qui avait maintenu, autour d'elle et de lui, le cercle de solitude, comme à un modèle de sa propre vie. À ce dressage de sauvagerie ordinaire qu'il avait faite sienne, ensuite. Il ne souvient pas avoir pâti de sa condition d'enfant tenu à l'écart des autres, au contraire, il éprouvait comme un soulagement à filer sur les pas pressés de sa mère, sans tourner la tête dans la fuite. Pourtant, elle n'était pas fière ; on ne fait pas la fière quand on est pauvre, et veuve, étrangère. La fierté est au-dessus de vos moyens. Iana se cantonnait dans le registre sévère, suffisant pour maintenir le cercle. Peut-être a-t-elle changé, avec les années, la vieillesse. De même que son corps s'affaisse, s'empâte lentement et son pas ralentit, la résistance cède, dans l'usure, la lassitude additionnées, de concessions en petits abandons, gagnée par le besoin de chaleur humaine. Puisque Le Guen prétend changer les fusibles et que sa fille partage le riz au lait, puisque la voisine du dessus s'inquiète des nouvelles, pourquoi pas le reste de l'immeuble, le reste de la rue ? Qu'est-ce qui lui prend, soudain ? Cette brusquerie de malotru pour recevoir la pauvre vieille en foulard.

Rien de tout cela ne ressemble à Iana. Il la connaît mieux que personne. Elle, une femme sociable, accessible au contact, qu'on se soucie de conduire au supermarché ? pour qui, nouant un foulard à la hâte, et vieille, on descend un étage, afin de prendre des nouvelles ? Celle-là contrarie les contours arrêtés dans la mémoire enfantine, même s'il admet qu'il fallait bien ouvrir la maison aux clientes pour les essayages, à ceux qui portaient un pantalon à raccourcir, une doublure à changer, mais cela se passait le plus souvent en son absence, pendant les heures d'école. Un pan insoupçonné s'engouffre dans cette absence. Quand il rentre, Iana est seule, elle travaille à sa machine, pédale sans répit, le dos voûté, penchée sur le pied-de-biche. La trépidation emplit la pièce, résonne dans les murs jusqu'au fond de la cuisine où il fait ses devoirs. Ils sont à l'abri dans le cercle. Pas un instant il n'imagine qu'en son absence Iana puisse être une autre, peut-être ne le tolérerait-il pas, car les enfants décident aussi, et avec quelle autorité, de circonscrire leurs parents à une image simplifiée. Ce que fut cette femme, ses désirs et ses zones d'ombre, lui échappe à tout jamais. Réduit à reconstituer, par bouts effilochés, comme un mauvais enquêteur, ce qu'il a oublié de savoir, un bandeau d'ignorance tendu sur les paupières. La mémoire fait défaut. Avec peine, il convoque quelques souvenirs morcelés, un départ matinal les voit remonter la rue, serrés l'un contre l'autre ; la rencontre d'un vague voisin dans un magasin du centre, qu'elle salue à peine, écartant l'enfant ému, lui qui tressaille de croiser si loin de chez lui une figure familière parmi les visages anonymes. Ou bien un soir, sur le seuil, Iana et une dame échangent quelques mots ; tout le temps la mère tient l'enfant devant elle en bouclier, il se souvient des mains nerveuses triturant ses épaules, pinces cruelles ponctuant les répliques ; il baisse la tête, endure cette étreinte, c'est sa façon de servir de rempart. Ensuite, elle glisse la clef dans la serrure, et, porte refermée, ils sont enfin saufs. Ensemble. Ce sont des bribes, instants fugitifs, ouverts en brèche sur une réalité qu'il ignore et dont il recompose la forme pour se donner raison, des pans entiers manquent au puzzle, des séquences de vie, oblitérées d'un œil borgne, abolies dans l'angle aveugle de sa vision d'enfant. Pourquoi, contre cette nouvelle image de Iana, lui faut-il résister, restaurer l'autre, à toute force ? Et qui d'elle ou de lui fut le plus sauvage, qui des deux désira le plus fort la clôture du cercle pour y enfermer l'autre, l'y maintenir, intact ? Encore maintenant, fermer le cercle. Parce que la prudence de Iana dehors est à la mesure de sa folie dedans. Ce n'est pas seulement le remords d'une découverte tardive qui prend en défaut le mauvais fils, quelque chose est ébranlé en profondeur ; une secousse plus grave compromet l'équilibre. Oui, cela tient ensemble. Le silence d'exclusion et le délire des imprécations sont les figures d'une même guerre, vérité dérobée dont Iana trace les frontières, souveraine, enfermant l'enfant dans la longue histoire dont elle entretient Otar, et qu'il partage sans y accéder, otage du secret. Tremblant seulement que quelqu'un ne franchisse le seuil, surprenne le secret dans les murs. Car se tient ici, avec les vivants, le mort encore debout dans l'encadrement de la porte, le père assis au bout de la table qui attend son retour de l'école et le regarde faire ses devoirs, muet, si triste d'avoir à rester là. Que quelqu'un sache que Iana garde, contre toute loi, le fantôme de son mari Otar. Alors il lui donne raison, éperdument, de maintenir entre eux et le monde la paroi étanche, arc-boutée contre l'offensive du dehors. L'image récente de Iana, révélée par les voisins, le blesse comme une trahison.

Lorsqu'il a accueilli Mme Lieman, tout à l'heure, il s'est comporté comme Iana aurait dû le faire, fidèle à son intraitable hostilité d'alors. Il fallait qu'il le fît à sa place, pour lui donner raison encore, et raison à lui-même. L'imiter jusque dans la sécheresse des monosyllabes et la porte brusquement refermée. Sauvé. Il se sauve, lui, l'enfant ; et la mère. Jusqu'à éprouver la colère qu'il espère d'elle. Cette colère de la peur, car, une fois pour toutes, elle lui a appris que le premier signe de sollicitude ou d'altruisme représente le plus haut danger, que, derrière le masque avenant de la fausse sympathie, va se révéler, et il sera trop tard, le mal du monde extérieur ; il va déferler, ravager le dernier havre, le pré-carré de sauvegarde. Aden n'a pas seulement imité Iana, il l'a réveillée, ressuscitée, elle est dressée en lui toute raide dans les sombres habits du passé pour faire une fois de plus barrage, défendre le territoire. Ah comme il a bien épousé sa cause, recueilli l'héritage. Que défend-il aujourd'hui, malade de son enfance ? Alors il entend, ce ne sont pas des mots, des cris, mais une rumeur inhumaine enfermée dans la chambre d'échos mentale, elle enfle à rompre les tympans d'un souffle d'explosion, la rumeur séculaire montée des ventres vides, tordus de famine, des poitrines oppressées et des membres rompus de si grande fatigue, immense fatigue des marches, des fuites dans le noir, des exodes, de ceux pour qui solidarité, fraternité sont vains mots, qui ont appris à reconnaître dans toute face humaine celle de l'ennemi héréditaire. Iana, toute droite, dans son corps humain, dans ses jambes et sa gorge, transporte cette mémoire sans mots, sans articulation de syntaxe, une langue qui ne se transmet que de ventre à ventre, en forme de nuage atomique, son souffle mortel en dispersion planétaire.

Aden, dans la cuisine de Villeneuve, vient de reconnaître Iana. Non celle qui dort de léthargie dans le lit encagé de l'hôpital, non celle qui voisine sur le pas de sa porte. Celle-là est la vraie étrangère, il n'a pas rencontré cette personne conformée à la vie ordinaire, devenue, saison après saison, à travers des années de vie solitaire une de ces femmes que leur ancienneté dans les maisons désigne aux nouveaux locataires, à ceux qui se succèdent et repartent, comme une figure tutélaire, faisant partie des meubles, et dont la vie s'efface, emportée par lambeaux dans la mémoire et l'oubli des uns et des autres, de même qu'une mosaïque se délite par le prélèvement hasardeux ou distrait du passant, et dont il ne reste au mur que cette trace indécise, devenue fresque de grisaille. Celle-là, aujourd'hui, dans l'érosion des années, a fini par offrir un visage de vieille voisine inoffensive, dont la vie étriquée, les gestes mesurés aux habitudes n'offrent plus de relief, au point qu'elle se confond avec le décor des couloirs tristes, apprivoisée, soumise. Mais lui ne peut succomber à ce leurre, il a vu, en son temps, la face de guerre de Iana Seliani.

Alors, pour que ce soit un fait accompli, il ouvre le paquet des habits qu'il a posé en arrivant sur la table de la cuisine. Ce sont les effets de cette personne accidentée qu'il extrait, un à un. Elle portait avant-hier une robe de laine noire à rayures grises, une combinaison bon marché en acrylique, bordée de dentelle mécanique, un corset usé, aux élastiques distendus, des bas de nylon couleur fumée — l'inventaire est aussitôt au-dessus de ses forces, il pleure. Debout, tenant à pleines mains le paquet de vêtements. Sans larmes, seulement de la gorge, des sanglots rauques de chien que peut-être la femme d'en haut entendra s'il ne les étouffe maintenant dans la robe, dans l'odeur noire d'une robe inconnue.

Pleurer ne console pas. Il cesse de hoqueter, transporte le paquet entortillé jusque dans la chambre, le jette sur le lit.

Désormais, il accomplit les gestes nécessaires le plus vite possible, refuse d'accorder aux choses leur pouvoir destructeur, alors tout devient simple. Il s'empare du sac à main, y fouille rapidement, trouve la carte d'identité, rejette le sac sur le lit, ouvre l'armoire à deux battants. Dans le tiroir, une liasse de papiers administratifs, une carte de la Sécurité sociale. Sa douleur a disparu, et la rumeur. Les souvenirs sont de nature instable, un mélange altérable qui ne se manipule pas sans danger, amalgame de provenance lointaine dont les alliances, les adhérences sont le fruit du hasard. Une brume, un courant d'air font un précipité de souvenirs qu'escamote dans l'heure l'énergie retrouvée. Il suffit de s'en tenir aux réalités, avec détermination, les photographies dans le tiroir, l'enfant en fève bleue dans le portefeuille et le couvercle sur les boîtes. Aden referme la porte de l'armoire sur le parfum entêtant de passé, la contention obscure des choses confinées. Il ne peut empêcher une dernière vision, des vêtements d'homme suspendus sur des cintres, en profondeur, derrière les piles de linge blanc, l'amas indistinct des reliques paternelles. Il donne un tour de clef là-dessus pour ne rien voir de plus.

Revenu dans la cuisine, il rince le bol, le laisse sur l'égouttoir, passe une éponge sur la nappe cirée. Il fait bon maintenant dans la pièce réchauffée, le poêle ronfle. Aden tire doucement la porte derrière lui, comme on quitte quelqu'un qui dort.

Au moment où il sort de la maison, il croise sur le seuil une toute jeune fille en ciré noir sous un parapluie multicolore, qui s'engouffre en coup de vent. Quelques pas plus loin, il se retourne, involontairement. Elle est restée sur le seuil, en refermant son parapluie elle regarde dans sa direction. Il a le temps de voir son visage pointu aux yeux tirés, son air un peu asiatique. Leurs regards se croisent. Aden s'éloigne dans la rue à grands pas.

Le visage apparaît de profil, une masse écrasée dans la chute abrupte de la tempe. Seule la pommette haute fait saillie dans cet effondrement des chairs, oppose son modelé énergique à la joue, au menton écroulés, perdus dans la bouffissure du cou. Ainsi ces plis à l'aile du nez, au coin de la bouche s'étirent-il en sillon déprimé, accentuant l'expression défaite de toute cette zone quand le haut du visage s'étonne, dôme luisant du front, globe renflé de la paupière que hérisse la frange des cils. La bosse insolite soulève cette partie de l'arcade sourcilière, achève de rendre incompréhensible la figure immobile.

Il semble à Aden que depuis ce matin une lente révolution dégrade ce visage. On le dirait en proie à des tiraillements intérieurs, contradictoires et pénibles qui ne trouvent pas leur solution, redistribuent le relief menacé. Pourtant, en contrebas et presque enfouie, il découvre l'oreille, si petite. Une touffe de cheveux rebelle arrondit sa coque au-dessus du pavillon, buisson foisonnant de santé naturelle, ombrant la caverne aux couloirs précis, quelle petite oreille de nacre, si précieuse, avec ses volutes ourlées, au dessin plein de grâce, si délicate qu'elle conquiert une espèce d'autonomie monstrueuse, ainsi prise dans l'écrin des cheveux. Sur un renflement de l'oreiller, le lobe se détache, net, enfiévré de sang, comme si toute la vie du visage s'y était retirée, étrange cerise cramoisie de colère.

Aden n'a rien appris de plus du docteur. Il a réglé avec une employée maussade le dossier d'admission et transmis les papiers. Depuis plus d'une heure, assis au chevet, Aden regarde le profil de sa mère. Au début, il s'est installé sur cette chaise et il a attendu. Sans savoir très bien ce qu'il espérait, puisque, l'infirmière l'a confirmé à son retour, l'état de Mme Seliani est stationnaire. Rien de nouveau, l'observation continue. Aden a remis à la petite bleue une chemise de nuit neuve qu'il a achetée en venant dans une boutique de la rue principale. Il n'a pas choisi. La vendeuse voulait lui présenter d'autres modèles, il a pris la première, une grande taille, a suggéré la vendeuse, puisqu'il ne sait ce qui va à cette personne.

L'observation continue, Iana ne va pas plus mal, pas mieux. Aden ignore en quoi consiste une *observation.* Depuis qu'il est là, il est le seul à observer. Le mot stationnaire prend un sens plus précis. Il ne se passe rien, en effet. Au bout d'un moment, il a croisé ses jambes, décroisé ses jambes, croisé ses bras. Puis il a trouvé une position confortable et l'a gardée. Il attend. Au début, il pensait de minute en minute qu'il allait partir, quitter l'hôpital, descendre en ville, déjeuner quelque part, près de la gare, peut-être. Il pensait au train qui le ramènerait à Paris, à son appartement de Ménilmontant, et à l'Agence où il s'est promis de revenir, ce soir. À tout ce qu'il a laissé en suspens. Il a pensé qu'il devait appeler Kerin, à l'Irlande, à la pluie sur Galway. En pensée, il est parti très loin d'ici. Cependant, il était toujours là, il s'est aperçu qu'il était sur une chaise au chevet du lit, et qu'il regardait le visage de Iana. Il n'a plus fait que regarder et le temps a passé.

Il s'est approché le plus possible, il ne l'a plus quittée des yeux. De cette place, il voit le profil, partie gauche qui est une moitié de visage, si près maintenant que rien autour ne vient distraire son étude. Ce profil n'exprime rien, abandonné à sa matière dormante ; s'il prend l'air maussade, ennuyé, c'est que la mâchoire s'affaisse, les muscles se relâchent esquissant par hasard la mimique boudeuse. Mais pas un frémissement de surface, un accident épidermique mineur comme un pincement des muscles si fragiles autour de l'œil ou de la bouche, dans les zones les plus mobiles du visage humain. Pourtant, elle vit, dit-on ici. Ce corps étendu dans l'impassible pose des gisants reste plastique, il n'a pas la rigidité minérale des statues. Cette anatomie étrange brûle, consume de la vie. Iana respire, sans doute, mais dans une amplitude si faible que sa poitrine demeure immobile, aucun souffle ne semble s'échapper. Alors c'est devenu tout à fait étonnant d'observer sans fin cette moitié de visage, son relief accidenté au modelé inhabituel, de le guetter avec la patience, la minutie obsédée du chercheur, ou de l'explorateur, et plus l'objet de l'étude résiste, refuse de délivrer le secret, plus l'attente s'aiguise, se nourrit d'elle-même ; il regarde avec une avidité d'affamé, de prédateur exaspéré par sa propre obstination.

Plus rien ne ressemble, dans une disproportion grandissante ; il a quitté, par une passerelle mentale, la place qu'il occupe dans cette chambre, un matin d'automne. Jamais il ne s'est penché sur un visage humain avec une telle passion, jamais sur celui de sa mère. Quelle circonstance de la vie nous permet-elle de contempler le paysage démesuré qu'est un visage humain ? Dans la souffrance, le désir ou la peur, montent en face de nos yeux des figures à proportion de notre cécité, nous baisons des lèvres, des paupières, nous entrons dans des cris, des bouches grandes ouvertes, nous nous cognons du front au mur des visages aimés ou redoutés. Mais nous ne voyons pas, suspendu sur l'écran de nos yeux, ce paysage immense de terre inconnue, ce continent de visage qui ne s'exile pas vers nous, ne nous déporte pas vers lui. La joue géante, l'oreille et sa cerise gorgée de sève rouge, la falaise du front étale, sa plage désertée d'océan se sont étirées dans un espace sans échelle qui perd le souvenir des mondes appris. Dans les décombres, des pans entiers écroulés de mémoire dont la poussée fait des tremblements de terre intérieurs, confond connaissance et oubli. Aden a oublié ce qu'il savait, ce qu'il croyait avoir perçu des brefs interstices de pensée. De ses yeux grands ouverts qui brûlent de lumière, il accomplit le passage vers l'impalpable visage derrière le visage, dont il a la nostalgie sans l'avoir connu. En un sommeil d'hypnose il rejoint ces images enfermées loin sous les paupières, selon lesquelles elle est la mère, demi-lune levée dans un petit homme d'ignorance, accrochée dans sa nuit d'enfance, accoudée à l'horizon des jours comme lumineuse femme imaginaire des commencements, celle qui porte loin ses membres déployés dans l'encombrement nuageux d'un ciel antérieur. Il ne ressent pour elle, la femme endormie dans le lit d'hôpital, ni la compassion filiale ni l'affliction appliquée des fils, mais un amour barbare, sans espoir, à la mesure de ses yeux éveillés. Il ne sait pas l'histoire, elle s'est détournée, n'a jamais offert que l'hémisphère du profil éclairé de jour gris. Elle dort d'un sommeil de gardienne, tournée vers l'autre face d'elle-même, résolue, comme au temps de sa jeunesse, à ne rien céder, rien délivrer. Elle et son mari Otar sont survivants d'une indicible guerre, ensemble enchaînés dans leur dialogue de langue morte.

Mes yeux brûlent et se troublent, ce ne sont pas des larmes de tristesse, Iana, mais la brûlure de ton image. Longtemps avant de les fermer, l'image a rejoint, par glissements successifs, un paysage intérieur, celui qui le poursuit le soir, dont l'énigme l'accompagne, paysage de pluie, de brume, où le poudroiement de l'eau rejoint celui d'une neige silencieuse, flocons de cendre suspendus, dans une durée de catastrophe infigurable aux yeux, au lent anéantissement de la lumière. Aden est né le jour d'Hiroshima, Iana l'a mis au monde dans le nuage de ce jour atomique où toute face humaine s'est abolie. Aden ferme les yeux.

Plus tard, dans le train, il y avait un voyageur sans chaussures. Ses pieds nus, sales et gercés, semelés de corne noire et plaqués de croûtes luisantes avaient l'air de souliers en peau et ongle de bête. Il dormait. N'importe qui pouvait regarder à loisir ces souliers naturels et s'effrayer de leur forme, bien que tout le monde ait les mêmes pour marcher sur la terre.

À deux heures de l'après-midi, l'éclaircie troua théâtralement les nuages, éblouit la Seine et ses ponts d'un grand rayon. Derrière les vitres teintées on sentait l'excessive vigueur de ce rayon unique et sa méchanceté. Défiguré, le paysage trembla, puis pâlit, retomba dans la grisaille. En ce dimanche après-midi, peu de circulation, même la voie sur berge semblait déserte, et les quelques péniches accostées mortes aussi, dans le décor immobile. Aden abandonna son poste d'observation, gagna l'étage de l'Agence. Il avait hâte maintenant d'en finir. Commença la fastidieuse recherche. Il entrait cette fois dans l'envers du cerveau, dans cette zone interdite où s'enregistrent toutes les opérations, comme un palimpseste de la mémoire informatique composant son propre motif d'amnésie programmée. Iana dort dans la vitesse fulgurante, ou la vitesse infinitésimale de ces collisions de particules éparses, écarts et retards accumulés dans l'évanouissement du cerveau bleu. Comment atteindre cette vitesse, cette lenteur du temps perdu.

La nuit était tombée lorsqu'il obtint la preuve de la manipulation, camouflage classique qui fait disparaître l'identité du commanditaire, sous une raison sociale d'emprunt. La substitution n'est qu'une formalité, ensuite, une fois le code établi. Classement au dossier. Très bien. La suite ne l'intéresse pas, il n'ira pas plus loin. Ni rage ni curiosité pour ce qui se confirme, juste la lassitude d'avoir tant cherché pour aboutir à si peu de chose. Seulement vérifié. Il resta un moment abattu devant l'écran, ayant allongé les jambes et croisé les bras derrière la nuque. Il soupira de fatigue.

Il vint derrière les baies, regarda la Seine et ses remous noirs, la ville illuminée. Mais très vite il tourna le dos, retourna devant l'écran, avec le sentiment amer d'avoir perdu le bonheur d'alors. Tant de fois il s'était posté là, à la fin d'une nuit de travail. Il allumait une cigarette, il regardait venir l'aube sur les ponts. Un autre que lui, qu'il venait de quitter. Qu'il avait commencé à perdre, le jour où Owen avait donné son code d'accès. Le soir même, surgissant à la surface, comme s'il était en train de se noyer, l'envie violente l'avait pris de marcher dans New York, une colère contre le bleu grondant de la ville et le bel équilibre des murs dressés en falaises de verre. Le besoin physique d'affronter la puissance minérale accroupie sur son dos depuis des jours, sans qu'il ait pensé même à lever la tête. Il marcha dans la danse des lumières, les circulations d'air tiède. Au lieu d'attendre, reclus, confiné dans ce réduit de mensonge. Où donc est l'ennemi à la mesure de ma colère ? Il eut devant lui la perspective de la sixième avenue, l'élancement des façades vers le fond du ciel nocturne. Peut-être allait-il apprendre quelque chose de plus. Dans cette netteté du soir, en avant ! Il se mit au rythme de la rue, avec une sorte d'emportement, parmi les mille individus grouillants, sans un contact, dans l'ignorance réciproque, chacun gardant pour soi sa trajectoire. D'ailleurs, il ne croisait pas des personnes réelles, des êtres humains, mais des créatures machinales tout aussi pressées que lui, propulsées de manière autonome vers des points précis de l'espace. Il ne toucha aucun corps, ne rencontra aucun regard. Aucune résistance, il entrait dans la ville comme dans une eau trouble.

Sa poitrine se serra de solitude, et, dans l'instant, il se vit de très loin, car quelque part il s'élevait, quittait le sol dans une de ces tours transparentes, son propre regard l'atteignait soudain à travers les vitres en verre trempé d'un ascenseur et ses grillages d'acier, son propre regard de plus en plus éloigné dans l'ascension d'une altitude murale le séparait de lui-même et le perdait au milieu de la foule, dans la coulée d'individus punctiformes, le grouillement compact de molécules séparées, et c'était comme s'il se souvenait, dans cet éloignement hautain, avoir appartenu en étranger à d'autres foules, d'autres hordes assemblées, en marche et ceinturé de solitude. Et, par ce regard qui s'éloignait, le perdait de vue, il eut le sentiment, aigu jusqu'à la douleur, du courage inutile, de l'ardeur vaine de chacun à poursuivre sa conviction intime, privé d'une ferveur vraie avant la nuit complète, avant la mort. Avant que la lassitude, les obstacles et les coups n'aient eu raison du courage, n'en aient rompu l'élan, car, dans toutes les villes, les marcheurs du soir qui cherchent une explication, ou bien une raison, perdent vite toute liberté, toute illusion. Et, tandis que son regard s'éloignait, le désertait, fusant vers le ciel vide, il ressentit la séparation d'avec lui-même comme une maladie intérieure.

Il n'a même pas sursauté quand Coline est entrée. Elle n'a pas fait de bruit, il ne l'a pas entendue venir, trop absorbé dans ses pensées, certain qu'il était de n'être pas dérangé. Pourtant il n'est pas surpris de la voir, il lui semble même qu'il l'attendait. Pas elle, visiblement. Elle s'est arrêtée dans l'encadrement de la porte, ébahie. À sept heures du soir, en tailleur de ville noir et foulard de soie, charmante, elle n'a pas eu le temps de se composer un autre visage, déconcertée par cette présence dans son propre bureau.

— Aden ! Tu es déjà rentré ? Que fais-tu là ?

— Bonsoir, dit-il, détachant ses bras qu'il laisse retomber de chaque côté du clavier.

Il guette avec un intérêt féroce ce qui va s'inscrire de nouveau sur ce visage, comment elle va improviser maintenant.

— Je te croyais encore à New York.

— On croit, dit-il. Et puis c'est autrement.

Elle hésite, interroge du regard. Du seuil, elle aperçoit l'écran allumé, mais elle est trop loin pour y déchiffrer quoi que ce soit. Elle pressent l'anomalie, mais n'approche pas, prudente. Elle passe dans le bureau de Lewert où il l'entend déplacer des objets.

— Qu'est-ce que tu trafiques sur mon Mac? lance-t-elle depuis l'autre pièce, sur un ton désinvolte.

Une si jolie jeune femme, poudrée, parfumée, tellement astucieuse et compétente.

— J'ai des ennuis, répond Aden. Je vais prendre un congé.

Silence à côté. Coline revient, elle se penche sur l'écran, perplexe.

— Qu'est-ce que c'est que ça?

— L'arrière-boutique. Intéressant.

— Mais c'est chez moi, dis donc. C'est mon programme de traitement.

— Oui, dit Aden, je te laisse la place.

Deux touches, sur le clavier, il quitte. Il éteint. Terminé. Il est debout devant elle. Il sourit. Elle se méprend sur ce sourire de carnassier, elle enlace sa taille, esquisse un baiser. Dans l'étreinte il sent son parfum, l'odeur de sa peau.

— On dirait un voleur, murmure-t-elle dans son cou. C'est très excitant.

Doucement, il dénoue ses bras, recule, il garde son poignet.

— J'ignorais que tu avais la clef du bunker. Que tu faisais des heures supplémentaires. C'est nouveau?

Elle résiste, cherche à se dégager comme s'il s'agissait d'un jeu.

— Je passe pour voir s'il y a des messages sur le répondeur.

— Les urgences du dimanche, dit Aden, raffermissant sa prise. Tu n'interroges pas à distance?

— Écoute, ça suffit, riposte-t-elle. Pourquoi pas un

dimanche ? Lewert ne rentre que demain soir et la boîte doit tourner, même en ton absence, figure-toi. C'est plutôt à moi de demander ce que tu fais là.

— J'étais juste passé vérifier deux ou trois trucs de merde dans les poubelles. J'ai trouvé ce que je cherchais.

Maintenant elle comprend assez vite, il le voit dans ses yeux qui vacillent.

— Tu pouvais peut-être m'en parler ?

— Pourquoi pas, dit Aden, conciliant.

— Quels ennuis as-tu ? demande-t-elle, en dégageant son foulard de la main libre, découvrant son cou, l'échancrure du pull, le collier de perles. J'y suis pour rien. Lâche-moi.

— J'ai des ennuis avec une sale histoire de magouille maison.

— Je vais le dire à Lewert, tu sais, menace-t-elle.

— J'espère bien.

Elle a donné une secousse brusque à son poignet, Aden a résisté. Déséquilibrés, ils luttent, basculent contre le mur qu'ils heurtent ensemble. Maintenant la colère le prend, une envie de brutalité. D'un seul coup, il lâche prise, s'écarte, effrayé du désir qu'il a eu de lui faire vraiment mal. Le collier a cédé, il tombe par terre.

— Tu es complètement fou, s'écrie-t-elle, en larmes. Salaud.

— D'accord, dit Aden.

— Tu sais où ça te mène, ton cinéma ? Qu'est-ce que tu cherches ?

— Ou tu sais, et tu la fermes. Ou tu sais rien et tu la fermes aussi.

— Je sais rien, gémit-elle dans son mouchoir.

— Continue, dit Aden doucement. Allez, on se tire.

Elle se mouche, ramasse son collier avec de petits sanglots. Il attrape son blouson, éteint les lampes. Il la conduit d'une main ferme jusque sur le palier, elle ne résiste plus à présent. Il la laisse verrouiller, confisque la clef de la porte blindée.

— Je la rendrai moi-même à Lewert à son retour. En attendant, je prends un congé pour convenance personnelle, tu pourras lui dire ça, aussi. Bonsoir, Coline.

Il l'embrasse sur le front, l'abandonne devant la cage d'ascenseur.

— Salaud, crie-t-elle encore faiblement, tandis qu'il disparaît dans l'escalier.

Aden est assis dans la salle de séjour de son appartement, près de la fenêtre qui donne sur le jardin. La pluie du matin a cessé, on dirait que le temps change. Dans l'obscurité, le vent brasse le feuillage par rafales, plaque les feuilles en tourbillon contre la vitre. Il est resté dans cette pénombre du soir pour téléphoner en Irlande et maintenant non plus, il n'allume pas. Sitôt rentré, il a appelé Kerin, il a eu la surprise de tomber sur elle tout de suite. Il arrivait avec l'irritation, le vague dégoût de cette scène à l'Agence, elle était la première personne qu'il trouvait sur son chemin, il a laissé libre cours à son agressivité. Désemparée par l'attaque, Kerin a rapidement faibli. C'est elle qui demande pour finir le sursis qu'il s'apprêtait à devoir négocier pied à pied. Il ne comprend pas. Ni la brutalité soudaine des menaces qu'il improvise au fur et à mesure, ni le peu de résistance qu'elle oppose. Elle a cru qu'il l'avait devancée sur le terrain en consultant un avocat, puisqu'il s'agit de décider de la garde de l'enfant. Aujourd'hui les juges la confient de plus en plus souvent au père, dit-il, si les garanties ne sont pas suffisantes du côté de la mère. Voilà le point sur lequel il a insisté. Il a brandi l'argument des revenus et de la stabilité des situations professionnelles. Depuis trois ans, Kerin n'a pas d'emploi fixe, elle ne s'en tire qu'avec l'aide de ses parents, chez qui elle vit la plupart du temps, avec Paul, et grâce à la somme que Aden lui alloue, gracieusement. Le mot ne manque pas d'ironie. Aden n'est pas gracieux, il fait du chantage. Avec cet argent il se donne le droit de voir son enfant, de temps en temps. Il lui a rappelé crûment cette disposition et combien cet accord dépend de son bon vouloir, combien il dispose contre elle de munitions dans la guerre qu'elle a déclarée, en attendant un jugement. Écœuré, il se demande où il est allé chercher tout d'un coup tant de hargne et de méchanceté pour la réduire au silence, puis aux prières, à peine déguisées, de surseoir à toute démarche, d'attendre un peu. Elle lui demande de venir à Galway, de parler calmement de tout cela. Viens à Paris, rétorque-t-il, décidé à ne pas tomber dans le piège du tribunal familial qui l'attend là-bas. À sa grande surprise, elle accepte l'idée. Ils se quittent là-dessus.

Après cet échange, il est resté près du téléphone, épuisé. L'homme qui parlait à Kerin s'est levé en lui sans qu'il s'y prépare. Il déteste ce rôle, il voudrait en demander pardon à sa femme qui reste peut-être comme lui près de l'appareil, effrayée et punie de l'imprudente arrogance avec laquelle l'autre nuit, à New York, elle dictait, au milieu de son sommeil, un plan de guerre improvisé. L'enfant est devenu le prétexte pour rouvrir les hostilités, après trois ans de paix apparente. Que cherche-t-elle aujourd'hui, cette femme, en soufflant le chaud et le froid sur leur histoire passée ? Peut-être vit-elle là-bas un épisode personnel qui ravive en elle le besoin d'en découdre. Plus qu'elle ne croit, elle a réveillé en lui la même envie. Attention, vous autres. Il se peut que cet homme seul ait perdu toute mansuétude. Pitoyablement rejetée dans son coin, la lutteuse qui a présumé de ses forces pleure et s'attendrit sur les coups qu'elle a reçus, mais au second round, elle sera debout et donnera les coups interdits.

Voilà que Kerin se traîne un matin et tangue d'une nuit sans sommeil, elle a usé dans la lutte de la nuit ses dernières forces. Elle n'offre plus que son visage boursouflé par la saumure des larmes, ses épaules meurtries, plus pathétique de porter aussi vaillamment les marques du combat et son épuisement. Elle accomplit les gestes du matin avec la faiblesse émouvante des convalescents, prépare le café, dispose les bols du petit déjeuner, elle n'a faim de rien. Perdu le goût du sucre et du pain quotidien et cette pause ne promet aucune éclaircie, aucun dénouement. Il suffirait pourtant de tendre l'un vers l'autre les mains, de sceller autour des objets domestiques un pacte de non-agression, une fois noués et dénoués les corps, disloquées les défenses, épuisés les mots, pour se donner, avec ce reliquat d'amour, un peu de repos. Mais déjà, d'autres fois, ils se sont concédé ce répit d'armistice. C'était seulement pour reprendre des forces avant de rejoindre, au premier regard, l'état sauvage, inventer de nouvelles souffrances. Celle-là qui tout à l'heure haletait, le visage noyé de salive, de larmes, accroupie contre le mur de la chambre, a redressé son corps vaincu, rassemblé son courage pour déplier ses membres, elle a enfilé sur son pyjama une veste de l'ennemi et compte les doses de café sans se tromper. Elle chancelle, l'attache de son poignet semble plus fragile, une veine y bat, gonflée de bleu, ses doigts tremblent. Ainsi se régénère en elle le charme érotique, la séduction charnelle qui abat l'adversaire, le réduit au remords. Aussi, une fois de plus, refusant l'affliction, la tendresse du pardon, par un effort de lucidité cruelle, il démasque en cette femme sa redoutable, irréductible partenaire de lutte. Chacun ses ruses, il quitte la place. Il enfile son blouson et part marcher dans la rue, prendre un café solitaire au zinc du premier bistrot de quartier. Tôt le matin, les passants sont encore rares, ils n'ont pas le temps de se retourner sur ce visage démonté, et les garçons de café en voient d'autres, des figures de bourreaux ou de victimes domestiques, accoudées à leur zinc. La rue banalise les drames, pourtant, si loin que l'emporte sa marche, il n'est pas hors de portée, elle le rattrape et s'empare de lui, l'image de la femme ivre de fatigue, abandonnée à sa solitude. Elle prendra l'enfant ahuri de sommeil sur ses genoux, ravalera ses larmes, de cela il est jaloux, et honteux. Puis coiffée, maquillée, elle le conduira à l'école maternelle. Encore faible, rompue, d'autant plus attentive aux petits pas trottinants de l'enfant, à la fraîcheur de sa joue. Puis revenue sur le champ de bataille, elle campera, attendant que l'ennemi revienne. Aden revient et cela recommence. Ou quelquefois, c'est lui qui conduit Paul, elle s'est enfermée dans la salle de bains. Il ne rentre pas, il se réfugie à l'Agence, travaille jusqu'au soir. Mais toujours se présente le moment du face-à-face où, guerriers rétablis, vifs de l'air du dehors, chacun reprend sa position de combat. Impossible d'oublier. Non, Kerin, ne bégayons pas à nouveau l'histoire de la désunion, n'échouons pas encore, et il ressentit la poignante nostalgie de l'amour perdu.

À cette époque, Kerin se glissait sous la couette, mêlait ses jambes aux siennes, elle frottait sa toison rousse à son ventre. Ils riaient dans le plaisir, étourdis d'insolence. Ils s'enlaçaient pour un oui pour un non, avides d'éprouver à chaque étreinte l'assentiment renouvelé des corps, et tout le reste s'accordait. Ils prenaient l'assouvissement du désir pour un décret d'amour, rien n'offrait d'obstacle autour. Kerin étudiait, Aden travaillait. Mais chaque fin d'année la trouvait insatisfaite de ses études précédentes et enthousiaste pour celles qu'elle projetait d'entreprendre. Aden franchissait les échelons de sa vie professionnelle ; Kerin passait de stages en colloques et séminaires, faisait chaque jour des rencontres décisives qui suscitaient de nouvelles orientations, définitives. Chaque horizon nouveau coïncidait avec ses vraies dispositions, enfin révélées. Elle passa ainsi de l'archéologie à la sociologie, au droit international et à l'interprétariat, suivant qu'un conférencier avait parlé d'enfance opprimée ou de marché européen. Aden confirmait sa compétence dans un domaine spécialisé, s'y tenait avec rigueur et constance ;

Kerin déclinait les choix, brouillait les cartes, échafaudait les plans de carrière les plus farfelus, parvenait à convaincre non seulement Aden, mais père et mère et amis de ses raisonnements.

Longtemps, il avait aimé qu'elle fût cette éternelle étudiante explorant l'inventaire des possibilités, ce luxe qu'il n'avait pas connu, poussé par la nécessité. Amusé, indulgent, il se disait que Kerin, de dix ans sa cadette, devait profiter de sa chance, prolonger ainsi sa jeunesse ; ni jaloux ni impatient de voir finir ce temps de l'indécision, il vivait par procuration. On est toujours deux dans les malentendus. La fantaisie dont elle meublait leur vie compensait la régularité de sa carrière et peut-être avait-elle pour alibi la grande stabilité qu'il semblait lui garantir. D'un penchant contraire, ils s'offraient une sorte de contrepoids réciproque, dosage précaire, équilibre instable qu'ils appelaient l'amour. Une machine de guerre contre soi montée et réglée en mécanique meurtrière. Ni l'un ni l'autre, solidaires dans le malentendu, ils n'ont vu venir la discorde. Aden ne sait plus quand il n'a plus supporté, plus voulu avec elle les changements de cap fulgurants, l'irrésolution, la poudrière joyeuse où elle brûlait le matin les passions de la veille, quand il a nommé *lubie* son dernier engouement. En même temps, elle n'a plus toléré qu'il s'*abîme* dans le travail, noircisse ses feuilles d'une langue chiffrée sans traduction ni interprète. C'est le moment où elle a voulu un enfant, ils ont cru le vouloir ensemble mais ils étaient déjà séparés dans le malentendu. Très vite est apparu à Kerin le poids de l'enfant, son exigence et sa faiblesse. Dans son ventre, déjà. Elle pleure, bras refermés d'effroi amoureux sur son ventre, en berce la rondeur pour se l'apprivoiser, le corps visité d'une naissance sans avoir appris la scissiparité, convertie à une autre qu'elle-même sans s'être rencontrée. Elle s'est emparée de l'enfant tant qu'il nageait en elle, enroulé sur son nombril embryonnaire, au centre de sa sphère. Il n'en est pas sorti.

Elle l'a gardé contre son ventre, l'étoile de mer, lestant de son poids sa flottaison folle. Accrochée à lui plus qu'il ne se cramponne à elle. Qui des deux accouche l'autre, grenouille tremblante refermée des bras, des jambes sur sa planche de salut. Ils ont roulé ensemble, loin de Aden, très vite emportés dans leur naissance commune.

Dès l'instant de la naissance, la mort s'est présentée à Aden avec des yeux de chouette dans le noir, chaque soir. Elle assiste à l'endormissement. Dès le berceau, elle fut là, debout, il la tient à distance du regard. Au-dessus de l'enfant, il porte la main, protège de sa paume le voile des fontanelles. Jamais, avant l'enfant, il ne s'était tant soucié de la marche des jours, que tourne la terre avec ses canons braqués derrière chaque fontaine, et ses tours de contrôle aux frontières ; partout un homme veut en tuer un autre, non pas le tuer mais l'éviscérer, l'énucléer, écraser sa cervelle, manger sa rate et ses couilles en festin de victoire. Il y a des terrains de décharge où s'entassent l'ordure des villes, le poison des usines, des charniers inconnus bientôt ouverts délivrent la vermine engendrée dans les laboratoires scientifiques, et le cœur des centrales délabrées lâche des nuages invisibles à la dimension d'un continent. Ces nuits-là, Aden ne pouvait pas dormir, jusqu'à l'aube il écoutait si venait de la chambre un soupir, un hoquet, mais ce n'était pas vers la chambre, ni même vers l'enfant que tendait son écoute insomniaque. Un pressentiment qu'il portait au flanc depuis longtemps avait pris forme d'enfant. Il regardait dans le cadre de la fenêtre sourdre le dessin minutieux des feuilles de l'acacia, une à une émergées du fuligineux brouillage nocturne comme un signal distinct, chaque feuille singulière accompagnait la venue du jour et Aden confondait cette montée de la lumière avec le recul de la mort au-dessus du berceau. Il ne savait comment vivre avec cet enfant ; chaque contour de lui, chaque ligne de joue, de main, et le nœud de son nombril, son sexe inachevé réveillent un embryon d'enfant en lui, jamais baptisé, une fève ensemencée jamais grandie, douloureuse comme un point permanent au côté. Au centre de gravité déplacé de son ventre d'homme, il se souvient d'une répétition ancienne d'humanité résumée dans le corps sans savoir et qui maintient le monde en lui. Ce retour vers lui-même au point aveugle de mémoire commence avec l'enfant, d'avoir été soudain père sans avoir connu, de son père, l'histoire.

Ainsi Kerin, nous nous sommes séparés, il y trois ans, et nous avons cherché le repos. Nous devrions pouvoir aujourd'hui nous asseoir face à face sans méchanceté. J'ai des souvenirs de toi à l'ombre de l'acacia. J'ai repris la fève d'enfant sur ton ventre, à ma manière, dans une photographie où tu fermes les yeux, inoffensive. Je ne sais si tu dors ou si tu fais semblant. Ces derniers temps, je me suis abîmé dans le travail des signes au point d'oublier ce que l'enfant m'avait appris, la vigilance nocturne. À New York, je me suis réveillé brusquement dans un deuxième sous-sol devant la comptabilité obscène des marchands d'armes. Ils veulent des logiciels pour traiter l'information des satellites qui tournent dans notre ciel, ils transmettent des images numériques de feuilles d'acacia plus précises que ton œil ne peut voir. Iana dort dans une chambre aseptisée, elle a tourné vers moi sa face de demi-lune. Ce soir, je retourne en banlieue.

Ce soir-là, Aden repartit en banlieue. Rien ne l'y appelait vraiment puisque le matin même il avait accompli les démarches nécessaires et rencontré le docteur qui dirige le service de neurochirurgie. Il n'avait pas appris beaucoup plus de lui que de la petite bleue, sinon que l'état du cœur excluait pour l'instant toute anesthésie. Rien de plus. On s'installe pour de bon dans l'observation, en attendant l'intervention. Mots empruntés à la guerre, à moins que ce ne soit le contraire, la guerre se prétend désormais chirurgicale, propre, aseptisée. Avec observateurs postés, jumelles à infrarouges braquées sous le camouflage des filets, satellites toutes antennes déployées, interventions meurtrières des « sorties », dans l'anesthésie générale.

Non, il ne revenait pas à Villeneuve pour avoir des nouvelles. L'état de Iana est stationnaire. Mais, dans son appartement, Aden a tourné en rond, il a repassé le linge, un peu rangé en écoutant Miles Davis et tendu l'oreille aux bruits sourds du dehors. En ce dimanche soir, quelque chose le réclame du côté d'un quartier de banlieue, un appartement vide où le poêle s'est peut-être éteint. La nuit enrobe de pénombre ce qu'il a mal vu, trop vite, dans le malaise, la précipitation de son passage rue Marbot. Il décide de faire un saut là-bas, aller-retour.

Dans le métro, Aden a trouvé la foule du dimanche soir, mêlée, morose, l'entassement des voyageurs qu'attend la reprise du lundi matin. À République, un homme est monté. Avant qu'il ne parle, tout le monde avait déjà compris, chacun s'est appliqué, d'instinct, à prendre l'air encore plus absent. Au bout de la rame, l'homme, un jeune type miséreux, a dévidé sa litanie de sans-abri, il sort de prison, il est sans travail, il demande une petite pièce pour l'aider, ou un ticket de restaurant. Il s'est acquitté de sa corvée sinistre bravement, mais sans éclat, avec le débit d'une mauvaise récitation. Il a brandi une carte qui atteste on ne sait quoi. A-t-il oublié la leçon des instituteurs qui voulaient qu'on mette le ton ? Il ânonne, dans le registre impersonnel, il bâcle, comme ses semblables, bateleurs du métro. Où ont-ils appris à expédier leur couplet de cet air absent, même pas désabusé, surtout pas revendicatif ? D'un seul élan montés sur la scène, ils exécutent ce que des metteurs en scène d'avant-garde, suant sang et eau, tentent d'obtenir de leurs acteurs récalcitrants, ils excellent dans la sobriété, rabotent le texte de tout trémolo.

Le vain combat a vidé leur numéro de tout effet, a détimbré la voix. Surtout ne pas prendre à la gorge le voyageur, c'est un spectateur fatigué qu'une émotion terrasse, il garde jalousement intact son reste d'énergie pour atteindre, au bout du voyage, le journal télévisé, palpitant de fictions ficelées. L'homme passe dans l'allée, il ne tend même pas la main, il n'y a que des dos.

Mais celle-là, au milieu du wagon, la vraie pauvresse qui pue des nippes, de la crinière embroussaillée sur des croûtes réelles, et du corps avachi, elle ne demande rien à personne. Pas un n'approche, la place est vide autour d'elle, elle intime le respect. Un côté de sa mâchoire porte une ecchymose violacée qui soulève la lèvre, elle manque de dents. Elle regarde droit devant, sans souci d'avenir, sans s'affecter du spectacle de sa jeunesse sale, du dépotoir ambulant que sont devenues sa jupe et sa veste, raides de crasse, de vomissures. Elle a atteint dans sa déchéance, sa solitude altière, un certain degré de perfection. Du coup, elle a réveillé l'intérêt, sa puanteur qu'aucun courant d'air ne dissipe stagne dans son coin retranché, tout autour ils en sont atteints. Voilà que dans leurs regards monte la lueur de convoitise, car elle campe au milieu de tous sans attendre le secours, elle ne veut rien, elle veut seulement cette place dans le métro et croupir dans sa puanteur à elle, sans qu'on vienne la déranger d'une pièce ou d'un bon mot, elle se parle à elle-même une langue perdue qui réfute toute traduction. Le chômeur sorti de prison est presque des nôtres, maintenant ; résigné, il espère l'arrêt de la station suivante pour quitter cette rame et se perdre dans le flot des passants du soir. Sont-ils mieux lotis, les uns et les autres, tous ceux qui, gare de Lyon, filent dans les couloirs en labyrinthes vers les quais d'embarquement ? Ils ont juste entrevu, frôlé de la narine le vrai délabrement, la destruction en voie de submerger leurs vies précipitées, étroites et sans secousses, qu'emportent et dispersent les trains dans les réseaux de la ville loin, jusque sous les bretelles d'autoroutes, dans les chantiers de démolition et les zones du périphérique. Frissonnons ensemble sans nous retourner le long des couloirs, hâtons le pas en foule, même la bousculade a quelque chose de rassurant.

Maintenant, Aden se trouve dans le sens du maigre troupeau qui rentre en banlieue, entraîné malgré lui dans la course et le piétinement vers les quais. Sans regard échangé, mais les corps s'agglutinent, le train s'emplit. Quel masochisme, quelle tentation suspecte le presse à se trouver là, parmi ces voyageurs. Il n'a aucune raison d'aller se promener en touriste ethnologue, vérifier les décombres, constater l'état indigent des lieux. Pendant des années il a arpenté un territoire de cités, de rues pavillonnaires, terrains vagues et chantiers de constructions, sillonné les voies et mille fois emprunté cette ligne de Villeneuve. Quand les grèves de la RATP paralysent l'agglomération, guichets fermés, panneaux d'affichage éteints, et jettent dans la panique des soirs de travail cette masse anonyme sur les quais désertés de trains, il n'apprend rien des images, des discours convenus. Ou quand un fait divers de l'insécurité fait la une, rackets et vols, viols des trains de nuit, trafics de drogue chassés des Halles vers Oberkampf ou Gare-du-Nord, remontant les lignes jusqu'aux gares lointaines, jusqu'aux cités de HLM et leurs cages d'escaliers délabrées, rien de cette plaie ne lui semble exotique. La machine emballée s'accommode du désastre rampant. À peine un frisson d'indignation, de temps en temps, si la fille s'avise de secouer la puanteur de ses jupes sous le nez du voisin. Non, il n'éprouve pas, à se mêler à la foule de la gare de Lyon, un quelconque sentiment de solidarité, ou de remords pour avoir déserté. Il a perdu l'habitude de se déplacer en banlieue, vers ces quartiers éloignés de la ville au-delà des boulevards, il n'en a pas la nostalgie. Il vit à Paris, y travaille. Ménilmontant est un quartier d'adoption où se croisent beaucoup d'Afrique et d'Asie, par ghettos en mosaïque dans le tissu urbain tiraillé de toutes parts, démoli, reconstruit, mais à l'échelle humaine, et d'une certaine manière, à l'image de sa vie. Aden n'est pas plus d'ici que de banlieue, nulle part chez lui. Ce sont des lieux d'échouage, de naufrage, des emplacements provisoires. Il ne sait d'où il est, Aden, une ville imaginaire, ou un village, une plaine d'Europe centrale, écartelée par des zones de transit militaires, des frontières que le hasard des conflits a décrétées, découpage cisaillé au mépris de la géographie et de l'histoire humaine.

Vers quoi retourner, quand il ne sait même pas, Aden Seliani, de quel pays, quel faubourg ou village ses parents et leurs parents ont hérité, quelle langue ils ont parlé. Il y a, dans sa jeunesse, un angle mort dans lequel s'engouffre un pan entier de leur histoire. Il n'a pas questionné quand il était encore temps, Iana n'a pas devancé les questions. Entre eux, il n'y avait pas ce partage. Un certain effondrement, séisme antérieur, a fait obstacle au temps, son flux gorgé de passages et confluences, de métissages, s'est dissous dans l'oubli. Iana est le rempart, la haute face de montagne brûlée, dont le barrage hostile interdit tout accès. Rejeté de ce côté-ci par sa naissance, il s'est trouvé seul et nu, sans mémoire vers laquelle revenir et s'attacher. Nulle place d'origine n'offre sa configuration dans l'arrière-pays. Peut-être figure-t-elle encore sur des cartes, ou bien, disloquée, démembrée, est-elle effacée de la carte contemporaine. Et quel besoin de se savoir venu de quelque part, si rien ne reste d'un pays cultivé, tracé de sillons, de chemins vicinaux, de travées et ruelles où circulaient des gens qui se sont engendrés et se sont transmis le savoir des lieux par voisinage, héritage, avec des dieux pénates, des animaux locaux, des outils et des chants, la salive et le pain. Par quel séisme se sont effacés, pour Iana et son mari Otar, broyés dans la bouillie d'oubli, les souvenirs du site, sa légende, ses arbres de parentèle, l'amour de la localité. Ils étaient, par choix, de nulle part, apatrides d'instinct, greffés de la veille dans un quartier de banlieue parisienne dévasté par les bombardements de la Libération, rien ne pouvait ressembler davantage à un endroit de négation, de recommencement. À la périphérie d'une grande ville, où ils n'allaient jamais, le plus vite possible adaptés à la langue, tant bien que mal, et dans des murs encore debout, avec un toit. Quel immense coup de hache a tranché dans leur vie l'attache, tendons et viscères et os, laissé derrière eux cette part ensevelie du corps, et peut-on vivre sans se souvenir ? Longtemps, il l'a cru, l'a voulu. Il était cet enfant que la mère rendait fou de paroles inaudibles, au spectre du père adressées, qu'il ne fallait pas entendre, trop hautes pour son âge, tenu en bout de monologue par l'effroi d'un récit insensé. Il lui semble qu'il n'a rien retenu de ce que délivraient la colère, la peur, d'imprécations. Plus tard, il avait l'âge d'entendre, il a tourné le dos. Il se voulait libre, léger, venu de nulle part, ni membranes d'organes, ni murailles de maisons pour entraver sa fuite, sans frontières, en transit n'importe où, un homme seul. Sur quoi s'écrit sa vie, et d'où vient qu'à quarante-cinq ans se pose la question de l'appartenance, dont Iana endormie détient le secret ? Cette question contournée, expulsée d'avance de sa pensée, parce que, à en fréquenter le fantôme nocturne, dans le petit appartement de Villeneuve, il a appris d'elle que venait le malheur, pire que celui de pauvreté. Elle porte le crime dans toutes les histoires, légitime la haine, donne raison au carnage, à la guerre. Au nom de l'appartenance, le village, la terre natale, la secte ou le parti donnent le droit de mort. Il le sait par un pressentiment d'enfance, pour avoir été pauvre, dépaysé d'avance avec un nom d'ailleurs qui ne dit pas son nom, nom recopié sur des papiers volés, ni Aden, ni Seliani, d'Arabie ou d'Italie, noms d'emprunt, d'errance, de hasard. Seul. Alors, pense Aden, je retourne en banlieue, ce lieu de nulle part qui me fonde, un deux-pièces cuisine, une rue perdue dans le réseau anarchique et laid d'une carte urbaine qui n'a ni centre ni contours, un endroit qui hésite entre dix voies de chemin de fer, un échangeur, une bifurcation, dans la béance d'un interstice.

À sept heures du soir, la gare de Villeneuve est éclairée de néons blafards. Sur les quais se déversent les trains peu nombreux des dimanches soir. Un TGV traverse d'orange la grisaille. Le passage souterrain canalise la troupe qui s'achemine, se bouscule.

Dans le hall, pour la deuxième fois, Aden rencontre le professeur. Ce soir, c'est bien lui, non son ombre chancelante. Le kiosque est fermé, la grille tirée, mais il se tient debout tout près, comme s'il en attendait l'ouverture. On ne sait en quoi son attitude exprime la confusion équivoque des fous inoffensifs. Il tient sous le bras une sorte de cabas enroulé, il consulte les panneaux d'affichage des horaires de trains d'un air consterné. Aden hésite. Peu de gens, dans le hall quelques adolescents s'attardent, ils chahutent et s'esclaffent bruyamment. Aden approche, marche lentement et droit vers cet homme. Il n'y a pas d'erreur, il s'agit bien du professeur de troisième, M. Lardoz. L'Ardoise, son surnom. Il enseignait les mathématiques à Jules-Ferry, il y a trente ans. Il semblait déjà vieux, il n'a donc pas beaucoup changé. En revanche, l'homme qui avance vers lui, en blouson de cuir et lunettes cerclées, ne peut guère lui rappeler l'élève de troisième, le meilleur de sa classe. Il y a eu sans doute avant lui, après lui, trop de meilleurs élèves et de moins bons qui ressemblent à Aden, marchant en foule anonyme vers la sortie des gares, pour que le professeur s'y retrouve. Pourtant ils ont peut-être moins changé qu'en apparence, ces élèves, car, sur les photographies de classe où s'alignent leurs têtes, se dessinent déjà les faces des futurs vieux enfants qui garderont l'air jovial ou ahuri d'alors, l'œil louche, l'épi au front, l'oreille décollée, le menton fuyant, celui qu'ils ont plus tard sur les photos de casernes, en uniforme militaire, en treillis près du camion dans les Aurès, trônant au milieu des ouvriers sur le chantier de l'entreprise paternelle. Celui-là avait déjà la tête du patron sur la photo de classe, celui-lui là une tête à boire son petit blanc au zinc du matin et à trimer dans le garage d'un autre ; le petit comptable gentil faisait déjà ses vacheries en douce avec le chef de rayon du supermarché, et l'interne maussade, celui qui meurt de leucémie, ils ressemblent déjà à ce qu'ils ne sont pas encore. Aden Seliani avait-il déjà sur la photographie de classe sa tête d'aujourd'hui pour qu'elle éveille un trouble chez le professeur, lui signale soudain ce passant attardé ? pour qu'il interroge, avec effort, inquiétude, déchiffre dans ces traits un lambeau de souvenir et, parmi tous ces visages confus, ces ébauches de vieux enfants, retrouve le nom, le nom ? Aden s'est arrêté à deux pas, il regarde l'Ardoise en pleine face, sans pitié. Le vieil homme jette des regards de détresse de tous côtés. Cet individu campé devant lui l'effraie visiblement, il s'agite, sa bouche est tiraillée d'un tic. Aden met fin au supplice, il s'écarte, il sort de la gare. Le vieil homme planté au milieu du hall suit peut-être des yeux la silhouette de l'inconnu qui vient, en un éclair, de débusquer en lui le souvenir.

Désormais, Aden se dirige sans hésitation à travers les rues, il quitte le centre, laisse derrière lui la colline où s'échelonnent les quartiers du vieux Villeneuve, l'église et les jardins, il marche vers le nord. Le temps s'est éclairci, les hauts nuages sont rares dans le ciel décoloré par l'éclairage urbain. Le tohu-bohu du carrefour, trains et voitures et avions, s'atténue tandis qu'il s'éloigne de la gare. Il traverse les petites rues rectilignes, mélange de maisons basses et de vieux immeubles à deux ou trois étages sous leur éclairage municipal, jusqu'au bas de la butte qui s'élève brusquement vers l'est, un quartier de maisons ouvrières construites en série pour loger les ouvriers de la compagnie PLM, les cheminots des ateliers de la gare de triage, dès le début du siècle, une architecture sommaire et répétitive en lotissement de cette plaine qui s'étendait vers Valenton. Autrefois, c'étaient des champs, des jardins, des vergers et des vignes, puis des friches, des marécages, zones de terrain vague inondées par les crues de la Seine, peu à peu comblées et construites de fermes ou de maisons éparses. Avec l'addition monotone des pavillons en meulière ocre, vite noircie, la voirie, le gaz et l'électricité ont fait de ce bout de campagne une cité aux percées mornes de chaussées pavées et trottoirs de terre qu'il arpenta dans sa jeunesse. À l'époque, il y avait encore, dans le coin, une boulangerie, la quincaillerie d'un carrefour, une épicerie avec ses cageots entassés dont il décollait les étiquettes d'oranges pour les collectionner, un laitier, petits commerces de quartier qui épargnaient la longue course jusqu'au centre-ville. Sa chignole accrochée au vélo, le laitier livrait avant le jour les bouteilles de lait sur la marche de chaque maison ; le timbre du vélo grelottait sur les pavés. Aden se souvient du grelot, des pavés. C'était laid, gris et triste, l'échappée des terrains vagues. Aujourd'hui, ces choses ont disparu, la ville a gagné, saturé l'espace urbain et tout le monde a sa voiture pour garer sur le parking des lointains supermarchés.

De temps en temps, au bout d'une rue, il entrevoit, au loin, la route de Paris, sa circulation à grande vitesse, par giclées de phares. Ici, à peine quelques voitures, et peu de passants. Derrière les vitres, les volets, les mêmes lueurs, bribes d'émissions de télévision du dimanche soir. La rue Marbot s'ouvre devant lui, éclairée par une rangée de néons modernes, vaines tiges qui portent, au-dessus des toits de tuile, leurs pommes d'arrosoir déversant une lumière sinistre sur les barrières et les arbustes dépouillés par l'automne. Au bout de la rue, s'élèvent en vis-à-vis deux immeubles à étages, au bas de la butte. Il est arrivé. Il pousse le portillon de fer, enjambe les deux marches, pénètre dans le couloir d'un bond. Il fait sombre, il ignore où se trouve la minuterie, s'il y en a une. À la lumière de la rue, il cherche la serrure. À ce moment, la porte de Le Guen s'ouvre juste en face, éclaire le pan de mur à la peinture écaillée.

Il se retourne, comme s'il était pris en flagrant délit. C'est la jeune fille du matin, en jupe courte et grand pull noir, frange de cheveux noirs. Elle est encombrée d'une cocotte de fonte. Du coude, elle allume la minuterie, sourit.

— Ah ! C'est vous ! Bonsoir. Moi, c'est Li.

— La fille du voisin, complète Aden froidement.

Elle ne se laisse pas démonter, tend la main, ou plutôt le petit doigt, sans lâcher sa cocotte. Elle a vraiment un air asiatique avec ses yeux bridés et sa coiffure en accentue l'aspect, un teint clair, une bouche ronde, charnue. Elle est jolie. Il serre le petit doigt.

— Bonsoir, dit-il, déjà détourné.

— Attendez ! s'écrie-t-elle. Avez-vous des nouvelles ? Elle va mieux ?

— Stationnaire, lâche-t-il à contrecœur.

Elle se glisse carrément entre lui et sa porte.

— Vous n'avez pas une minute ? Je monte ça chez Mme Lieman, je reviens tout de suite.

— Je ne reste pas, dit Aden, je suis pressé.

Involontairement, il jette un coup d'œil vers le fond du couloir, l'escalier, pourvu que personne de plus ne surgisse. Elle a dû prendre son hésitation pour un assentiment.

— À tout de suite, dit-elle, et elle s'en va vers l'étage sans plus attendre.

À peine a-t-il eu le temps de donner de la lumière dans la cuisine, de fermer les volets et de défaire son blouson qu'on frappe déjà à la porte. Une seconde, il hésite à ouvrir, excédé, puis il s'exécute. L'exposé des nouvelles va être vite expédié. Cette Lili Le Guen semble spécialisée dans le ravitaillement des vieilles dames de l'immeuble. Sur le seuil, elle paraît plus petite que tout à l'heure. Elle a une vingtaine d'années, toute lisse, tout sourire dans son grand pull noir qui lui descend aux genoux et ne laisse dépasser qu'un bout de jupe. Elle prend les devants :

— Je vois bien que je vous dérange mais si vous préférez, on peut aller chez moi une minute, parce que ce n'est pas bien d'entrer chez elle en son absence. Je suis contente que vous soyez venu, depuis deux jours je pense à cet appartement vide, c'est triste. Enfin, qu'est-ce que vous préférez ?

— Entrez, dit-il sombrement, au moment où elle recule d'un pas vers sa porte.

Elle revient, se glisse entre lui et le portemanteau.

— Je vous en prie, ajoute-t-il, amer.

Cette fille a le toupet des gens de son âge, pense-t-il, du genre à porter du riz au lait chez la voisine pour lui faire garder son chat pendant qu'elle part au ski. Ces jeunes filles intrépides entrent dans la vie des gens avec autorité, elles vous lancent leur nom à la figure comme un sésame universel, il leur suffit de pointer leur museau insolent pour s'imaginer que tout leur est dû. En attendant, elle a obtenu ce qu'elle voulait. Elle reste plantée sur le seuil de la cuisine, pieds joints, elle inspecte les lieux d'un coup d'œil avisé. Elle n'a pas l'air timide, plutôt prête à sauter d'un bond dans la pièce. Elle porte des ballerines d'intérieur. Ses cheveux sont noirs et raides, mi-longs, le trait net de sa frange ferme le triangle de son visage enfantin.

— Ne soyez pas fâché, dit-elle sans se retourner, continuant à visiter la cuisine du regard. Je vais vous expliquer.

Aden n'attend aucune explication. Il n'est pas fâché non plus. Il se sent loin de chez lui, loin de Kerin et de Paul. Ou plutôt loin de rien, d'un endroit détaché qui se délabre et flotte en épave dans la nuit de la ville, et la fatigue revient comme si toutes ces allées et venues depuis deux jours se condensaient brusquement en agitation vaine, aussi exténuantes qu'un grand voyage car chaque aller-retour, au lieu de lui rendre familier le parcours par sa répétition, le distend, le déchire en fragments, efface toute cohérence. Une si grande fatigue qu'il voudrait s'asseoir, être seul. Ne pas parler.

— Comment va Mme Seliani ? finit-elle par demander, sans avancer davantage.

— J'ai rencontré votre père à l'hôpital, ce matin. Il a dû vous donner des nouvelles, non ?

— Je sais. Mais je ne l'ai pas vu. Il travaille la nuit, moi le jour. On ne se voit pas beaucoup. Il est gardien de nuit à Créteil.

— Je vous ai croisée à midi, poursuit Aden, pour la prendre en défaut. Vous auriez pu lui en demander, puisque vous étiez là.

— Moi oui, mais pas lui. À midi, il est à son cabanon, dimanche comme tous les jours de la semaine.

L'interrogatoire ne la contrarie pas, il a plutôt l'air de l'amuser. Elle doit être plus coriace que prévu.

— Son cabanon, explique la jeune fille, est pour ainsi dire sa deuxième maison. Au bord du fleuve, du côté de Vigneux. Il y a des jardins, là-bas, il fait pousser des légumes et il a son coin de pêche. J'aime autant qu'il ait une occupation. Les gens s'ennuient toute la journée s'ils n'ont pas de but. Pendant ce temps, je suis tranquille, toute seule. Si je trouvais quelque chose à louer, je m'en irais bien d'ici. Seulement, vous connaissez les prix. Et puis mon travail est tout près ; pour le moment, c'est pratique.

— Ça m'est égal, dit Aden.

— Je vois bien. Je vous expliquais pourquoi je n'ai pas de nouvelles de Mme Seliani.

— Excusez-moi.

Elle hausse les épaules, tolérante.

— Vous n'êtes pas commode, constate-t-elle.

Aden pense à Iana, à l'hôpital, à Kerin en Irlande et à tous les soucis qui s'accumulent, qui lui donnent le droit de n'être pas commode avec le voisinage. Maintenant qu'il l'a laissée entrer, il a pourtant quelques remords de se montrer aussi désagréable.

— Entrez, dit-il, très las. Je n'ai rien à vous offrir. Je ne sais même pas s'il y a du café.

— Il n'y en a pas. Iana n'en boit pas.

— Ah. Je crois qu'il y a de la chicorée soluble, ça vous tente ?

— Je n'ai besoin de rien. Je venais pour apprendre des nouvelles. À l'hôpital, ils interdisent les visites. Mon père s'est fait expulser ce matin.

— Alors, finalement, il vous a raconté.

— Je vous dis que non. On se laisse des mots sur la table. Il croit qu'elle va s'en sortir.

— Ah bon, dit Aden. Pas vous ?

— Non, dit-elle. Vous n'allumez pas le chauffage ? Il ne fait pas très chaud.

— Je n'ai pas l'intention de rester et il n'y a plus de mazout.

— Le jerricane est dans le placard.

Elle ouvre une porte sous l'évier ; à côté dc la poubelle est rangé le jerricane plein. Sans s'occuper de Aden, elle prend l'opération en main, transfère du fuel dans le bidon, verse son contenu dans le réservoir, craque une allumette. Ils se sont rapprochés, elle s'est agenouillée près de lui, elle sourit gentiment.

— Au moins, l'appartement aura l'air habité. Mon père lui fait le ravitaillement en fuel.Vous comprenez, la cuve est dans le jardin.

— C'est bien aimable à lui, dit Aden.

Lili règle le tirage, vérifie la flamme qui ronfle. Aden

entrevoit tout un monde d'habitudes communautaires, la vie de Iana et ses servitudes matérielles, les mille gestes domestiques dont il est exclu, que cette jeune fille connaît, comme si elle était chez elle. Il est tenté de la faire asseoir sous la lampe, de s'installer en face d'elle et elle expliquerait toute la nuit, elle raconterait ce qu'elle sait de Iana, car, si menue, agenouillée devant le poêle dans son grand pull noir, elle lui semble soudain infiniment vieille, sa jeunesse est une apparence ; elle détient des secrets sur des choses très simples dont elle ignore l'importance et que l'habileté de ses questions lui arracherait lentement s'il savait mener l'interrogatoire. Mais non, elle pépie de nouveau, écervelée, commente la technique du chauffage au mazout, ses avantages et ses inconvénients par rapport aux radiateurs électriques que son père a installés chez eux, parce qu'il n'y a pas, dans ce vieil immeuble des années trente, de chauffage central.

Comme il souhaite maintenant qu'elle parte vite, il se met à exposer le diagnostic de l'interne, celui du docteur et de la petite bleue, et, tandis qu'il énumère les radios, l'hématome sous-dural, l'infarctus qui interdit l'anesthésie et retarde l'intervention nécessaire, tout cela prend soudain une gravité extrême, énoncé sous la lampe de la cuisine, avec le ronflement du poêle qui resssemble à une respiration difficile. Et peut-être Lili suit-elle ses explications avec trop d'attention ; elle incline son visage, relevant ses cheveux entre ses doigts, au-dessus de l'oreille, lentement. Maintenant qu'elle dégage son oreille, il la regarde écouter, son joli visage pointu, ses yeux noirs agrandis et la tension sérieuse de ses traits qui se figent. Il puise dans le visage découvert, dépouillé de toute mièvrerie, l'inquiétude, la compassion vraies, troublé d'y rencontrer cette expression rare dans un visage humain.

— Elle va mourir, dit-elle doucement, navrée.

— Ça vous regarde ?

La réponse rude l'a fait tressaillir.

— Ça vous dérange, mais ça me regarde, riposte-t-elle tout contre son visage, et il la sent trembler.

Elle s'est relevée. Peut-être va-t-elle s'en aller. Il se redresse à son tour, s'écarte, confus de si mal maîtriser son humeur.

— Excusez-moi.

— Arrêtez de vous excuser chaque fois. Ça fait perdre du temps.

— En effet, dit Aden. Mais je trouve que vous expédiez les gens un peu vite.

— C'est pas moi qui décide, pas vous non plus. Je ne voulais pas vous faire de peine. Vous avez de la peine ?

Aden a-t-il de la peine ? En ce moment, il est fatigué et loin de chez lui. Pourtant il s'efforce de supporter cette jeune fille inconnue qui occupe les lieux avec sa brusquerie et son pépiement, avec les manigances de sa petite tête d'oiseau, ses interprétations et ses suppositions, mais dans une minute, il sera débarrassé d'elle. Elle s'est appuyée à la table, elle croise les bras.

— Écoutez, dit-elle, appliquée, votre mère, je crois qu'elle en a vu, dans sa vie. Elle s'est laissée tomber, tout d'un coup. Elle en a assez. Elle a vu le pire.

— Le pire, dit Aden, hors de lui. Le pire, que peux-tu en savoir à ton âge, Lili ?

Le tutoiement l'a prise au dépourvu, elle se rebiffe.

— Je ne m'appelle pas Lili. Je m'appelle Li Song. J'ai vingt-cinq ans.

— Eh bien, Li Song, vous avez l'air d'avoir une philosophie de la vie très intéressante. Je vous remercie beaucoup pour le poêle à mazout et le reste, mais à présent, je préférerais être seul.

Voilà que Li se met à pleurer, des larmes jaillissent toutes rondes de ses yeux et basculent sur ses joues. Elles pleurent toutes, pense Aden.

— Et puis vous allez encore vous excuser ! s'écrie-t-elle.

Sa voix est montée d'un ton dans la colère, peut-être la femme du dessus entend-elle, et d'autres voisins. Elle pleure mais ne s'avoue pas vaincue, elle essuie son visage au torchon qui pend près de l'évier. Soudain, il a perdu toute agressivité. Ce ne sont pas ces larmes qui le troublent, elles le soulagent plutôt, elles rendent Li à sa banalité. Cette jeune fille a presque réussi à le mettre hors de lui, mais il s'est trompé en espérant d'elle des secrets. Elle ne mérite aucun intérêt particulier, et, s'il lui a prêté de l'importance, c'est par faiblesse, parce qu'il n'est pas très sûr de ce qu'il est venu chercher ici ce soir. Avec sa témérité étourdie, son insolence mal assurée, elle se rend importune, mais elle est inoffensive. Elle voulait seulement le petit contact humain qui lui laissera ce soir l'impression d'être un peu moins seule, un peu moins la quantité négligeable rejetée sur le bord. Dans son travail, quelque part dans cette banlieue, et dans sa vie privée, elle ne rencontre qu'obstacles et désintérêt pour sa jeunesse, son incompétence, son immaturité maladive de jeune fille. Elle s'épuise, sans doute, sur d'autres terrains, avec la même ténacité maladroite qui exaspère l'adversaire, afin d'obtenir son petit bout de rôle, mais son audace est velléitaire, elle cède aux larmes tout de suite, désemparée, elle bat en retraite avec les armes de l'enfance pour protection. Larmes ! Iana ne pleurait pas. Maintenant, Aden n'éprouve plus que l'envie d'apaiser la jeune fille pour la renvoyer chez elle. Il voit clairement le courage de son effort inutile et la douleur du ratage, cela seul mérite un peu de ménagement. Chacun se prend les pieds dans ses propres pièges.

— Ne pleurez pas, dit Aden. Vous êtes très gentille de vous occuper de tout ça, mais je suis fatigué.

Alors elle demande ce qu'il fait pour être si fatigué, quel est son métier. Elle, elle est institutrice. Elle a eu la chance d'avoir son premier poste dans l'école où elle a appris à lire.

C'est vraiment un hasard, mais quand elle a su son affectation, elle a bondi de joie. Au fond, c'est ce qu'elle espérait depuis qu'elle était toute petite, du temps où elle jouait à la maîtresse en rentrant de classe, avec des élèves imaginaires. Elle prenait pour tableau noir la porte des cabinets, elle ramassait des bouts de craie à l'école, elle en avait plein ses poches. Ce travail semble avoir comblé en elle un besoin de justification. Peu d'enfants ont des vocations aussi précoces, explique-t-elle, et peu voient leurs rêves se réaliser. Elle s'estime très heureuse de faire ce travail, même s'il est assez épuisant. Surtout se pencher vers les enfants, toute la journée, et on imagine mal combien il faut d'énergie pour maintenir la discipline, garder, pour chaque enfant, une réelle attention. Douze nationalités sont représentées dans sa classe. Elle énumère les pays d'origine de ces enfants d'immigrés à qui elle enseigne le français. À présent son babillage repose Aden, au lieu de l'exaspérer. Tandis qu'elle parle, essuyant ses dernières larmes, son sourire est revenu et il a honte de sa rudesse devant cette innocence courageuse. Je leur apprends à lire, mais en réalité je ne sais par quel miracle ils y parviennent à peu près. Quelle que soit la pédagogie, bon gré mal gré, ces enfants lisent au bout d'un an. Les gens ignorent quel vrai miracle, quelle merveille d'apprendre à lire. Li Song ne pense plus à Iana, à l'heure qui passe. Est-ce que vous êtes seul, demande-t-elle. Seul. Oui, dit-il. Il n'a pas l'intention de parler de Kerin et de Paul, de s'engouffrer dans l'offre de confidence.

Li n'est pas seule. Elle a son père et son ami instituteur, parti faire son service militaire dans les Alpes. Dès qu'il rentrera, ils vivront ensemble, elle quittera son père. Elle ne sait comment celui-ci se débrouillera tout seul, il ne sait que préparer des pommes de terre bouillies. Quand sa mère est morte, elle avait cinq ans et ce sont les vieilles dames de l'immeuble qui l'ont élevée, pour ainsi dire. Elle faisait ses devoirs chez Iana, et Mme Lieman la faisait manger parce que son père était souvent absent ; il a été roulant, cheminot sur les locomotives, au retour de l'Indochine. Il ne s'est pas beaucoup occupé d'elle, et maintenant qu'il est à la retraite, il fait le gardien de nuit, il est encore absent, mais elle a l'habitude. Il a ramené ma mère d'Indochine, dit-elle, il était militaire, engagé. Elle ne pouvait pas avoir d'enfant, son squelette était trop étroit. Elle avait eu trop faim, son bassin était resté celui d'une petite fille. Pendant dix ans, elle a perdu tous les enfants qu'il lui faisait. Enfin, grâce à un médecin enragé de naissance, elle a mis Li au monde, par césarienne. Mais elle ne s'est pas remise de cette grossesse, elle est morte. Li Song sourit. Mon père l'a tuée pour m'avoir. Il vient d'un village de Bretagne. Ma grand-mère n'a jamais voulu rencontrer ma mère ; maintenant, elle est dans un hospice, toute seule.

— Pourquoi racontez-vous tout cela ? demande Aden.

— Pour vous expliquer mon prénom.

— Ces choses, dit Aden, il ne faut pas les dire à n'importe qui.

— Non, dit-elle, c'est seulement ce soir. Vous avez l'air si triste.

— Je vous remercie, dit Aden, bien qu'il ne sache que faire du cadeau.

Chacun raconte sa vie pour un oui pour un non. Dans les squares, dans les trains. Au premier inconnu, il inflige le résumé infirme de son histoire, ou de ce qui en tient lieu, le bout à bout des péripéties, comme une question. Chacun cherche un dépositaire pour son passé ou ses soucis du jour, ses rêves ; rares sont ceux qui mettent un peu d'ordre, cela surgit dans la hâte, l'improvisation et peu voient les effets des causes, qui leur ont échappé, que l'autre emportera plus loin. Bribes, ébauches essoufflées, échantillons détricotés, qui tire les fils de ces récits ? Celui qui s'éloigne, tournant le dos ? Et rien ne change, ne se résout. De l'origine au dénouement, chacun dans son champ piétine, tourne en rond et ressasse le mensonge des parcours oubliés, réinventés, des épisodes ravaudés, démantèle avec obstination le territoire de sa réclusion. Nulle échappée. Qui s'y retrouvera ?

Li est partie, elle a fini par s'en aller, au bout de son histoire. Elle rentre chez elle, dans l'appartement de son père, le décor de son enfance avec sa mère au bassin trop étroit, son brave père soldat d'Indochine, tueur tranquille, avec ses cahiers de classe à corriger. Un peu plus légère, délestée, peut-être plus effrayée de flotter, ayant livré entre deux portes au premier venu quelque chose de démesuré en elle, qui donne corps au poids d'existence, immobilise une vérité qu'elle a laissée échapper et qui a fui loin d'elle.

Soudain, Aden décida de ne pas rentrer, de passer la nuit dans l'appartement de Iana.

Rien ne l'attend, n'exige sa présence, nulle part. Il est libre du mouvement, du va-et-vient comme de l'immobilité. D'ailleurs chez lui est un endroit de quatre-vingts mètres carrés où sont réunis un certain nombre d'objets très peu personnels, rattachés par hasard à quelques événements récents. Un emplacement avec douche et cuisine, quatre pièces claires qui offrent un confort raisonnable, provisoire. Rien d'arrêté, de nécessaire. Il n'a jamais ressenti le besoin de fixer quelque part un tel attachement matériel. Si l'appartement de Ménilmontant est son domicile, c'est qu'il est moins coûteux d'y vivre, plutôt qu'ailleurs, à l'hôtel ou dans un autre quartier. Il pourrait tout de suite prendre quelques vêtements, quelques livres et disques, et quitter cet endroit, définitivement. Pour où ? Autant là qu'ailleurs, mais ni le quartier ni la ville ne représentent pour Aden un territoire d'ancrage. Si bien que, ce soir plus que jamais, il se sent détaché.

L'appartement de Iana n'est pas un refuge pour autant. Il le serait s'il avait eu une autre enfance, une autre vie. Mais il a renié cet endroit avec trop de violence, s'en est écarté à treize ans d'un bond éperdu, et, s'il est revenu depuis, c'est avec tant de répugnance, tant de méfiance, qu'il a perdu tout lien. On ne se réconcilie pas si vite avec des lieux détestés. Cette chambre d'échos a épuisé tous les sons, ne réverbère plus qu'un silence stable. Il décide de rester. Il pense qu'il peut passer la nuit ici, par commodité, pour, demain matin, faire un saut à l'hôpital avant de rentrer à Paris.

Il s'installe. Dans le réfrigérateur, il trouve du lait, deux yaourts, une tomate. Il ne reste pas grand-chose. Iana partait, vendredi, faire ses provisions de la semaine. Sur les étagères d'un placard, il découvre encore un sachet de riz, des conserves. Il n'a pas faim. Il fait bouillir le lait sur la cuisinière, un vieux modèle, il lui semble que c'est la même qu'autrefois. Probablement non. Des objets ont été remplacés. Il se souvient du réfrigérateur, parce que Kerin en avait eu l'idée, choquée du vieux garde-manger de Iana accroché au mur, avec son tamis délabré. Sa généreuse initiative n'a rencontré qu'hostilité et non les cris de plaisir escomptés. Iana a d'abord refusé, véhémente, courroucée comme d'une insulte par la livraison de ce meuble neuf, blanc et brillant, importé de force sur son territoire. Elle l'a laissé dans le couloir. C'est la seule fois, après tant d'années, qu'a resurgi la colère ancienne. Cela n'a pas duré, elle s'est résignée au cadeau, elle a adopté la glacière, comme elle dit. Peut-être cette capitulation rapide était-elle un signe du changement qu'il n'a su interpréter alors, cette nouvelle Iana dont parle Li Song maintenant. Pour le reste, il ignore ce qu'il en est. De la cuisinière comme du poste de radio à transistors, un vieux modèle, posé sur le réfrigérateur, entouré d'échantillons de bouteilles d'apéritifs. D'où lui vient cette collection absurde, elle qui ne boit pas d'alcool ? Il explore à peine, balaie du regard la surface des choses, tandis que le lait chauffe dans la casserole d'émail. Le calendrier des Postes. Des repères y sont portés au crayon rouge, des dates entourées d'un cercle, d'autres barrées d'une croix, que désignent-elles ? Deux numéros de téléphone, elle qui n'a pas le téléphone, s'est refusée à un abonnement quand l'immeuble a été équipé. Il y a quinze ans, quand Aden est parti aux États-Unis, il lui a proposé en vain une installation. Si bien qu'il a écrit. Peu. Elle, jamais. Il est resté sans nouvelles.

Assis au bout de la table, il croise les doigts autour du bol brûlant dont la vapeur s'élève en volute calme. D'un souffle, il pourrait disperser la colonne lente qui monte vers la lampe et voile la profondeur. Il retient son souffle, attend. À travers les murs, parviennent le sirop lancinant de musique américaine à la télévision, des voix, quelque chaise traînée. Mme Lieman, peut-être. Le démarrage d'une voiture dans la rue, le pot d'échappement, quincaille de Mobylette, qui débraye au croisement. Plus tard, une porte claquée suivie de silence, et, loin, les trains traversant la gare de triage, les atterrissages d'Orly. Aden soupire. La vapeur se déchire. Le père est assis au bout de la table, dans la partie d'ombre, à la frontière de la zone éclairée par la lampe.

Aden n'est pas surpris, c'est sa place ordinaire ; il est assis dans la posture d'un homme las et bon dont la journée s'achève, il replie un coude sur le bord de table, son autre main est posée devant lui, les doigts tachés de noir. L'encre ou le plomb des linotypes. Il est jeune, Aden a son âge à présent, ils viennent de se rejoindre, en quelque sorte fraternels. C'est un fantôme. Aden en est peut-être un autre. Il ne s'étonne pas de cet état familier qui permet leurs rencontres. Elles accompagnent sa vie. Quel que soit l'éloignement, le père s'installe avec lui, le plus souvent à l'instant du sommeil, à distance, dans un fauteuil ou l'encadrement d'une porte. Mais sa vraie place est ici, au bout de la table. Il n'approche pas davantage, il veille. Voilà qu'il écoute.

Ce matin, dit Aden, j'ai retrouvé Iana, elle dort. Elle ne dira rien, sois tranquille. Elle est dans sa passion, elle parle au-dedans. Elle a trouvé sa limite, l'intérieur de ses frontières, dans son corps endormi, entends sa voix. C'est à toi qu'elle parle. À moi, elle n'a dit que les mots du jour, pour que j'enlève mes chaussures, que je sois propre et que j'apprenne, que j'obéisse. Je n'étais que son enfant, un avenir. Elle m'a tourné le dos. Elle offre sa face en demi-lune, elle parle de l'autre côté. Li Song dit qu'elle en a assez de faire semblant de vivre. C'est une façon de voir les choses, qu'on peut comprendre. Je n'ai pas été un bon fils, vous ne m'avez pas préparé. Je suis né le jour d'Hiroshima et vous ne m'avez rien dit. C'est une date fatidique. Elle a engendré des enfants qui sont dans le nuage du siècle depuis lors. Je ne le savais pas, je l'ai appris très tard, le mal était déjà bien avancé. À l'école, on enseigne l'Histoire. Quand j'ai lu cette date dans un manuel, je me suis reconnu, c'était moi. La date que j'écrivais en tête de mes cahiers de classe, sur les fiches le jour de la rentrée pour donner des renseignements d'identité, personne ne m'a prévenu, ne s'est avisé de me la traduire ou de donner l'indication. On se réveille dans le crime, ébloui, sur un banc d'école, personne ne vous console. 6 août 1945. La première fois que j'ai vu ma mère, elle avait un visage de pierre qui crie, les cheveux poudrés de neige, elle m'a donné à téter son lait de cendre, il m'est resté sur la langue. J'ai ouvert les yeux dans la lumière du jour atomique qui a illuminé l'image mortelle du monde. Cette lumière est sur ma face comme l'irradiation de mille soleils qu'aucune nuit n'éteint, et sur ma face il y a la cendre du premier jour qu'aucune eau ne lave. Je vois des paysages intérieurs trop grands pour moi, sensibilisés de lumière inhumaine qui sont des vues de nulle part, en avertissement. Elles me servent de repère sans délivrer le sens. Elles ne m'ont pas appris à lire, à aimer. J'ai quarante-cinq ans et peu d'expérience utile. Je travaille à inventer des logiciels qui donnent des ordres en langage informatique ; je connais le langage, pas les ordres. Owen m'a montré l'envers de la feuille d'écriture, il m'a montré, sur l'eau d'une baie, une frontière. J'ai compris il y a peu pourquoi Kerin est partie avec l'enfant, elle m'a vu clandestin d'un voyage immobile où il n'y a pas de place pour deux, ni pour trois, une famille. Mon enfant a un père en langue étrangère, il reste dans celle de sa mère, nous sommes séparés. Comment avez-vous fait pour me laisser sans histoire ? Iana et son mari Otar ne sont pas des personnes de ma vie, je ne connais pas ces personnes. J'ai inventé ces personnages pour parents, la photographie m'a aidé. Elle est un simulacre, une toile peinte de théâtre sur le néant derrière avec la famille devant. Vous m'avez donné un nom de nulle part qui trompe les enquêtes, interdit les questions. Je ne sais ni votre pays, ni ville ou village, que la chambre où je suis né, la date et le jour. Vous m'avez amputé vif de mémoire, j'ai achevé l'ouvrage, de toutes mes forces j'ai fui sans me retourner. J'avance dans ma vie sur des lits de pierre, des matelas de neige, vous m'avez cousu les paupières au front, je n'ai plus fermé les yeux, même la nuit c'est le jour d'Hiroshima.

Le père laisse tomber sa tête sur sa poitrine. Aden boit le bol de lait chaud.

En lui sont enfermées, dans une alcôve de mémoire, des images sauvegardées malgré l'éloignement, dont il est à la fois l'acteur et le témoin. En lui un enfant muselé se tient debout, paupières cousues, spectateur pétrifié d'images qui peuvent advenir sur un écran troublé de pluie, lui-même rayé par cette pluie, noyé dans l'eau d'un incessant écoulement d'images en grande transparence où s'accomplissent, dans le velouté du rêve, des actions très simples et anciennes. Comme la table du soir sous le cône d'une lampe dont restent prisonniers des insectes d'une espèce sans pareille, dont nul livre ne parle, antérieurs à toute autre table sous la lampe. Que seule la paume du père a su capturer dans la lumière d'un mouvement lent et vif à la fois, et relâcher, paume ouverte, et la bonté de cette paume est une image, lignée de sillons comme un champ de mai donne l'idée, routes et chemins ou fleuve d'une carte qui ouvre l'avenir ; cette main est aussi l'étendage du linge, des torchons suspendus dans la lenteur, montés vers un visage épuisé, en sueur, un à un, dans ses plis chacun garde la trace en ombre blanche d'un premier visage sacrifié ; c'est aussi la page blanche des brouillons raturés pour un devoir du soir, la marge à gauche aligne dans la peine l'effroi de se tromper, donnant cette qualité d'irrésolution et de crainte à toute écriture future ; image simple du canapé où pour toujours est allongé Otar, dans la chambre il tousse lentement, comme un acteur dramatique fatigué de répéter tous les soirs ses effets ; Iana range ses bobines de fil dans la boîte à ouvrages, d'un large et lent moulinet au-dessus de la lampe, si lentement que le fil suspendu au bout de ses doigts brille comme une étoile. Elle enfile une aiguille sans autre avenir que la répétition de l'enroulement et ce geste donne naissance à une image de visage jeune, photographié sans amour. Le regard sous le front darde intensément, interroge avec ferveur la nuit où l'enfant se tient debout, acteur et témoin, un visage de femme comme un paysage de cendre maternelle, dans lequel s'absorbe sa vision.

Ici commencent pour Aden les paysages intérieurs et leur clignotement de rêve, non plus des choses vues, mais des images nées derrière l'horizon, inaugurales d'un monde au point aveugle, et qu'il ignore encore.

Plus tard, il s'étend pour essayer de dormir. Sur le lit de la mère, il n'ose pas, il choisit le canapé. Les ressorts sont usés. Aden cherche une position confortable, tire sur ses jambes le châle de laine, il croise les mains sur son ventre, le sommeil va venir, s'il use ses yeux. La lueur du poêle glisse sur le plancher jusqu'au seuil de la chambre, dessine le chambranle de la porte, plus haut le plafond est perdu et la chambre repose en toute obscurité. Les bruits se sont tus dans l'immeuble et dans la rue et sur les pistes d'atterrissage, loin.

Le volume de la pièce, ses plans et segments, le partage des masses, leur croisement d'ombres lui sont familiers. Il sait la carte des gestes déplacés de l'une à l'autre, leur espacement, leur ordre distribué. Cela ne se voit pas, mais se sent, comme si son corps était traversé de tous les méridiens et latitudes de la chambre mentale, planète gonflée de nuit, flottant dans l'espace avec la machine à coudre, l'armoire, le grand lit, et lui étendu dans le canapé. Et même la couleur délavée des choses drape la nuit, ramages du papier peint et vieux bouquets du lit déteignent en faible aurore boréale. Car dans un glissement d'insomnie, le noir s'est allégé, une brume claire se lève, donne aux masses une assise, désigne leur dessin noyé, hésitant, peu à peu affermi, laissant sourdre de leur centre une lueur propre qui décide les formes. La chambre tangue, se révèle, en un fourmillement de particules qui profile les murs, les meubles, localise leur matière de telle sorte que lui-même étendu participe de son corps aérien à la lente montée du visible. Jusqu'à ce que sa vue se stabilise en une image liquide, à peine mouvante désormais, grand aquarium pâle traversé d'ombres étranges, comme l'immense bras tendu au-dessus de la machine à coudre, accoudé au plafond et cassé à l'angle du mur en haut de la porte ; ou la peau ligneuse d'une eau accrochée à la façade de l'armoire dont le pan tout entier ondule, se froisse et se soulève en voile d'araignée d'eau. Il ne dort pas, ne rêve pas. Ses yeux grands ouverts cherchent dans les recoins plus sombres pour y déceler d'autres signes, la définition d'une image latente de la chambre, jamais révélée, contenue de longues années dans ces murs, sans qu'un regard la capte jamais.

En réalité, la lumière vient du dehors, par la fenêtre, à travers les rideaux. Elle doit venir de loin, peut-être lanterne oubliée au-dessus d'une porte, veilleuse d'un couloir, traversant des vitres, des obstacles végétaux, le raturage sauvage d'un buisson du jardin, avant que la recueillent les murs, tellement filtrée, dénaturée par son voyage qu'elle semble très vieille, épuisée, et pourtant d'une puissance irréelle, car elle restitue aux choses leur présence antérieure. Elle restaure derrière les yeux leur naissance, l'accouchement d'un corps ignoré, un grand corps d'espace où habitaient l'enfant, son père et sa mère, et leur chambre dans la maison, localisée dans ce corps de plus en plus grand qui enfante d'autres espaces nécessaires avec plans et volumes emboîtés, lignes de fuite et verticales, rues, chemins, croisements et places, voies ferrées tracées comme étoiles filantes, qui comprend toute l'enfance, l'enferme et l'engendre. Cette lente montée de lumière venue des choses, ou d'ailleurs au-dehors, se donne comme passage vers un commencement qu'on ne connaît pas, où s'ébauche une main, un visage géant de mère, la flamme d'un poêle, apprend le recouvrement d'un drap qui ensevelit le cadavre du père, de même la face de l'enfant au bord du sommeil, sa bouche est bâillonnée de linge tandis que brûle son regard, irrité d'impuissance à percer l'obscurité des bruits, leur matière sonore inconnue, et ce sera, finalement, une poulie qui grince, une lessive en train de bouillir, roulement de machine à coudre comme un train lancé dans les murs. Brèches de sons ouvertes dans le silence et le visage géant plane, s'étire à des confins impensables en coupole céleste, et la main transparente ferme les yeux, conduit à d'autres naissances, au centre de l'œil nocturne.

Cet endroit du monde est réel, c'est la chambre de Iana. Celle où elle mit Aden à la lumière, le jour d'Hiroshima, où mourut le père, un hiver, sur le canapé, où elle dormit encore quarante ans chaque nuit, seule, avec la photographie de famille pour viatique. C'est une chambre tout à fait commune, unique au monde où, au même moment, tout a eu lieu et recommence.

Ainsi Iana et son mari Otar. Il était imprimeur, autrefois, dans cet autre pays, cette autre langue. Il savait déjà fabriquer des livres, quand il arrive, réfugié, refoulé. Émigré parmi des millions d'autres déplacés par la guerre, déporté parmi les survivants. Il arrive avec sa femme, elle aussi expulsée, exilée, survivante parmi les rescapés. Pas un pour donner ; offrir sa chambre, un bol de café. Ils sont pauvres parmi les pauvres, privés de droits, ayant vu le pire sans pouvoir fermer les yeux dessus. Ils ne sont personne, ils n'ont aucun papier qui atteste, certifie. Sur le livret de famille, car ils en eurent un, une fois il a lu, c'était pour son mariage, il a bien fallu fournir les pièces officielles, c'est alors qu'il lit un nom de. Rien. Ni ville, ni bourg. Iana Seliani, née Belya, de qui. Un trou de mémoire, lacune. Des gens de rien, venus sans rien, mains nues. Leurs papiers datent du jour où un service administratif français délivre le droit de résider, droit d'asile pour les réfugiés. Puis permis de travail, naturalisation. L'employé écrit ce que dictent les gens, ils épellent, il transcrit ce qu'il entend, encore une fois l'effacement des noms. Les gens s'en vont, avec leurs papiers, disparaissent ; ils se greffent, anonymes rebaptisés, sur un coin de chantier, un quartier de gare bombardé, pilonné par les alliés, les tirs de DCA, mi-fondrière, mi-vallon de décombres, terrain vague aussi vague que leur histoire dans ces territoires de banlieue, bientôt en reconstruction, dont les chemins anciens n'existent plus sur les cadastres, voies déclassées, incertaines, rues nouvelles, cités et foyers. Ils sont restés rue Marbot.

Otar avait un métier, il trouve du travail. Mais Aden ne sait où, trop petit pour s'inquiéter, les pères passent la porte. À

Paris, dans la banlieue proche ? Il se souvient qu'il part tôt le matin, rentre tard le soir, les mains noires. Il savait fabriquer des livres, des journaux, des affiches, des tracts, d'où tient-il son apprentissage ? Son métier était peut-être déjà celui de son père à la main coupée au massicot. Massicot, c'est le mot qui revient. Aden ne peut distinguer le rêve de la main coupée, légende rapportée, de celle de son père qu'il vit, réelle, sur la table de la cuisine, tendue vers le pain, vers le journal du soir. Ce sont les mêmes mains familiales, calleuses, noires de plomb, d'encre. Elles ont un pouvoir dérisoire, au regard de l'Histoire, mains d'inconnus qui impriment les mots, transmettent les messages. C'est un grand pouvoir d'homme et un danger de mort, dont Iana se souvient. Elle tremble de ce travail qui leur valut ailleurs la chasse. Quand Otar rentre, elle le lave. La bassine de fer est sur la table, l'éponge, le savon. Elle tient son corps vivant sous l'empire de l'eau ; tant qu'elle frotte son dos blanc, sa nuque, il ressuscite chaque jour, elle astique de toutes ses forces, étrille, bouchonne le corps du père. Chaque jour elle efface sur lui les traces du danger, le lave du dehors. Aden attend son tour de toilette, jaloux de la grande vigueur de sa mère, d'être lavé lui aussi d'une maladie qu'il n'a pas eue comme eux.

Otar n'a pas vécu longtemps rue Marbot, quelques années seulement, mais Aden se souvient de l'homme triste autant qu'un petit enfant se souvient. Il se tient au bord de la table, bras tendus, tandis que Iana frotte son dos, il penche sa tête, entre ses bras il lui adresse un clin d'œil. Quelquefois, il le lance en l'air, très haut, à bout de bras vers le plafond de la cuisine, vers les linges suspendus. Aden crie de bonheur, le père tousse ensuite, ployé sur sa poitrine, au coin de la fenêtre, longuement. Il crachait dans des linges du noir. Ce noir vient de loin, son corps le sécrète depuis là-bas, les années de jeunesse, ou une maladie de la faim, ou du métier, ou de la cendre de guerre avalée trop vite, enfoncée dans sa gorge. Iana hait les mots écrits. Elle ne lit pas le journal, redoute le courrier, elle ignore les livres. Elle n'écrit pas. Les mots écrits sont liés au malheur qu'ils eurent en deçà de la montagne, avant l'effondrement. Barrage. Ils ont laissé dans la poitrine de Otar cette poussière mêlée de glaire, l'encre des papiers, le sang noir des cadavres de chasse à l'homme qu'il s'est mis à cracher, Iana a tout mélangé. Pourtant elle l'a porté sur son dos, comme un manteau en peau d'homme, laissant les autres tirer des coups de feu contre les ruines en signe de victoire. Avant que se ferment les frontières, elle a passé avec son manteau sur le dos, un col des Alpes. À Trieste, ils ont mangé la soupe des réfugiés et couché dans un asile. Elle a volé des papiers à plus miséreux qu'elle, qui mourait sur le châlit voisin, des tampons du bureau d'assistance pour effacer leur nom, en écrire un nouveau. Elle a fait tout ce qu'elle a pu pour qu'on perde leur trace, qu'on ne les retrouve ni ne les renvoie, mais n'a pas vu ce que Otar emporte dans sa poitrine. Dans le désordre des mots, dans le train emballé de sa machine à coudre, elle ressasse le grief de cette maladie mortelle qui passe les frontières.

Aden se souvient d'un père malade, vite épuisé, près de qui il a quelquefois la permission de s'étendre, sur le canapé de la chambre. Il ne sait exactement combien de temps cela a duré. Être enfant vous maintient dans une distraction dont jamais la vie ne vous délivre ensuite. L'enfant traverse des transparences, des pans d'invisibilité qui dérobent à la mémoire tout recensement, il détient des points de vue invraisemblables et des sons impossibles qui vieillissent ensemble sans ressembler, sans restituer leur place et leur source. Le visage du père est une montagne bonne, son front une falaise de tristesse ; ses mains noires touchent l'épaule, et poussent en avant. En avant !

Aden a quatre ans, cinq ans, l'hiver, le dimanche. La famille marche dans les rues de Villeneuve, à peine reconstruites, il y a encore, ici ou là, des murs effondrés, des toits crevés, cicatrices du paysage de guerre qui disparaissent bientôt. Ils vont en promenade jusqu'au bord de la Seine sous les arbres, il y a des arbres le long d'une route, une rue pavée. Il se rappelle l'eau du fleuve, mer grise sans berges, trop loin et l'énorme mouette au plumage immonde posée tout d'un coup près de lui sur un piquet, sa terreur. Le père rit, la chasse d'un geste. Ils se promènent le long des rails de la gare de triage, le long des ateliers de la plaque tournante, une locomotive est en réparation, noire et brillante sous la verrière. Au retour, le soleil bas rougit les vitres des maisons. Balades mornes du dimanche, mais le plus souvent, ils restent à la maison. Otar dort dans le canapé, Iana pique à la machine. De temps en temps, elle pose sa main sur le front de l'enfant, une grande chaleur monte. Cette main est différente de celle de la couture qui est prompte, nerveuse et souple dans le petit ouvrage serré des points et des nœuds de finition. La main ouvrière ne touche pas le front ; l'autre recueille, éveille et soulage, animale. Aden classe les bobines de fil, assis par terre, il les range dans la boîte à ouvrages. Est-ce un jeu ? Iana le laisse réfléchir, à ses pieds, chercher les solutions du rangement. Quelquefois, il grimpe sur le canapé, s'installe contre les pieds de Otar, chauds comme une bouillotte sous la couverture. Si le père se met à tousser, Iana emporte l'enfant, l'abandonne dans la cuisine et tire la porte. Il reste par terre, réfugié sous le toit de la table, il entend des bruits derrière la porte de la chambre, la toux cesse. Il croit qu'il n'écoute pas, respire l'odeur du camphre.

Depuis le canapé, on voit toute l'enfilade de l'appartement par les portes jusqu'au fond de la cuisine, la fenêtre de la rue, et, derrière les rideaux, la façade de l'immeuble d'en face, son toit, le ciel. Seul le canapé offre cette vue imprenable d'où l'appartement semble plus grand d'une fenêtre à l'autre. De cet endroit, les paysages intérieurs, quand ils se présentent, paraissent plus vastes, plus profonds, ils se superposent dans le cadre des portes successives et des fenêtres, emboîtent leurs images d'ailleurs, précises quoique fugitives, illuminantes de précision dans le silence des dimanches. C'est un champ, une plaine ; une dune, une grève ; il neige, et, comme les nuages immenses dans le ciel s'accumulent, se raréfient, donnent forme et s'évanouissent, endorment le corps de leurs précipités lents, de même Aden, au bout du canapé, assiste dans l'enfilade aux métamorphoses de paysages prochains qu'aucun livre ne visite.

À la mort de son père, Aden a six ans, il commence à lire. Il est inscrit au centre scolaire Berthelot, après la maternelle. Iana le conduit et le reprend le soir. Avant d'arriver, elle lâche sa main, le pousse aux épaules en direction de la grande porte par où s'engouffrent les enfants. Elle n'approche pas davantage, par crainte, ou honte, il ne sait, mais ce geste marque leur séparation. L'école est un lieu dont Iana se tient écartée. Le soir de même, elle reste pour l'attendre loin des mères en groupe agglutinées, dont certaines tentent de pénétrer dans le hall avant l'heure. L'empressement de leur attente et l'effusion dans le brouhaha des sorties ne lui sont pas destinés. Iana toute droite est à vingt pas, il arrive qu'elle tourne le dos. Il se jette contre elle, il la réveille. Tirant sur son bras, elle l'entraîne, traverse de l'autre côté, sauvée. Elle pose sa main sur le front, vérifie. Elle redoute l'école, la lecture, les livres de lecture qu'il transporte dans son cartable. Pourtant chaque jour Aden retrouve avec passion sa classe, il aime être assis à une place, obéir. Il exécute les consignes, ivre de bonheur. Ici, quelque chose se prépare, s'agence, la maîtresse dirige la journée quadrillée de petits carrés, grands carrés très précis, margés de rouge, réglés de couleurs primaires, la question surprend, puis se résout en opérations magiques. Les récréations l'ennuient, il recule, verse dans des paysages, la pluie floue de leurs formes voile ses yeux béants.

Il reste sur le bord de la cour, exilé des jeux, agitation lointaine de coups, de cris. Dans ce désordre surgit un marron d'Inde, qu'il polit dans sa poche, les autres ont des billes. La cloche met fin à l'intermède de pagaille. Impatient, il attend dans la file que le jeu de la classe reprenne en silence. Très vite il a su lire, collectionne les vignettes de bons points, son cartable voyage de la cuisine à la table scolaire, comme un droit de passage.

Un après-midi de cet hiver-là, Aden est assis par terre dans la chambre. Il lit, dans son livre de classe, l'histoire du singe Malikoko, qu'il connaît par cœur. Otar dort dans le canapé sous la couverture. Cet après-midi-là, Iana est absente de la maison, partie pour une livraison, une course. Elle a laissé l'enfant seul avec son père dans le silence de l'appartement. Un journal a glissé de la couverture sur le plancher, il est à sa portée. Aden se met à lire. Il ne comprend rien, mais le déchiffrement des lettres, des syllabes est une opération curieuse, divertissante, elle articule en continu les sons d'une chaîne logique. Il lit à haute voix, ânonne, sa voix monte dans le silence. Le père s'est mis à geindre sous la couverture, il crache. Aden entend, il continue à lire quand même jusqu'au bas de la colonne. En haut, il s'arrête, il lève les yeux.

Otar regarde droit devant, dans l'enfilade des portes, si fixement qu'il doit y contempler un paysage du dedans, d'un genre personnel. Intimidé, Aden reprend sa lecture, il lui semble que sa voix ne lui appartient plus, elle enfle dans la chambre, autonome, inquiétante, ainsi pourra-t-elle approcher tout près le paysage du père, s'il l'entend lire, puisque les mots attirent les choses qui n'existent pas, les captent et les habillent de figures, de couleurs. Mais quand à nouveau il lève les yeux, Otar regarde toujours là-bas, avec tant de ferveur qu'il va peut-être se lever et marcher, partir vers sa vision.

— C'est quoi ? s'enquiert l'enfant, impressionné.

Un gargouillis désagréable râcle la gorge du père.

— Tu serais mieux là-bas, suggère Aden, dans un effort de raisonnement.

Il pose les mains à plat sur le journal, fermement, pour maintenir la chaîne des mots trop grands.

— Foutu, dit le père sans quitter l'enfilade de ses yeux brillants.

Une quinte de toux le secoue longuement.

— Dans le champ, dit Aden. Même s'il pleut, s'il neige.

— Froid, dit le père.

— Même, dit Aden, calme. Tu serais bien.

Alors le père s'arrache du lointain, ramène ses yeux sur l'enfant en contrebas, avec aplomb, avec bonté. Des yeux clairs entre lesquels se creuse la barre de souci.

— Viens, dit-il.

Aden laisse ouverts le livre de classe, le journal sur le plancher. Il grimpe près du père pour entendre sa faible voix dans les rocailles noires, tout contre son oreille. Le père semble chercher, réfléchir, comment économiser son souffle avec tant à dire.

— Il y a bien des choses sur la terre.

Aden opine, quoique incertain de ce constat, de la somme des choses réelles sur la terre. Ses mains sont noires d'avoir touché le journal, noires comme celles de Otar.

— Pas le temps de faire le tour, dit le père. Personne n'est un cas unique. Par hasard. Personne à plaindre. Chacun sa part. Son service. Même les chiens pleurent, c'est facile.

— Oui, dit Aden, très inquiet de l'effet de sa lecture à voix haute.

— Certains héritent le pire, continue le père avec un grand courage. Ils croient. Mais chacun son pire. Jamais sûr. T'en tireras. Apprends à lire. En avant !

Il pointe le doigt noir et sec, son ongle gris dans la direction des portes, de la fenêtre.

— En avant, dit-il, et il pointe ses yeux vers là-bas, vers

le champ qui tombe en poussière, en pluie, qui tombe en nuage.

Il ferme les yeux.

— Lis ! En avant ! et il repousse Aden de toutes ses forces, sa tête tombe sur sa poitrine.

Aden se laisse glisser sur le plancher, il reprend sa lecture. Il a les mains noires. Il tremble. Il voudrait que Iana rentre et lise à sa place. Mais Iana ne lit pas, lui seul peut mener à bien cette tâche terrible.

— Tonnerre, dit le père, et il se tourne vers le mur, sous la couverture.

Ainsi Aden hérita la leçon du père et l'ordre des choses, acquiesça au pire sans savoir. En réalité, il n'apprit que plus tard sa date de naissance, au centre de ce siècle, l'ébranlement durable inauguré en ce jour atomique qui éclaira le monde de manière unique. Il apprit dans les livres d'autres leçons de choses, mais celle-là fut décisive puisqu'elle fit mourir son père dans la nuit.

Iana ne comprend pas la mort de cet homme. Elle est venue de si loin avec lui, elle a traversé une montagne de malheurs en le portant sur son dos, malgré ses doigts de pieds gelés. Sa mort est impensable, à présent qu'il n'avait plus qu'à vivre, à manger, travailler, élever leur enfant dans la paix, puisqu'ils étaient sauvés. Impossible d'entrer dans cette pensée, elle la secoue de toutes ses forces devant elle, à bout portant, pour lui faire entendre raison, justice, secoue de toutes ses forces le matin d'hiver, cramponnée à ses épaules froides, raides comme du bois ; elle soulève la pensée, la tient à bout de bras devant elle et secoue le corps de Otar, qui tombe sur elle, il s'abat ; de son poids mort, il l'a renversée. C'est une pensée insoutenable, qu'on ne peut soulever. Ils sont tombés par terre tous les deux. Aden s'est réveillé dans l'alcôve. Entre les murs de la maison, il entend le bruit d'un corps à corps. Iana battait des deux poings la poitrine de Otar comme un cœur pantelant, son tambour d'amour mort.

Aujourd'hui, ni Otar ni Iana ne diront ce qu'ils détiennent, aucun témoin, sinon Aden, malade d'enfance, aveugle et sourd. Il ne reste qu'ellipses, angle mort des épisodes, parenthèses d'oubli et l'éclairage indécis de scènes dont rien ne décide s'il les rêve ou s'en souvient. Cette brève période où ils furent une famille, rue Marbot, s'estompe derrière les paysages intérieurs, solides, durables, qui vieillissent avec lui, intacts. Plus vrais dans leur énigme que la réalité des événements dont il fut le témoin et l'acteur, ignare. Aden continue à fréquenter l'école. Une autre ère commence dont il faut se sauver, par les livres, l'étude. Dans l'appartement, Iana tourne le dos, à rebours du temps, elle tire du côté d'avant, obstrue les issues pour s'enfermer, elle et son mari Otar et l'enfant, dans une chambre de justice, sans appel. Sa colère contre la mort est immense, intarissable. Elle avait mis tant de kilomètres, de cols, de plaines entre eux et elle, que d'être rattrapée paraît un crime inexpiable. Ainsi, pendant des années, ressasse-t-elle les comptes dans la fièvre hallucinante de son procès, sa passion de convaincre Otar de trahison, pour avoir pactisé avec l'ennemi, rendu les armes. Est-ce qu'elle rend les armes, elle ? Elle ne se rend pas, elle argumente, revisite les faits, tient la chronique, verse tant et tant de pièces au dossier, réveille les cadavres, les cite à comparaître à son tribunal, misérable foule des témoins disparus. Elle instruit le procès, ivre de preuves, folle de désespoir. Car les gens de sa famille étaient des gens de village et ils leur ont tout pris. Ce *ils* reste pronom d'une armée d'ombres sans étiquette, sans visage. Soldats, russes ou allemands, serbes ou moldaves, géorgiens ou roumains, comment savoir, elle mélange tout, partisans, miliciens, les mêmes qu'aujourd'hui. Ils prennent les chevaux, ils cassent la charrue, dispersent le grain des greniers. Ils ont saisi la terre, arrachent les clôtures, ils tirent dans la boue le linge des armoires, les deux châles de la vieille, le troisième, qu'elle a sur le dos, et marche, la vieille ! Ils prennent les bottes, le tambourin des fêtes et même le dé à coudre de Iana, un dé de jeune fille, en argent, avec des marguerites gravées. Les hommes sont emportés au nord, au bord d'un lac, pour creuser une usine, les femmes chassées dans la plaine. Elles passent devant les mêmes maisons que la leur, au bord de la route, les mêmes gens chassés. Plus de poules dans les cours, on ne sait plus ce qui se mange. De la paille hachée et bouillie au fond d'un hangar ; des racines, en hiver, on n'en trouve pas tant. Les plus affamés traînent autour du camp en guenilles, on s'en écarte. Ils n'ont pas de paille à faire bouillir, ceux-là. On dit qu'ils mangent l'humanité. Ils ont morcelé l'humanité dans leurs yeux, coupée en petits morceaux au couteau de leurs yeux fauves. Iana a perdu trois doigts de pied sur cette route. Elle n'avait rien qu'elle-même, son corps pour endurer. Otar l'a trouvée, déjà elle rôdait autour du camp avec les affamés sans paille. Il l'a gardée avec lui ; elle a pris les armes avec les hommes, elle a vite appris à tuer le plus d'hommes possible, surtout ceux des villages qui dénoncent, et même leurs enfants. Elle en a tué, tout un hiver, Otar. Elle grince encore des dents de cette faim de chair humaine, tout en piquant à la machine qui va son train d'enfer.

Iana est arrivée, à la Libération, dans une ville de transit, une banlieue, ces lieux qui hésitent au seuil critique de laideur et d'abandon. Elle est devenue cette banlieue de l'histoire à elle toute seule, Serbie contre Croatie et réciproquement, épousées dans les ruines ; elle a pris les armes contre chaque camp, elle est l'effondrement des murs, un coup d'État permanent. Elle a sucé toutes les mamelles de haine, mâché l'ortie pendant trois quarts de siècle. Elle en a assez de cette guerre, elle s'est cassé le front contre le ciment de son parking pour en finir.

Aden voyait sa bouche parler, déverser le chaos de paroles, démence de mots trop grands pour lui dans un désert illettré, qui font reculer la mort, ramènent le père dans les murs. Voici que le fantôme revient, s'installe. Dans sa grande lassitude, sa grande bonté, il lui donne raison, sans doute, par son silence, prisonnier sur parole. Aden assiste, il n'entend pas. Cela est entré en lui d'une autre manière, ses tympans ne se souviennent que du bruit. L'histoire est entrée en mémoire par d'autres passages. Peut-être l'enfilade des portes, de la fenêtre fait-elle une ouverture d'histoire, où le brouillard des mots, son floconnement mortel de neige, atomise les images à venir. Le récit emplit sa bouche, sa gorge, il boit le brouillard des images, son visage s'efface, submergé. Il se tient debout près de Iana, dans le tremblement de la machine à coudre, dans l'ébranlement profond des mots sur le paysage d'enfance, il se souvient de tout. C'est-à-dire d'un désordre absolu, carnage, dépeçage. Fallait-il qu'elle mette ainsi en pièces l'histoire pour pouvoir vivre encore avec la réalité des jours ? Sa solitude de veuve étrangère, la charge d'un enfant, la pauvreté. Iana ne l'étreint plus comme avant de ses bras brusques, anguleux. Elle ne pose plus sa main sur son front en pansement d'amour. Au moment du coucher, elle baise son visage, fermant les yeux comme si elle en mourait chaque fois. Le reste du temps, elle le touche peu, ne lève jamais la main sur lui, n'a sans doute aucune raison de gronder ou punir puisqu'il se fait fantôme dès qu'il passe le seuil, en rentrant de l'école. Pour un peu, la présence de son père dans les murs lui semble plus réelle que la sienne, puisqu'à lui s'adressent invectives, supplications. Iana a consigné son amour entre cuisine et chambre, à des places qu'elle commande du regard, entre lesquelles Aden se glisse prudemment. L'autre bout de la table, quand ils mangent le soir sous la lampe, et l'encadrement de la porte quand elle pique à la machine sont ces places réservées. Rien d'étonnant qu'encore aujourd'hui, Otar s'y tienne, s'assoie en silence avec Aden, et, près de lui, écoute.

Alors, dit Aden, plutôt orphelin que votre enfant. Quarante-cinq ans ne guérissent pas. Aujourd'hui, je vois autour de moi que rien ne s'oublie, de très bonne mémoire assise sur ses archives de guerre, fraîche et vigoureuse, pour répéter mot à mot votre histoire de bruit et de haine et raffût de fureur.

Je marche d'un bout à l'autre, à New York comme ici, sans trouver la vitesse ou la lenteur de déplacement qui me rendrait la place des lieux lisibles. Je circule sur des transversales, d'un point à l'autre, raisonnant, sans relier les pôles d'un dessin intelligible. Je ne vois que brouillon, raturage, des boucles et des nœuds. Au milieu de l'autorité, du fascisme de meute, je marche, sans grande intelligence ni des institutions d'État, ni des grands appareils ou machines de guerre, ayant perdu la filiation, le pacte, échoué. En dépit des efforts, je suis resté du même côté, je croyais m'être mis hors d'atteinte en désertant. J'ai seulement parcouru des kilomètres. Le professeur m'a tiré de là, croyait-il. Je le croyais. Aujourd'hui, il rôde dans la gare, il ne reconnaît pas le brillant sujet promis aux réussites qu'il avait cru déceler dans son élève. À mon approche, il s'effraie de cet individu dont la proximité exprime seulement la menace. Je n'ai pas de mauvaises intentions, mais cet homme mérite un châtiment. Un soir d'hiver, il frappe à la porte de chez nous, avec sa bonne conscience de pédagogue et sa foi républicaine pour arracher à la fatalité sociale le bon sujet que l'indigence condamne. Il a repéré, parmi les créatures grimaçantes de sa classe, ce garçon doué, toujours assis au deuxième rang, comme si, une fois pour toutes, le premier était au-dessus de sa condition. Le second rang est, dans l'ordre des possibilités, le plus proche de l'estrade. Aden exécute en temps record n'importe quel problème, nul doute que ses aptitudes le placent nettement au-dessus de l'ingrat troupeau. Le professeur s'anime, une lueur s'éveille dans son regard résigné, il tient sa chance, sa justification. Il offre ses conseils, des livres, il donne des exercices d'un niveau supérieur, teste cet élément d'élite. Miracle, l'élève exauce ses vœux, excède son attente. Alors s'exalte en lui la vertu pédagogue. Un soir, il frappe à la porte.

On a frappé. À cette heure-ci, qui peut venir ? Personne ne vient jamais. Aden attend un signe de Iana qui fixe un point au-dessus du buffet dans le silence, comme s'il pouvait en venir une réponse. On frappe encore, elle donne un coup de menton. Aden ouvre. C'est le professeur. Il se tient sur le seuil, enfoui dans son manteau et son chapeau poudrés de neige. Aden recule. Si le professeur se déplace, accomplit cette chose inimaginable, ce ne peut être que pour une raison très grave. Une personne de cette importance, en visite chez Iana, à huit heures du soir. Le monde est plein de dangers, d'engrenages, de règles ignorées, de pièges ; à tout instant on peut commettre un manquement majeur sans le savoir. Pas d'excuse, de circonstances atténuantes. Aden respecte trop les règles, il ne sait laquelle il a enfreinte. Le professeur franchit le seuil, s'essuie les pieds bien poliment, il enlève ses gants de laine. Les gants de laine, le chapeau, le manteau semblent à Aden d'essence surnaturelle. Il dit : je suis M. Lardoz, le professeur de troisième. Iana s'empresse d'essuyer ses mains au tablier, elle tend le poignet. Malheur ! Cette main, c'est par égards qu'elle en épargne le contact au visiteur, elle est sale, humide, elle travaille. Indigne de rencontrer la main propre du maître. Aden en a le rouge sur toute la figure, ce geste d'humilité est pire que l'offense. Iana ne connaît que la politesse des pauvres, et soudain tout semble horriblement déplacé. Non pas le professeur, surgi dans le décor par une erreur de distribution, mais le décor lui-même. On ne reçoit pas des gens comme lui dans une cuisine.

Mais ici, rien à faire, on entre de plain-pied dans la laideur des murs craquelés, avec l'étalage des ustensiles, la vieille nappe cirée, jaunie et racornie, et le linge des lessives suspendu au plafond.

Le professeur serre le poignet tendu comme une main de dame, il s'incline. Iana en tablier, ses cheveux follets en couronne, se tient droite comme une domestique en bout de table, prise en flagrant délit d'une faute extrême qui est d'avoir un enfant dans cette classe. Elle a retiré sa main qu'elle continue d'essuyer, machinalement. Si elle se mettait en colère et chassait le professeur, Aden serait soulagé, il aimerait sa mère. Il resterait toute sa vie avec elle, sans plus mettre les pieds à l'école après un tel scandale, mais il préférerait ce sacrifice à cette scène insupportable où tout est suspendu. Au lieu de quoi elle pousse une chaise, rudement, et s'assoit elle-même sans attendre. Alors le professeur s'excuse de venir si tard, de s'être permis, de déranger. Aden n'a donc pas commis de faute, c'est encore plus grave. Elle hausse les épaules pour dire c'est rien, on va voir, parlez toujours. Longtemps après, Aden a entrevu quel courage il lui fallut pour ne pas montrer son inquiétude, affronter cet homme sans lui laisser deviner sa frayeur de la loi, de l'autorité, des imprévisibles décrets qui peuvent vous débusquer, vous jeter à nouveau sur les routes. Mais ce soir-là, il ne voit que crainte et soumission.

— Excusez-moi, madame, je me suis permis cette démarche.

Il ne sera pas long. Il s'assoit. Le couvert est mis, deux assiettes, deux verres, les couteaux. Aden n'ose pas approcher. De sa place, il voit la lampe au bout du fil électrique usagé dont la tresse noire, empoissée, descend trop bas, le cône de lumière qui éclaire le visage de sa mère et celui du professeur, face à face. On dirait qu'ils vont dîner ensemble, ainsi attablés. Aden est à la torture. Au moins, de cette place, les murs écaillés, le trou de l'évier, le linge se perdent dans l'ombre protectrice. Pendant ce temps, le professeur expose ses idées, il s'agit de Aden, qui n'écoute que d'une oreille. Pourvu que, tout en parlant, le professeur ne jette pas un coup d'œil circulaire vers le tuyau du poêle, le tas de vieux chiffons qui servent au ménage, le torchon à vaisselle accroché à la poignée de la cuisinière, Aden passe tout en revue, comme si, chaque fois qu'il repérait un nouvel objet de répulsion, il le mettait du même coup à l'abri du désastre. Tant qu'il ne bronche pas, n'attire pas sur lui l'attention, les choses peuvent se dérober, se perdre dans les confins. S'il veille. Il ne cille plus du tout, stupide, au garde-à-vous.

Il n'a pas écouté, il a tout entendu. Il est question de lui, sujet exceptionnel, de ses excellents résultats et de son avenir. Le professeur plaide une cause compliquée, il est venu expliquer à Iana que son fils doit poursuivre ses études, il en a les aptitudes. Il caresse ses gants de laine, en allonge les doigts et les lisse du plat de la main. Ses ongles sont blancs et carrés. Iana secoue la tête, incrédule, elle n'ose interrompre mais rentre le menton, baisse le front, elle ne sait comment s'opposer, résister. Aden veut faire l'apprentissage, finit-elle par dire, dans un silence. Aden ne veut rien. Paralysé, il supplie que le monde s'arrête, s'abolisse. Que plus rien n'advienne. Il veut l'apprentissage et qu'on n'en parle plus, qu'on soit déjà demain. Le professeur insiste, il parle de démocratie, d'école républicaine et de promotion sociale, des grands mots dans la cuisine noire. Il parle d'argent, de bourses d'étude, d'allocations. Elle ne comprend pas, elle est perdue. Un grand lycée parisien, dit-il, pour qu'il ait toutes ses chances. Alors elle se met à regarder fixement vers le bout de la table, elle appelle au secours. Aden comprend qu'elle va parler à Otar, dans la seconde. Il va être là, assis avec eux, un coude sur son genou, un coude sur la nappe, pencher sa tête, écouter la colère de Iana.

Alors le professeur verra le secret enfermé dans les murs. Aden a crié, n'importe quoi.

— J'aime les mathématiques.

Iana tressaille, elle se tourne vers lui, le professeur aussi. Il sourit, flatté par cet acte de foi inespéré.

— Vous voyez, dit-il d'une voix douceureuse.

Il promet qu'il s'occupera du dossier, des démarches, de tout. Il suffit que Iana donne sa signature. Il tire le papier de sa poche, le déplie, l'étend sur la table entre eux, et cela reprend. La main ouverte caresse le papier, il répète ses arguments depuis le début, patient. Un grand lycée parisien, une seconde, en internat. Aden passera son bachot dans les meilleures conditions, et qui sait, tentera les concours.

— N'est-ce pas, Aden ?

Aden fait un signe désespéré, dénégation, approbation, hochement de débile mental en proie à ses chimères. Déchiré entre ces deux acteurs terribles qui se disputent son sort, tétanisé par l'effort qui tient à distance le fantôme de son père et la cuisine hideuse, il bégaie une réponse informe. Est-ce là le meilleur élève, ce garçon de treize ans à la figure rendue idiote ? À qui donner raison, et sur quoi, quand s'affrontent les dieux ? Soudain Iana se penche, elle pose ses mains de chaque côté du couvert, et d'une voix étranglée donne le prix le plus élevé qu'elle puisse mettre dans le marché :

— Est-ce qu'il sera fonctionnaire ?

Le mot lâché, elle se redresse, rouge du défi. Le professeur sourit avec une indulgence sans bornes. Il a un sourire criminel. Il dit :

— Peut-être même professeur, qui sait ?

Iana est médusée. Aden ne bronche pas. Tout est joué. On n'a pas le droit de donner aux gens des rêves au-dessus de leurs forces. Aden hait le professeur. Tandis que Iana, vaincue, appose sa lente signature au bas du papier, réduite au silence désormais, le professeur sourit encore. Cette fois il l'adresse à l'élu, par-dessus la tête de la mère, un sourire de connivence et de victoire, humble, mais qui quémande plus qu'un assentiment. Ce qu'il veut obtenir de Aden, le professeur, au-dessus de la main malhabile de Iana, sa couronne lumineuse de cheveux, arracher pour paiement de sa bonne action, c'est la reconnaissance, la gratitude. Intolérable sourire de supériorité qui éclaire Aden. Cet homme est venu nuitamment tramer la trahison ; d'une grande biffure, comme sur les cahiers des cancres, rayer d'encre rouge la faute et sa honte : la cuisine, l'enfance, la banlieue. Pourtant, Aden s'est rallié aussitôt, il sait qu'il va partir ; en quittant cet endroit, échapper à la malédiction. La joie triomphe en lui des scrupules, du malaise, à l'idée du monde qui l'attend, désormais accessible, exaltant de promesses.

Aden n'est pas devenu fonctionnaire, mais ingénieur informaticien, qu'importe ; il s'est mis à rêver au-dessus de ses forces, et de celles de Iana, et ce rêve a défiguré le calamiteux paysage familier des rues, disqualifié définitivement le décor de la cuisine.

Jusque-là, rien ne le blessait des mornes rues où s'alignaient les pavillons et leurs clôtures mesquines de grillages, des baraques en planches construites de guingois au fond des jardins, et les carrefours tristes, les longues enfilades vides des trottoirs défoncés par les pluies, ce décor de palissades, de murs crépis ou de meulière qui débouchait toujours, pour finir, sur les voies ferrées, les caténaires, les lignes fuyant, enchevêtrées, luisantes, vers des lointains abstraits. Alors il consentait à ce quartier parce qu'il n'en rêvait pas d'autre. Et les murs de la cuisine enfermaient la seule vie possible. Le reste était dans les livres de classe. Dans les rues avoisinantes, il rencontrait des gens ordinaires, familles d'ouvriers qui partaient le matin avec la cantine sur le porte-bagages du vélo, ou à pied vers la gare, longeant les trottoirs où il cheminait avec les écoliers. Rues désertes des jeudis, des dimanches ; les saisons affectaient si peu ce décor qu'elles passaient insensiblement, répétant les mêmes floraisons maigres des lilas, les mêmes rousseurs pâles d'automne. Une averse, un matin de neige, vite fondue ; il se souvient à peine du passage des années d'enfance, inscrites dans les rues monotones, à l'écart de la nationale et des départs de trains, quand les avions ne se posaient pas encore sur Orly. Un monde clos, sillonné par les mêmes parcours, vers l'école, le collège, les expéditions rares dans le centre pour acheter une culotte, des souliers. Le stade, une ou deux séances de cinéma scolaire. Il s'est réveillé ce soir d'hiver avec le sourire de promesse du professeur au milieu d'un rêve, il est parti. Exilé volontaire, à Paris ; un quart d'heure de train, c'est une autre planète. Le mépris est venu, la détestation secrète et la honte de cette banlieue dont aucun camarade de classe ne doit soupçonner qu'elle a été sa province natale. Il a épousé la cause du professeur, si totalement qu'il se demande encore comment il a pu oublier le sursaut de révolte de ce soir-là, l'intuition illuminante de sa trahison devant le sourire bon du maître, lancé au-dessus de la tête de Iana. Quelque part il a lu que les marins pêcheurs ne portent pas d'alliance ; si une maille du filet qu'ils jettent se prend à l'anneau, la mer tire l'homme à elle tout entier. Un seul moyen, si on en a le temps et la présence d'esprit, trancher le doigt, sectionner cette part de soi qui veut votre mort. Voilà ce qu'il a fait, il s'est amputé, délesté de tout à la fois, dans la même chirurgie d'urgence, de son enfance, sa mère et la banlieue.

Aden se redressa, assis au bord du canapé. Il était tout à fait réveillé. Ses jambes étaient glacées, son cœur battait. Il eut envie de partir immédiatement, de quitter cet appartement. La même hâte improvisée d'en finir, comme autrefois, fuir,

fuir et ne plus revenir. Il alla jusque dans la cuisine, prêt au départ. Il fit la lumière. La cuisine apparut, inchangée, d'une menaçante tranquillité, misérable sous la faible lampe. Deux heures du matin. Plus un train de banlieue, de métros, si peu de chance de trouver un taxi. Il admit qu'il finirait la nuit ici, prisonnier des murs, furieux de s'être pris au piège, calcula qu'il restait quelques heures seulement à passer. Comment a-t-elle pu vivre si longtemps dans ce coin, le considérer peut-être comme son havre ? On ne saurait imaginer endroit plus désolant. C'est invivable, ici. Il y a pire. Bien des gens seraient contents de la moitié, du quart encore. D'avoir de l'eau courante, par exemple ; sans compter le chauffe-eau, un luxe. De l'eau coulant au robinet. Du feu, un toit sur la tête. Et s'enchanteraient de l'heureuse disposition des lieux, de tant de place. Trente mètres carrés, un palais. Contente-toi de peu. Il eut un cri de rage, étouffé dans le poing, un cri de révolte et de douleur pour la sombre pensée du pire et la morale de pauvreté.

Comme il rejoignait le canapé, il traversa, d'une porte à l'autre, la pièce intermédiaire, s'arrêta là. L'alcôve, étroite et profonde, était fermée au fond par un grand placard mural, éclairée d'une demi-fenêtre fermée de grilles qui donnait, à deux mètres, sur le mur de l'immeuble voisin. Il trouva l'interrupteur à tâtons, éclaira cet endroit devenu débarras qui lui avait servi de chambre, autrefois. Contre la cloison de la cuisine, il y avait toujours son lit. Du moins le sommier, en mauvais état, enseveli sous des couvertures roulées, des paquets ficelés, des boîtes, des cartons de toutes dimensions, une cage à oiseaux, une bassine, un casier à bouteilles. Il entreprit, par caprice soudain, de s'installer là, d'essayer d'y trouver le sommeil. Avec énergie, il repoussa au fond de la pièce la pile de rebuts, dégagea suffisamment de place pour s'étendre. Il déroula une couverture, résigné à camper quelques heures de plus.

Il fut bien aussitôt, se détendit, rapidement enveloppé de chaleur. L'odeur de la poussière soulevée par ses gesticulations et celle des choses confinées, de la moisissure tiède se mêlaient, rances, douceâtres, apaisaient étrangement la douleur qui l'avait jeté hors de lui. Ici, dans le dépotoir domestique, la chambre d'oubli, il se sentait bien, comme dans les caves ou les greniers, parmi les objets désaffectés qui ne vous veulent rien, un endroit pour s'appartenir dans l'oubli. Il ferma les yeux, sans sommeil. Quoique exigu et précaire, puisqu'il ne donnait aucune intimité, ce coin s'offrait pourtant en refuge. Il n'avait nulle part retrouvé cela, ensuite, dans les dortoirs de lycée, les chambrées de casernes, comme dans la chambre d'étudiant qu'il avait pourtant mille fois préférés à l'appartement de Villeneuve, aucun ne lui avait apporté ce sentiment de refuge du nid personnel. Justement parce que précaire, exigu. Il montait sur ce lit comme sur une barque, pour lire, travailler, dormir. En un temps où Iana le traverse de regards en transparence, vouée à son colloque d'ombres, où rien ne l'assure ni ne l'appelle encore, rien ne le reconnaît. Sans amis, ni même camarades de classe pour compagnons éphémères ; trop brutaux et braillards, ricanants comploteurs de récréations. Un refuge, un havre. Il y a pire. Bien des gens seraient contents de la moitié. Il sourit sous la couverture.

Il se réveilla brusquement. Un rayon de soleil venu de la chambre obliquait entre les deux portes de l'enfilade. Onze heures du matin. Il bondit sur ses pieds, s'étira, assommé de sommeil, mais il se sentait reposé. Il se passa la tête sous le robinet, éclaboussa le plancher, prit plaisir à s'ébrouer. Il chercha du linge de toilette dans l'armoire de la chambre, délivré du malaise de la veille, quand il lui avait semblé fouiller comme un voleur dans les affaires de sa mère. Il revit les vêtements de son père suspendus aux cintres, un costume de laine grise, un manteau, une veste de travail, cette fois sans émotion, comme des reliques inoffensives. À présent, il accomplissait avec naturel ces gestes qui lui avaient paru si dramatiques et il se sentit plus léger. Par la même occasion, il dégagea de la place sur une étagère pour ranger le tas de vêtements de Iana et son sac à main, abandonnés sur le lit. Tout en s'épongeant, il fit le tour de la pièce. Le soleil venait juste de passer par-dessus le toit de l'autre immeuble, piquait sur la chambre. Une belle journée d'automne, pimpante dans les feuilles brunes du prunier. Il souleva le rideau, inspecta le jardin collectif encombré de rebuts et cette fois ne trouva pas si triste l'enclos désert.

Il ouvrit les volets de la cuisine, jeta un coup d'œil dans la rue tranquille. La 4L bleue de Le Guen était garée devant la maison. Il pensa qu'il commençait à s'installer. En se retournant, il aperçut le papier glissé sous la porte. « Bonjour, écrivait Li, hier soir j'ai eu tout faux, ne m'en veuillez pas. J'espère que Iana va mieux. » Il glissa le papier dans sa poche, fit chauffer le reste de lait. Il voulut recharger le poêle, constata que le jerricane était vide. Il décida de réapprovisionner la maison, ensuite il s'en irait à l'hôpital et rentrerait à Paris, parce qu'il avait trente-six choses à faire, passer à la banque et rencontrer Lewert pour lui dire qu'il quittait l'Agence. Cette décision s'était imposée à lui, peut-être depuis longtemps, à New York ou même avant. Il n'en éprouvait aucun regret, plutôt le soulagement de se mettre d'accord avec lui-même, et tout sembla devenir simple. Après l'intervention, Iana se remettrait, et, sans imaginer une suite idyllique à leurs rapports, il se promettait d'inventer une autre vie avec elle. Et quand Kerin viendrait, les choses changeraient aussi.

Dans le jardin, le prunier encore mouillé de la nuit étincelait au soleil vif, comme l'herbe maigre de l'enclos. Aden remplissait le jerricane sous le robinet de la cuve quand Le Guen sortit derrière lui, en manches de chemise, avec une serviette de toilette autour du cou. Sur le seuil, il s'étira et se donna quelques coups sur la poitrine du plat de la main.

— Ça boume ? demanda-t-il d'un air jovial.

— Ça va, dit Aden. Et vous, vous ne dormez pas ?

— J'ai dormi mon somme, de six à onze. J'en fais un autre dans l'après-midi, si ça se présente. Question d'entraînement. Vous vous en sortez ?

— Pas mal, dit Aden. Merci pour ma mère.

Il désigna du menton le bidon de fuel. Il était plutôt content de voir le voisin.

— Ouais, dit Le Guen, c'est pas le confort moderne, ces vieilles baraques. Qu'est-ce que vous faites, vous êtes en vacances ?

Aden sourit.

— Quelque chose comme ça. J'avais du retard.

— Ça tombe bien, dit Le Guen. Enfin, façon de parler. Si vous avez besoin de téléphoner, ne vous gênez pas.

— Merci. Je vais passer à l'hôpital en partant.

— Si vous n'êtes pas pressé, dit Le Guen, je peux vous y déposer, j'ai un tour à faire par là-bas.

— D'accord, dit Aden. Pas pressé.

— Bon, dit Le Guen. D'accord.

Un quart d'heure plus tard, Le Guen a cogné à la porte pour signaler le départ. Le poêle ronfle, tout est en ordre. Aden donne un tour de clef sur la cuisine ensoleillée. La nuit d'insomnie est loin, un de ces rêves bizarres entre veille et sommeil. Dès le démarrage, Le Guen a décrété qu'il partait voir son cabanon.

— Juste un petit tour, dit-il. Ça vous dit de venir avec moi ?

— Pourquoi pas, dit Aden.

Il jette un coup d'œil au militaire d'Indochine qui a ramené la mère de Li. Rien du héros, cet homme un peu tassé sur son volant, l'air débonnaire, bien propre et casanier. Le jardin se trouve à quelques kilomètres, au-delà de Villeneuve, vers le sud. Des terrains autrefois laissés en friche que la ville a rattrapés, encerclés et dépassés, dont il reste cet îlot coincé contre la Seine, à l'abri d'une butte. On y parvient en traversant d'abord un quartier de bâtiments HLM, grands blocs gris, décorés au début de peintures murales qui devaient en rompre l'uniformité, mais la peinture s'est décolorée, écaillée, il reste un barbouillage bleuâtre qui fait ressortir, plus déshérités, les petits balcons de fer accrochés dans le vide où flotte du linge à sécher, s'entasse le trop-plein des appartements. Ils longent des parkings plantés de buissons aux végétations rachitiques, asphyxiés par le ciment, et des aires de loisir miteuses, entre un bac à sable et un toboggan rouillé. Les façades sont couvertes de graffitis et de tags, les mêmes que partout, dans les gares, les tunnels de béton des passages souterrains, les mêmes que ceux des stations de métro, cette litanie morne, sans imagination, qui répète l'ennui, ne signe que sa misère. Ensuite, ils remontent le mur d'un cimetière et des rues ingrates que hachurent les poteaux électriques contre le ciel bleu, avec des pavillons pauvres, constructions préfabriquées, flanquées d'abris en parpaings, garages recouverts de tôle, remises inachevées dont dépassent les tiges de fer déjà rongées de rouille, et dans les cours s'entassent carcasses de voitures, fourgons bricolés, caravanes déchaussées en équilibre sur des madriers, bâchées de plastique, claquant au soleil, les mêmes que dans les faubourgs des villes de Méditerranée, du Caire ou de Beyrouth, banlieues d'Athènes et d'Alger. Un monde qui hésite au bord du bidonville mais sans y basculer vraiment, parce que les apparences sont sauvegardées, il y a ce qu'il faut de clôtures, de portails cadenassés et de pancartes annonçant les chiens méchants pour ressembler à des propriétés privées. Que de chiens méchants, en effet. Ils aboient au passage de la 4L, chiens-loups, dobermans, jusqu'au dernier roquet, babines retroussées et dressés contre les grillages.

— C'est la zone, hein, commente Le Guen. Venez pas traîner le soir, on vous reçoit au fusil. C'est voyou et compagnie, des gitans, des chiffonniers. Trafic de voitures volées et tutti quanti. Que des bronzés. Tout ce que le haut de la ville a ventilé en vidant les mauvais payeurs des HLM.

Il reste engoncé dans sa canadienne, tout raide accroché au volant, les joues calées dans son col relevé. Aden n'a pas vu de bronzés, mais des femmes qui étendent leur linge sur des cordes, des gamins accroupis dans un pneu en guise de bateau. Le chauffage est cassé, il ne fait pas chaud dans la voiture. Avec le soleil, la fraîcheur s'est installée, il y a le petit air vif des matins de gelées. Le Guen a des dispositions à prendre, si la météo change. C'est ce qu'ils ont annoncé hier soir à la télé.

— Il n'a pas franchement gelé, ce matin, mais tout comme. Demain, on n'y coupe pas, explique-t-il. Contre l'eau, on a pourtant un degré de plus qu'ailleurs. Par là, les jardins sont à l'abri du vent. Un bon coin.

Dix-huit ans qu'il loue à la commune ce lopin de terre. À l'époque, c'était tout de la campagne par ici. Tous les ans, il est question de les chasser pour lotir, construire des résidences de standing au bord de la Seine. Il y a eu des visites de promoteurs, des gens du ministère avec des appareils pour prendre les relevés de terrain, et puis plus personne. Chaque fois, c'est partie remise. Comme si ce bout de méandre résistait dans ses retranchements. De toute façon, c'est loin des lignes d'autobus, des gares, et pour y venir il faut traverser la zone, ZAC ou ZUP, va te faire voir, ricane Le Guen, à l'aise. Le temps qu'ils trouvent un autre nom d'oiseau pour attirer le chaland, Front de Seine ou Mon Joli Coin, et qu'ils urbanisent les accès à coups de bulldozer, on a le temps, les cadres de Neuilly, c'est pas leur tasse de thé. Au fond, les bronzés ont du bon, ils dissuadent. Faudra les déloger d'abord, avant de rayer les jardins de la carte, et là, il y aura des comités de défense. Il rit. Aden ne commente pas les analyses sociologiques de Le Guen. Il se sent bien et pas bavard. Une sorte de paix, après les tourments de la nuit, et ce petit tour improvisé dans l'arrière-pays le tente vraiment. Il est peut-être venu par là, dans le temps. Avec Carlo ? Carlo. Lui qui ne se connaissait pas d'ami, il revoit soudain ce garçon qui habitait rue Marbot, en face. Un fils de Piémontais, de famille nombreuse, tous les enfants avaient des noms par ordre alphabétique. Carlo était le troisième, le dernier s'appelait Guido. Carlo et Aden faisaient ensemble le chemin de l'école. Ensuite il a disparu, toute la famille. Carlo avait promis d'écrire, il ne l'a jamais fait, évidemment. Ils n'avaient pas grand-chose à se dire, Aden ne se souvient pas de quoi était faite leur amitié. Peut-être de l'itinéraire partagé et des quelques expéditions, des échappées clandestines sur des vélos sans freins, sans garde-boue, de ce côté. Peut-être. Comment s'y reconnaître ?

C'était dans les années cinquante, quand cette banlieue était encore une sorte de lisière de la grande ville, juste la marge. Un endroit pour Otar et Iana, d'où l'on peut repartir à tout instant, sans le risque de rues fermées, d'avenues trop longues. On était tout de suite dans du sauvage pour s'y cacher ou pour marcher, loin. Marcher, ils savent, et se cacher, et les frontières de l'humanité, ils connaissent. La réalité est sans limites pour ceux qui marchent dedans, ils n'atteignent jamais son bord de rêve. La réalité s'arrêtait rue Marbot, mais il étaient rassurés de savoir qu'au bout, pas loin, commençait le terrain vague des échappées, défoncé d'ornières avec des mares, et des buttes de terre vers le sud, une trouée de campagne qu'ils croyaient sauvage, comme chez eux. Ce lieu inachevé ressemblait à un passage de secours possible. Plus loin, on rencontrait des terrains maraîchers faciles à traverser, des taillis et des haies, on pouvait suivre la berge, fuir par là si la peur revenait, jusqu'à la forêt. Ils ne sont pas allés plus loin, Otar est mort, Iana a laissé la ville l'encercler, le centre commercial remplacer les petits commerçants, les parkings et les barres de béton ont ceinturé le paysage d'alors.

— Je ne reconnais rien, dit Aden.

— Pas la peine de vous fatiguer, dit Le Guen, dans cinq ans, tout sera encore changé.

Il gare sa voiture le long d'un mur de brique qui ferme un entrepôt, apparemment abandonné. On entrevoit une montagne de barils bleus et rouges mangés par la rouille qui dépasse de l'enceinte.

— Ça, c'est du paysage d'art pauvre, plaisante Aden.

— Des cochonneries, dit Le Guen. Qui sait d'où ça vient.

Ils s'engagent l'un derrière l'autre sur une sente, entre le mur et une haie d'aubépines qui bifurque rapidement, s'enfonçant dans le talus. Bientôt, ils marchent entre les clôtures de grillage qui ferment les petits lopins avec leurs cabanons de planches goudronnées, coiffés de tôle, petits jardins à la française, pas tout à fait le style de Versailles, un classicisme prolétaire adapté aux moyens du bord. Les allées sont tirées au cordeau, la nature potagère domestiquée jusqu'au moindre recoin, soumise au piquet des tuteurs et au fil de fer des treilles, au raphia synthétique, papillotes bleues et jaunes frissonnant au vent, mais les épouvantails sommaires, habillés en guenilles et feuilles d'aluminium, les moulins à vent de fête foraine sont éparpillés dans un ordre fantaisiste et gai de robinson enfantin. Le lierre a poussé, les rosiers de la haie régressent vers l'état sauvage, flirtent avec l'aubépine. Ici, on ne sent plus le vent. Les portails de fortune portent des noms coquets, *Oasis, Mon rêve, Mondésir,* et des avertissements : Interdit d'entrer, Propriété privée, Attention : pièges. L'automne dore encore les feuillages, les haies restent vives et mouillées de la nuit. Au passage, sans qu'ils aient vu quiconque, Le Guen lance des bonjour, des voix répondent. Aden le suit, les mains dans les poches de son blouson, il goûte le soleil qui chauffe son visage. Ils sont arrivés, Le Guen décadenasse son portail.

— Ma cabane au Canada... Est perdue au fond des bois... Sur le seuil des écureuils... chantonne-t-il en faisant les honneurs de son jardin.

Cinquante mètres carrés, tout en longueur, avec, adossée au talus, une bicoque en bois. Aden ne connaît rien à l'agriculture, il félicite quand même le jardinier.

— J'en ai pour une minute, annonce Le Guen qui sort des outils, et des ballots de paille.

— Je cache mes plants de tomates et les artichauts, explique-t-il, sinon nique-nique au printemps.

En un tour de main, il installe quelques gerbes de paille sèche en croisillons réguliers sur une rangée de feuilles fanées.

— Il n'y a que l'eau qui manque, commente-t-il. À deux pas de la Seine ! La sécheresse a duré tout l'été, et pas un pet de pluie, cet automne. On va le sentir passer. On prenait l'eau à la Seine, mais l'eau nous brûle les légumes, on dirait de la soude. Il paraît que c'est à cause d'une tannerie industrielle, plus haut. Alors, on se débrouille avec ce que donne le ciel.

Les bidons bleus qui servent à recueillir l'eau de pluie ressemblent étrangement à ceux du dépôt abandonné. Le Guen cligne de l'œil.

— On s'est servis là-bas. Un de plus, de moins...

Aden se demande s'il mangerait des artichauts du coin. Mais ceux qu'il achète à Rachid, avec quoi sont-ils arrosés ? Avant que Le Guen referme, il a jeté un coup d'œil à l'intérieur de la cabane, il entrevoit un fauteuil de salon défoncé posé à même le sol, les murs tapissés de vieux *Paris-Match*, et quelques photographies de soldats, en groupe autour d'un bivouac. Un couple de mariés, la petite mariée indochinoise, piquée ici, parmi les outils de jardin.

— Vous n'avez pas tout vu, annonce Le Guen qui renfile sa canadienne. Si vous avez une minute, on fait un saut ?

Depuis tout à l'heure, il jubile, il n'a pas si souvent un visiteur. Li n'a pas l'air du genre à apprécier le charme bucolique des jardins. Au lieu de revenir sur leurs pas, ils continuent sur le chemin qui s'enfonce, quittent la zone élevée pour emprunter un passage encaissé, en pente abrupte, et soudain, ils débouchent au bord de l'eau. Une grève de vase grise, mousseuse, quelques roseaux desséchés entre des blocs de parpaings recouverts de lichen, et la surface miroitante de la Seine, le méandre en coude large et calme d'eau ocre que bleuit le grand ciel par plaques. Ce n'est pas le silence, on entend très loin une sorte de grondement sourd, intermittent, peut-être les avions qu'on voit dans le lointain descendre sur le fleuve. Aden ne sait où il est, mais il a le sentiment d'être arrivé quelque part où il est déjà venu, un endroit qu'il connaît. Cette même impression, tout d'un coup, qu'à Long Island, il y a huit jours.

— Mon coin de pêche, confie Le Guen, et il ne peut s'empêcher de rire pour lui-même. Hein ? Qu'est-ce que vous en dites ? Fameux, non ?

— Fameux, admet Aden.

Il s'assoit dans les roseaux. Le Guen n'attendait que ça. Il s'assoit lui aussi.

— On ne prend pas grand-chose, dit-il, surtout que je n'ai pas mon permis, pas de carte. Il faut faire gaffe aux sociétés de pêche. Et si on attrape quelque chose, vaut mieux pas goûter, c'est foutu, le poisson. Mais ça me plaît bien de venir ici. La pêche, j'ai jamais su pourquoi, ça me calme. Même en Indochine, dites donc, j'avais réussi à me trouver des coins, en plein baroud. Là-bas, il n'y a pas que des rats et des crabes, dans leurs rivières. J'attrapais un genre de lamproie ou d'anguille, *soueshin*, ils l'appelaient. Je dois écorcher le nom. Une chair fine, délicieuse. J'en ai pas revu. Vous pêchez ?

Aden fait non.

À Long Island, il était avec Owen, au bord de l'eau.

Deux étrangers assis côte à côte dans la Buick bleue un peu cabossée, sa voiture des week-ends, a dit Owen. Aden pense que c'est une chose raisonnable que de ne rien savoir l'un de l'autre, reposante. Partir un dimanche matin, rouler lentement dans le ronronnement du moteur, sur fond de country music à la radio, avec l'air tiède du dehors battant l'habitacle et la campagne rase, après les faubourgs de Queen's, le défilement paisible des franges rousses d'automne en buée de vapeur. Ils ont quitté New York par l'autoroute 495, un dimanche matin. Owen a lancé l'invitation tout d'un coup, la veille au soir, au moment où ils se quittaient sur le trottoir. Aden a dit : d'accord. Sans réfléchir.

— Mon père est mort l'an dernier, a dit Owen, presque tout de suite.

Aden ne sait que répondre, il hoche la tête. Il préférerait ne pas parler, rester tranquille. Juste faire ce qui est entendu, passer la journée à la campagne, au bord de l'eau. Owen n'est pas bavard ; dans le deuxième sous-sol de la Compagnie, il lui a semblé un de ces types qui n'a rien à dire de la vie, qui se contente des actes, et du travail bien fait. La virée à Long Island a tenté Aden. A cause de l'air taciturne de Owen, de sa répugnance à enfiler plus de dix mots à la suite. Maintenant, il parle de son père.

— J'ai déménagé tout mon attirail de pêche chez lui, l'an dernier, après sa mort. J'ai pourtant une belle maison à Montauk, dit-il, vous connaissez ?

— Non, fait Aden, le nez contre la vitre.

— C'est le plus bel endroit de l'île, tout au bout. Je n'y ai pas remis les pieds depuis un an. C'est là que je pêche, maintenant, vous allez voir.

Encore un pêcheur, pense Aden. Il se demande par quelle fatalité il rencontre tout le temps des amateurs de poissons. Le père de Kerin, toujours planté sur l'eau des lacs, dans l'eau des torrents. Et le voisin de Ménilmontant, juste au-dessus, un collectionneur d'espèces rares, spécialiste de l'aquarium tropical. Des gens fiévreux, pas silencieux du tout, comme on pourrait le croire. Des bavards, une fois sortis de l'eau. Le poisson est un animal particulier, une bête à sang froid, un muet des profondeurs. Pas si muet, pourtant. Une fois, Aden a entendu crier une carpe, au fond de la barque, en Irlande. Un cri qui ne ressemble à rien de connu dans le silence colmaté de brume. Une sorte d'étranglement de glotte, jamais entendu quelque chose de semblable. Le père de Kerin a entendu, lui aussi. Il connaissait. À voir sa tête, on comprenait qu'il ne pêchait que pour avoir au fond de sa barque cette voix arrachée aux profondeurs de l'eau, remontée de loin à l'air libre. On aurait dit que les rochers noirs avaient entendu tout autour et gardé l'écho de ce cri. Attendu longtemps, avec une patience maniaque, méthodique, parce que le poisson appartient à un milieu que l'homme a quitté il y a très longtemps, il doit s'en souvenir dans son cerveau archaïque, au fond de ses neurones reptiliens, il a crié de cette façon dans les plus vieilles eaux du monde. Les gens à poissons sont des primitifs dangereux, à force d'attendre que remonte le cri, ils finissent par ressembler à leurs prises, à ces figures blêmes, inexpressives, avec l'œil rond, sans paupières, perdus vers un point précis de l'espace sous-marin qui reste en eux. Juste la figure de Le Guen, maintenant, et celle de Owen, avec ses yeux fixés sur la route.

— Mon père, a-t-il continué, à la fin de sa vie, ne parlait plus à personne. Il ne parlait qu'aux Indiens, qui ne lui répondaient pas. Sa maison, vous allez voir, c'est la dernière contre la réserve. À cause de son emplacement, elle ne vaut rien, sa baraque, invendable. Les gens d'ici, c'est un voisinage qui ne leur plaît pas tellement.

— Les Indiens ? demande Aden, espérant avoir quitté tout de suite le sujet du père et celui de la pêche.

— Des Shinnecocks, de pauvres bougres. Ils s'en foutaient pas mal de mon vieux et de sa tocade. Mais lui, il tenait à rester là, collé contre la réserve. S'il avait pu, il se serait installé dedans, mais il n'avait pas le droit. C'était quelqu'un, le père Owen. Parti de rien, dans les années vingt. Un sacré requin. Il a bâti une belle fortune avec le papier. Le bois, la pâte à papier, c'était l'époque où les journaux se multipliaient. Et puis, vers soixante-dix ans, il a changé tout d'un coup. Il s'est mis à aimer les arbres, dites donc ! À les respecter comme des personnes, une vraie religion. Je ne sais pas d'où ça lui est venu, un chef d'entreprise comme lui, qui s'est fait à la force du poignet, dur en affaires. Eh bien, il a tout vendu sous notre nez. Mon frère et moi, on n'a rien pu empêcher. Il a signé une donation à une ligue écologique. Je ne sais pas ce qui a flanché. Un coup de vieux. Il s'est mis à délirer sur les Indiens, à lire tous les livres sur leur compte, à prétendre qu'eux seuls comprennent les lois de la nature. Pour finir, il a acheté cette maison contre la réserve, pour une bouchée de pain, il ne pouvait pas se fourrer plus près. Qu'est-ce qu'il fait, votre père ?

— Il est mort, dit Aden.

— Il avait changé, à la fin ? Vous n'avez rien remarqué ?

— Je ne me souviens pas, dit Aden. Il y a longtemps.

— Ah.

Un silence plus tard, il a poursuivi son idée. Aden a pris son mal en patience, mais pour un taciturne, il commençait à trouver que Owen exagérait.

— Parce que mon vieux, on ne le reconnaissait pas. Ce n'est pas tellement que je l'ai bien connu. On ne se pose pas ce genre de question, avec les parents. La vie passe vite. Le temps de grandir, hop, on est trop loin, on n'a rien vu d'eux. Mais tout de même, c'était un type entreprenant, un sacré renard. Cinq cents employés. Et tout d'un coup, un autre homme. Toute sa figure était différente. C'est peut-être dans l'ordre des choses, c'est drôle, la mort.

Aussitôt après, il a enchaîné sur la pêche, comme pour donner raison à Aden. Il s'est mis à exposer toutes les techniques pratiquées sur la côte, et ses performances de l'année, suivant les saisons. Aden avait lu des histoires comme celles-là chez Hemingway, Owen avait pu lire les mêmes et mélanger un peu. Maintenant, il regardait avec curiosité son visage, il finissait par s'intéresser aux traits de cet homme que sa fréquentation depuis deux semaines lui avait rendus familiers sans rien lui en apprendre. Et voilà qu'il se met à l'observer pour de bon, ce profil barré d'une broussaille de sourcils poivre et sel en surplomb des yeux globuleux, qui s'efface vers le bas, imprécis, empâté dans le cou épais et court, la masse des épaules, une tête enfantine, pas finie. À ces monomaniaques de la pêche comme de la chasse, il faut de temps en temps un témoin, un auditeur pour enregistrer les légendes. Il s'était à peine étonné de l'invitation improvisée, la veille au soir, à la manière américaine, et maintenant le récit des pêches fabuleuses complétait la raison. Prudemment, Aden place une ou deux répliques, juste pour assumer le rôle de celui qu'on traîne sur le lieu des exploits. Les parties de pêche avec le père de Kerin lui donnent les moyens de relancer le monologue par des remarques ajustées, sans avoir l'air de la ramener avec sa compétence personnelle. Il préfère ne pas rivaliser, ne pas enlever son plaisir à Owen. Chacun son rôle.

Aden écoute d'une oreille, se laisse glisser dans le paysage aimable de sous-bois. Depuis quelque temps, ils roulent sur des routins bordés de maisons savamment rustiques posées sur de l'herbe propre où traînent une tondeuse, des fauteuils de jardin, des enfants, un parasol. Plus on approche, plus Owen, librement lancé, en rajoute dans le détail technique, épuisant d'enthousiasme. Aden commence à redouter le reste de la journée.

— C'est là, dit Owen brusquement.

La route finit en cul-de-sac contre une clairière. Une belle maison à bardeaux peinte de frais, gris clair avec des bâtis blancs aux fenêtres et aux portes, un hangar coquet dans le fond sous de grands marronniers, des érables, des bouleaux. Et tout près, on voit la plage étroite, les roseaux. Soudain, c'est le silence, moteur coupé, Owen muet, et la chaleur humide des fonds de baies. Le soleil est déjà haut, il est plus de dix heures. On dirait que New York est très loin dans le continent et qu'ils sont arrivés au bout des terres. Mais le silence ne dure pas. Sans entrer dans la maison, tout de suite, Owen entraîne Aden dans le hangar comme pour démontrer qu'il n'a pas raconté des histoires. Il y a là, rangé superbement au mur et contre le bateau, sur ses cales, l'attirail coûteux d'un amateur de pêche. Tout est neuf ou presque. Les cuivres astiqués, un vrai musée. Owen se met à déballer, à commenter l'équipement pour les basses eaux, la haute mer. Par la porte ouverte à deux battants, on voit un bout de la plage et le fond de la clairière, le fouillis des bois qui commencent. La réserve des Indiens. Le ciel est gris, chargé de brumes de chaleur. De l'océan, viennent des bouffées de vent salin, âpres, qui brassent l'air par rafales jusqu'au fond du hangar. Ils ont tous les deux de grandes taches humides sous les bras et de la sueur sur le visage, sans être ensemble, et cette drôle d'expédition s'achève là. C'est à ce moment que Owen a relevé brusquement la tête.

— Tout ça, je m'en fous.

Aden ramène son regard des fourrés jusqu'à lui, jusqu'à son visage.

— En réalité, je m'en fous absolument.

Il reste accroupi, arrêté dans le geste qu'il avait pour remonter une canne à pêche, la sueur perle dans ses cheveux roux, il a l'air effrayé. Il se relève, il met son visage en face de celui de Aden. L'étonnement accentue ses traits, arrondit encore ses yeux, sa bouche tremble, il cherche un secours.

— Tout ça, dit-il en haussant les épaules, c'est seulement un prétexte pour venir ici quand j'en ai envie. Tout seul. La pêche, je m'en fous.

— D'accord, dit Aden. Moi aussi, je m'en fous.

Il a parlé doucement pour ne pas lui faire de mal.

— C'est la première fois que je dis ça à quelqu'un.

— Ça arrive.

— À personne.

D'un coup de pied, il pousse la canne et tout le reste sous le bateau. Il tend le cou, jette un regard dehors, la baie, les fourrés. Les mains sur les hanches, ensuite, soulagé.

— Je suis content que vous vous en foutiez aussi. Vraiment content. J'avais cru...

— On croit, dit Aden, et puis c'est autrement.

Owen ne dit plus rien. Il tire du coffre de la Buick un sac en papier avec des provisions et des boîtes de bière. Ils entrent dans la maison. Dedans, c'est du plancher, aux murs des lambris, sous un plafond bas avec toutes sortes de colifichets, de colliers qui pendent aux poutres, autour du ventilateur à grandes pales. Grâce à la véranda et aux moustiquaires des fenêtres, il fait sombre, mais pas plus frais. Owen met le ventilateur en marche et toutes les paperoles, les colifichets se mettent à voleter et danser au plafond.

Pendant que Owen déballe le sac sur la table, les sandwichs, du corned-beef en tranches et des morceaux de fromage, Aden fait le tour de la pièce, détaille les vieilles photographies, les tapis indiens, et les tableautins naïfs de paysages américains avec des fermes, des chevaux, les livres sur les rayons, une ancienne radio en loupe d'orme, monumentale. De temps en temps, il sent que Owen l'observe, il lui jette des coups d'œil en biais, il le sent dans son dos, mais fait semblant de ne pas s'en apercevoir. Owen a perdu son enthousiasme du matin, il a l'air inquiet et fatigué par la brusque révélation de tout à l'heure, comme d'une grande émotion. Il mâchonne une brindille, et d'un coup de langue, la fait passer d'un coin à l'autre de sa bouche. Il attend la fin de l'inspection mais Aden ne commente pas, il revient vers lui, il hoche la tête.

— Ça ne me regarde pas, dit Owen, mais vous n'avez pas l'air d'avoir une femme.

— Vous voyez ça à quoi ?

— C'est une idée. Vous ressemblez à quelqu'un qui préfère être seul.

— Je préfère peut-être, dit Aden et il sourit.

Il découvre le pique-nique étalé sur la table.

— Il y en a pour un régiment !

— Alors ? Qu'est-ce que vous en pensez du coin ? demande Owen.

Il observe Aden en plissant ses petits yeux ronds avec effort. Depuis tout à l'heure, il n'a pas l'air dans son assiette, il cherche à renouer le fil, parce que tout est devenu bizarre, cette journée brumeuse, au bord de l'eau, la maison ouverte pour quelques heures, et tout l'attirail laissé en plan, là-bas, sous le hangar, et cette virée du dimanche, sans queue ni tête.

— C'est un endroit tranquille, dit Aden, encourageant.

— Je ne sais pas pourquoi, ça me fait plaisir de venir ici, surtout en hiver.

— Il n'y a pas un chat.

— Pas un chat, mais il y a des renards, des lapins, des ragondins et des tas d'oiseaux migrateurs. Et des daims. Il en vient jusque devant la véranda. Ils ne sont pas sauvages. Quand il neige, je leur laisse à manger devant la porte, du beurre, des graines. J'ai commencé à lire les livres de mon père.

— Il y en a toute une librairie.

— C'est tout du pareil au même. Des histoires d'Indiens. Plus j'en lis, moins je comprends ce qui lui a pris, le paternel, son idée fixe. C'est du passé, ces histoires. Fini. Foutu.

— Oui, dit Aden. Ça m'a l'air sacrément foutu.

Le ventilateur a pris sa vitesse de croisière, avec des grincements de ressorts mal huilés.

— Il faudrait le graisser, dit Aden, en mordant un bon coup dans son sandwich.

Après tout, quelle que soit la raison pour laquelle Owen l'a amené ici, il s'en fiche, il se sent bien maintenant, pas pressé de rentrer.

— Oui, c'est ce que je me dis chaque fois.

Il se détend, allonge ses jambes et pose ses pieds sur le bord d'une chaise.

— On va le graisser.

— D'accord, dit Aden. Et le poste, il marche ?

Owen se met à rire.

— J'en sais foutre rien.

— On peut regarder ?

— On peut.

Ils passent un bon moment à bricoler en buvant de la bière. À démonter le ventilateur, et le poste. Les fils sont brûlés mais le reste a l'air en bon état. Owen a déniché du fil, du matériel électrique et des outils. À la fin, le ventilateur tourne rond et la radio crachote de la musique hawaïenne ou du blabla nasillard.

Au moment de partir, ils font quelques pas dans la clairière, vers le soleil voilé suspendu au-dessus de la baie, tranquille comme du lait. La lumière a faibli, le vent est tombé. Sans se consulter, l'air de rien, ils sont arrivés près de l'eau qui bouge sans bruit contre le sable en faisant de petites rides d'aller-retour. Peut-être la vie n'est-elle que ce minuscule va-et-vient d'eau sur le sable. On croirait pouvoir marcher sur cette eau lisse et blanche, traverser jusqu'à l'autre côté, chez les Indiens qu'on ne voit jamais. La barque est amarrée dans les roseaux. Sans un mot, ils montent dedans. Au début, c'est Owen qui rame, puis Aden, ils s'éloignent du bord, lentement. La maison recule dans son décor de forêt rouge, elle s'estompe sans disparaître dans la brume très fine. À un moment, ils sont arrivés quelque part, un endroit où tout est devenu égal, l'eau et le ciel et la buée de paysage des rives qui rend à la fois proches et inaccessibles les berges mystérieuses ; plus un bruit, hormis le clapotis discret de l'eau. Ils sont restés là, plantés dans la barque, à regarder ce paysage dépouillé et sauvage, étincelant de millions de particules de lumière suspendues, une poudre pâle et luisante qui l'apparente à un lieu très ancien, en voie d'effacement, et cependant maintenu dans son vieillissement à l'état d'origine comme un corps qui nage hors du temps, n'en finit pas de rejoindre sa vérité de paysage intérieur, angle mort de mémoire. Oui, c'était bien ainsi, ce qu'il frôlait des yeux depuis l'enfance, cela ressemblait, ces contrées inconnues de sable et d'eau, de neige, brume du lendemain, originelles et vieilles, portant la menace, sans cesse différée, de leur dissolution. Ils sont restés là, Owen et lui, à cette frontière d'eau, sans se regarder, dans le même silence, pensant à la même chose, peut-être. Puis ils sont rentrés. Ils ont repris la route de New York. Aden ne s'est pas retourné, il savait qu'il ne remettrait jamais les pieds dans cet endroit. C'est le lendemain que Owen lui a laissé son code d'accès.

— Ce que j'aime, dit Le Guen, en attendant ma prise, c'est regarder là-bas, de l'autre côté. Ça dépend des jours, parfois on dirait qu'il y a une loupe dans l'air, l'autre rive est toute proche, ou bien d'autres fois, elle est très loin. Il arrive qu'on aperçoive des petits hommes bouger sur les berges, qui viennent traîner, trafiquer des trucs. Impossible de savoir quoi. Je ne sais pas s'ils me voient comme je les vois. Mais je n'arrive pas à m'enlever de l'idée que ce sont des gens d'une autre espèce. Comment vous dire ? Des ennemis, si vous voulez, une autre espèce. J'ai pensé porter des jumelles, et puis j'aime autant pas. C'est mieux comme ça.

Il allonge les jambes. À l'abri du vent, le soleil tape plus fort, on n'entend que le clapotis des vaguelettes du fleuve contre les berges, le froissement des roseaux et des herbes.

— Une fois, je me suis dit : j'y vais voir, nom de Dieu. Il n'y a qu'à traverser le pont à Villeneuve et suivre le bord. J'ai fait de la reconnaissance, en pleine jungle de Viets de merde, avec des drôles de voisins, en face, j'en reviendrai bien de cette expédition-là. Eh bien croyez-moi si vous voulez, mais j'y suis pas allé. Une trouille bleue, comme j'en ai jamais eu là-bas. J'ai rebroussé chemin. Je préfère les regarder de loin, me les garder en réserve.

Il éclate de rire, il se tape sur les cuisses.

— On s'en fait, des drôles d'idées, hein ?

— Sûrement, dit Aden. Des idées.

Il est midi passé quand Aden arrive à l'hôpital. Iana est réveillée, elle est agitée, son visage est rouge, luisant de sueur comme si elle venait de courir. Elle a les yeux ouverts mais pour autant ne semble pas comprendre où elle est. Elle adresse au plafond des regards exaspérés, elle parle une langue incompréhensible.

Le bruit de la rue paraît insupportable, un bus monte la côte dans un rugissement de moteur poussif orchestré par le tintamarre des klaxons et les assourdissants atterrissages, de minute en minute. Elle a l'air de lutter contre ce bruit pour rendre audible quelque chose qu'elle tire avec effort, occupée à son labeur solitaire, en plein midi. On dirait qu'elle arrache des bandages de pensées, des attelages et des courroies qui entravent son départ. Aden ne peut identifier ce qu'elle dit, des mots français mal articulés que la langue pâteuse et le palais mâchent trop longtemps, que hachent les dents serrées, ou bien des mots de langue étrangère. Encore un effort, Iana, ne te laisse pas décourager, remonte la pente. Aden a pris sa main, spontanément. Il tenait ainsi celle de Kerin dans les derniers moments de l'accouchement, quand il faut pousser si fort l'enfant dehors, l'expulser de soi avec une force de bête de somme. Un geste inutile, parce que la main de Aden ne participe en rien à la peine. La main de Kerin réclame sa liberté, elle s'arrache à l'étreinte, moite, elle revient, s'agrippe, exige de l'aide, mais s'il la prend, elle s'arrache encore pour rejoindre toute seule sa douleur autonome.

La main de Iana, froide et sèche, se laisse prendre ; on la dirait gantée d'une pellicule de froid qui la rend insensible. Aden étreint les doigts, le poignet, en vain, Iana ne quitte pas des yeux le plafond, elle semble se concentrer dans l'effort intense d'une extraction, cherche très haut de l'aide, non ici, prenant à témoin quelqu'un dont la distance en surplomb la désespère. Il pense que, dans la souffrance, elle est une grande bête de trait qui tire, et pousse sans parvenir à bouger la charge d'un millimètre. Religieusement, il écoute sa mère parler ; il en est sûr maintenant : extraite de gangue de gorge, de tourbe ou de vase, c'est la langue maternelle qui remonte. Elle ne la parlait plus. Pourtant elle est dans les entrailles de celle qui enfante, déjà imprimée en échos dans le fruit de son ventre, et celui qui naît a entendu les bruits dont bruissent les membranes, jusqu'au clapotis amniotique, jusqu'à son oreille inachevée. Larve du ventre de cette femme il a entendu du dedans cette langue vivante, dans l'hélice de son oreille interne, elle est venue visser la torsade qui donne chair et vie. Elle passe, rêve ou souffle d'ange annonciateur, d'un ventre à une oreille, au tympan en genèse ; il l'a entendue, il s'en souvient. Un ange messager préside à sa naissance dans le nuage d'Hiroshima, transmet cette langue non apprise, résumée au fond de son oreille, il lui semble qu'il la reconnaît.

L'infirmière en chef est venue par deux fois, elle hoche la tête, repart. Elle a expliqué à Aden que l'hématome a pu se déplacer, il a cessé de compresser la zone critique. Iana sort du coma. Est-ce qu'elle va mieux, demande Aden. Comment interpréter ces symptômes ? Si la conscience revient, tout va mieux ? La vie végétative, le sommeil ressemblent à la mort. Les yeux ouverts, la parole sont signes de vie. Il se désole de raisonnements aussi élémentaires, pas plus avancé que l'homme des cavernes, apeuré de voir son compagnon de chasse immobile à son côté ; il donne du bout des doigts des secousses, une bourrade, l'autre ne bouge pas ; il s'écarte, revient, craintif, prendre connaissance de ce sommeil trop profond, et bondit au loin dans la terreur sacrée de ce corps, vivant tout à l'heure, qui émettait du bruit, de la chaleur, à présent inerte, et il pousse des cris de joie, il danse, si la paupière se soulève, si l'autre râle ou geint. Pas un pas de plus. Aussi ignare qu'alors et pétrifié d'effroi, étreint par la même ferveur d'un signe, quel qu'il soit. Iana a retrouvé un aspect vivant, un masque expressif, mais comme séparé du corps, inerte. La chemise de nuit neuve achève d'isoler le visage au-dessus des boutons de nacre et du col en dentelle. Il gagne en surface, distend l'échelle faciale, larges joues plates, grand œil élargi, et la crête dressée du nez, il se défait et se recompose, s'exaspère d'une passion nouvelle. Ne m'enlève pas la force d'aimer, supplie Aden, ne me laisse pas seul avec la demi-lune inhumaine. Il se penche, écoute. Ce sont des mots de la langue étrangère, sans traduction. Elle a les yeux bleus, si bleus, il ne se souvenait pas. Un bleu de vitrail, de mozaïque byzantine, brillant, liquide, hérissé de cils, un œil minéral cerné de noir comme celui des Reines du Ciel en majesté. Elle ne voit pas son fils penché sur elle.

— Elle ne souffre pas, dit l'infirmière. Elle veut parler.

Qu'en sait-elle, celle-là, pour trancher avec autorité, que sait-elle de la souffrance d'une parole ensevelie ?

— Je ne comprends rien, dit Aden. Elle parle une langue étrangère.

— Mais non, dit la femme, tout à l'heure, elle a réclamé sa valise.

— Quelle valise ?

L'infirmière invente n'importe quoi, pourvu que les gens lui fichent la paix. Un mensonge pieux, pour le rassurer. Iana ne voyage pas. Elle n'a pas de valise. Elle ne reconnaît pas Aden, ni personne.

— Elle a réclamé sa petite valise d'osier et un café, ou un cahier noir, dit l'infirmière, encourageante. En sortant d'un coma ou de l'anesthésie, il y a quelques incohérences, c'est normal. Ce sont des souvenirs lointains ou des détails qui reviennent d'abord. Je vous assure que, de temps à autre, on comprend ce qu'elle dit.

Aden n'a aucun souvenir de valise en osier, il renonce à discuter. L'infirmière a dû intercepter des sons dont elle ignore le sens, elle les a interprétés, approximativement, en mots familiers, par voisinage. Comme s'il était impensable d'entendre autre chose que du français dans un hôpital français. Que cette soigneuse professionnelle vaque, qu'elle dispense les soins prescrits et les mots aseptisés à ceux qui en ont besoin, qu'elle s'en aille. Elle sort.

Iana poursuit sa litanie solitaire, elle erre dans les brouillards de son cerveau meurtri, elle rencontre des vocables enrobés de brume natale, sa première langue, oubliée de longue date, dont l'ordre et la grammaire ont disparu ; elle extrait, des grandes profondeurs, un cadavre de langue maternelle. Elle travaille et personne ne peut la rejoindre dans les décombres. Le débit est irrégulier, s'apparente à une lecture laborieuse. Cela vient de gorge, rocaille gutturale, se fond au palais, glisse épuisé aux lèvres, sapide, gluant comme des bulles de langue morte. À force d'écouter, de recueillir, au bord, cette parole inaudible, il finit par repérer des variations, il se soumet avec humilité, résigné à apprendre sans savoir, communiant dans l'effort à la mystérieuse délivrance. La langue clapote, chantonne, avec la voix ancienne des mères qui chatouille l'oreille du nourrisson, irrite et ravit son tympan, son palais, de vibrations sensibles en clefs musicales inouïes de nouveauté, le fait vagir à son tour dans le ravissement, la reconnaissance des sons préentendus, prévenus dans l'eau du ventre en annonciation, dans la première maison des bruits de son oreille interne. Oh ma mère, gémit Aden, front contre front ; incliné sur son visage, sur sa joue il pose la joue, il approche son oreille, recueille mot à mot à la source.

Il a grandi, et pensé vite, pensé menu, tout au long des années, dans la langue française qui le fonde ; en anglais, il rêve quelquefois, il parle à Kerin et à Paul ; mais l'autre ressuscite, qu'il ignorait en lui. Iana elle-même l'a si bien reniée, jusque dans sa grande colère d'amour contre Otar, elle l'oublie, et ses imprécations se font dans la langue adoptive. Peut-être savait-il, enfant, se bouchant les oreilles pour rester sourd au soliloque, que la langue morte travaillait, vindicative, meurtrière, qu'elle vivait, jumelle d'ombre dans les mots de désespoir. S'il a si mal entendu, au point de ne pouvoir aujourd'hui remembrer les souvenirs, c'est qu'il assistait à sa mise en pièces, son implosion mortelle. Il mesure seulement aujourd'hui, penché sur la femme vieillie, ce qu'il lui fallut de courage pour faire en sorte que son fils se sauve en langue française, apprenne à l'école, obtienne des diplômes. Elle signe le pacte avec le professeur, ce soir d'hiver, pour le pousser dehors, comme son dernier sacrifice. Et lui, jusqu'au-boutiste, s'est réfugié dans le langage le plus abstrait, les algorithmes de la logique formelle, l'algèbre boolien, à l'abri des réseaux d'intelligence artificielle qui n'ont ni corps ni mémoire, qui ne détiennent aucune histoire. Une manière acrobatique et magistrale de se tenir à l'écart, de se pousser tout à fait dehors. Pour ne pas penser à l'histoire des hommes, ne pas se mêler à eux ; pour assister, derrière l'écran des chiffres et des codes, à leur entreprise d'anéantissement, leur bricolage génial et meurtrier, noyés dans le bourbier des héritages. Un endroit d'où regarder crever les bulles répugnantes du cloaque. Quelle peur, Aden, quelle peur te garde immobile sur le seuil de la vie et t'en éloigne à chaque pas. Mais la pensée abstraite des machines à raisonner n'a pas résolu le problème des paysages intérieurs et leurs apparitions nuageuses, ni celui de l'amour, ni de la paternité.

Avec ce langage, Aden ne peut parler à son enfant, pas davantage à Iana et Kerin. Il ne réduit pas au silence le chuchotement nocturne, gémissement de mémoire enfantine, ne défait pas les plis du suaire de préhistoire dont l'enveloppement dans sa poitrine renferme un cri. La langue revenante de Iana a enfin déchiré son oreille, elle dit qu'il est Aden, un homme d'Europe divisée, contradictoire ; héritier du siècle, sans innocence, ni rédemption, et qu'il lui faut à son tour dire d'où il vient, si obscure soit l'origine, et où il marche, en dépit de l'obscurité.

Il prend dans ses bras la tête de Iana, encercle son visage et pose sur sa bouche un baiser navré ; en vain, car le corps n'est pas un livre de prières, une grammaire, un dictionnaire ; il mène son combat solitaire sans traduction possible. Aden caresse une surface, étreint un poids de chair, insensibles à sa peine. Il berce, en pure perte d'amour, cette femme dont il vient d'apprendre combien il était son enfant.

– Peut-être, dit l'infirmière, le docteur prendra-t-il une décision ce soir.

– Peut-être, dit Aden. Peut-être demain tout ira mieux.

– Demain, dit l'infirmière.

Aden redescend à la gare. Il fait soleil et vent vif. La ville vibre de tous ses bruits multipliés ; dans la trémulation incessante, les gens marchent vite vers quelque part, les trains roulent vers le sud, vers le nord, et les nuages passent, haut emportés.

Il tire de l'argent au guichet automatique d'une banque, en face du parking des bus de ville. Il traverse en courant le carrefour où foncent les voitures, librement.

Dans le hall de la gare, à deux heures de l'après-midi, il n'y a presque personne. Un groupe d'adolescents désœuvrés traîne près du kiosque à journaux, deux filles en tchador maltraitent le distributeur de tickets de train. Le professeur se tient dans l'embrasure d'une porte, l'air irrité de celui qui en assez d'attendre. Il s'est trompé de bouton en fermant son imperméable, qui pend piteusement d'un côté. Aden hésite, il fait volte-face, soudain animé d'une froide détermination.

— Vous, dit-il, en se campant devant l'homme, vous êtes monsieur Lardoz, dit *l'Ardoise.*

Le vieil homme lève des yeux craintifs. Il a sursauté à son nom, mais il s'est vite ressaisi. Il rentre le cou dans le col. Celui qui l'interpelle le domine de sa taille. Le ton peu amène a réveillé en lui un geste instinctif de parade, il soulève son coude.

— Pardon, bafouille-t-il, vous voulez quelque chose ?

Il bat des paupières, prend l'air maussade du passant importuné.

— Vous vous souvenez, demande Aden, à Jules-Ferry, la troisième A ?

Il a envie de l'empoigner au col, de le secouer. Lardoz détourne ses yeux mouillés, se penche vers la sortie qu'obstrue Aden de toute sa carrure.

— Évidemment, dit Lardoz, évasif, comme s'il pleurnichait.

Qu'est-ce qui lui prend, soudain ? Ce rôdeur de gare, perdu dans ses pérégrinations séniles, ne l'intéresse pas. Mais il s'est trouvé sur sa route une fois de trop. Aden veut en finir avec ce fantôme, le remettre à sa place. Pendant ce temps, Lardoz a tiré un grand mouchoir sale qu'il étale complaisamment, il cherche une place, se mouche. Il tamponne son nez humide, attend sournoisement la suite des événements.

— Et moi, insiste Aden, vous vous souvenez ?

Le vieux professeur se redresse. Il se drape dans sa dignité menacée, affronte l'adversaire. S'il s'agit de lui extorquer l'aveu d'un oubli, il ne craint plus rien, il est dans son droit.

— Non, jeune homme, lâche-t-il. Rappelez-moi votre nom ?

Aden a reconnu le ton. Comme si derrière la voix geignarde remontait l'autre, celle qui résonnait entre les quatre murs de la classe, tonnait et menaçait. Le père l'Ardoise était célèbre pour sa sévérité, il avait la réputation de soulever le récalcitrant de sa table par les petits cheveux autour de l'oreille et de le jeter contre le tableau. Aden ne le craignait pas. Il trouvait de la séduction à cette voix d'autorité, vibrante d'indignation, animée d'une juste colère contre les pitres et les imbéciles ; aux éclats de la voix magistrale qui proférait la vérité, dont la bonté dispensait le savoir à une assemblée de sauvages ignares, indignes d'accéder aux rudiments de la science, il vibrait de dévotion. Aden trouvait légitimes ces menaces qu'il prenait au pied de la lettre ; il était de son camp, rallié. Sous le courroux, il postulait l'amour, puissant, désintéressé, se voulait collaborateur du juste et du vrai. Tout cela apparaît tellement lointain qu'il n'a pas de remords. Affamé d'apprendre, amateur d'ordre et de sécurité, il avait trouvé en Lardoz le maître espéré. Les lâchetés des enfants sont à la mesure de leurs peurs. Aujourd'hui cette voix lui semble celle d'un ventriloque.

— Vous attendez quelqu'un ? demande-t-il, radouci.

— Oui, oui. Pas tout de suite. Tout à l'heure. Quelle heure est-il ?

— Deux heures, dit Aden.

— Rappelez-moi votre nom ?

— Aden Seliani.

Il cherche. Il fait semblant. Aden n'est pas dupe de la mimique. La moue arrive, tremblotante.

— J'en ai eu des élèves, des noms... Peut-être bien, ça me dit quelque chose.

Il plisse toute sa figure, explore les traits de Aden, non pour retrouver l'ancienne physionomie de son élève dans les traits de l'adulte, mais plutôt pour déceler si cet individu a de bonnes intentions. Il est dans cette ville l'objet des railleries et des mauvaises farces ; tant d'enfants d'anciens élèves à qui les pères ont désigné une fois le vieux fou de la gare à leurs moqueries, en souvenir des punitions d'alors. Soudain inspiré, ayant apparemment tranché dans le doute :

— Vous ne prendriez pas un verre ?

Le café de la gare est bondé à cette heure-ci. Pas une place au zinc où s'agglutinent les ouvriers en bleu de travail, des femmes entre deux âges, abonnées au petit blanc, et des garçons avachis, grimpés sur les hauts tabourets. Dans la salle, des groupes, des couples, finissent de déjeuner d'un croque-monsieur, d'une omelette, dans l'odeur de friture et de tabac. Les voilà installés face à face au fond de la salle, contre un miroir, près d'une plante verte en plastique. Le vieux professeur a déboutonné son imperméable, il se met à l'aise, tout excité par l'opportunité. Aden commande un sandwich-bière, Lardoz un verre de côtes-du-rhône.

— J'étais votre meilleur élève, dit Aden, comme s'il justifiait ainsi l'abordage.

Il rougit aussitôt. Ce retour de la formule l'a surpris, toute neuve, prête à l'emploi.

— Je veux dire, corrige-t-il, que j'étais bon en maths.

— Naturellement, dit Lardoz d'un air dubitatif. Vous n'êtes pas d'ici. Vous n'habitez pas Villeneuve ?

— Non, dit Aden. Ma mère a eu un accident, je suis venu la voir.

— Très bien, dit Lardoz, et il plonge avidement dans son verre de vin rouge qu'il vide d'un trait.

Ce n'est pas le professeur, ce vieillard aux mains rougies, aux cheveux rares et jaunis, plaqués vers l'arrière, dont l'allure étriquée dissimule mal le renoncement. L'imperméable entrebâillé laisse voir un pull-over tricoté à la main, une chemise au col démodé. Tout le personnage exprime la détresse morne qui s'empare des corps quand la vie a reculé, le désir d'action, le besoin de détenir et d'affirmer sa place.

— Vous habitez par là ? demande Aden, juste pour entretenir la conversation, parce qu'il a hâte à présent de quitter le vieux, de le laisser à ses rendez-vous ferroviaires.

Il regrette le vain élan qui l'a jeté vers lui.

— Par là. Il envoie un pouce par-dessus son épaule. À la maison de retraite des Bleuets. Vous connaissez ?

Aden fait non. Il entame son sandwich. La rencontre tourne à la débâcle. Qu'avait-il espéré d'autre ? Revisiter le passé entre survivants improbables de ce coin de banlieue, faire le procès du détournement d'enfant opéré sous la lampe de Iana Seliani ? Quel rêve de malade.

— C'est pas mal, continue Lardoz, tenant son idée. C'est propre, bien tenu. Ils changent les draps, ils font le ménage. Je peux sortir quand je veux, et même aller à Paris passer la journée, si ça me chante, sauf qu'ils ferment à sept heures. Mais je me plains du bruit. Pas d'insonorisation aux fenêtres. Trop de parquets cirés, ça glisse. La cuisine aussi est mauvaise. Toujours pareille. Et pas d'alcool dans les chambres, ils sont stricts. Je suis veuf, conclut-il sèchement.

Il a fait l'inventaire avec la même sévérité qu'une remise de devoirs, quand il cassait sa craie, de rage, sur le tableau. Il commande un autre verre d'un grand geste de crawl que le patron semble connaître. Il est à nouveau tourné vers Aden, il baisse ses yeux sur ses mains étendues, ouvertes et molles, de chaque côté de son verre vide. Il ressasse ses griefs, le bilan positif, négatif, comme s'il le prenait à témoin.

— Encore heureux, dit-il faiblement, que j'aie ma retraite pour payer la pension. J'ai fait donation de ma maison à ma fille, elle l'a vendue aussi sec. Normal, elle habite à Aix. Qu'est-ce que vous voulez qu'elle fasse d'une maison à Villeneuve ? De toute façon, j'aurais eu l'entretien, le chauffage, les assurances, et les impôts. Autant qu'elle ait vendu.

Elle vient me voir par le train de 15 heures 32, ou celui de 19 heures 02. Depuis Aix, c'est pas facile. Ici, il n'y a pas d'arrêt, il faut qu'elle descende gare de Lyon. Ça me fait drôle de voir passer son TGV à toute vitesse.

Le professeur déménage, il traîne d'un bout à l'autre de la ville, se rend à la gare pour voir passer les trains et rentre à sept heures. Il croise ses pas dans un sublime concentré de banlieue qui a raturé cinquante années de sa vie comme un vieux brouillon plein de fautes de calcul.

— Elle vient souvent ? demande Aden, poursuivi par un besoin de cruauté pour ce récit de vieux fou.

Lardoz réfléchit.

— Ça dépend, dit-il sobrement.

Et il regarde bien en face l'ancien élève, lourd de reproche. Le deuxième canon a balayé ses pensées, ses mains entourent le verre avec reconnaissance. Il sourit.

— Vous m'avez sauvé la vie en troisième, dit Aden, mais il ne sait plus si la méchanceté l'inspire ou la lassitude de cette scène passée qui sombre dans la confusion. Vous vous souvenez ?

Visiblement, le professeur ne se souvient pas. Il approuve d'un vague coup du menton qui ne l'engage à rien, interroge de l'œil, méfiant.

— Vous m'avez poussé à faire des études. Vous vouliez que j'échappe à ma condition, hein ? J'ai fait une école d'ingénieurs, j'ai escaladé l'échelle, vous pouvez être fier. Mission accomplie, cinq sur cinq. Bonne copie. Me voilà programmeur informaticien, avec un salaire de trente mille francs, un métier gratifiant qui me laisse des libertés. Je voyage, je vois du pays. Je travaille à la promotion du langage informatique dans le commerce et l'industrie. Aujourd'hui, le marché des ordinateurs est en pleine expansion ; la ménagère tape sa liste de courses sur son clavier, la banque débite son compte sans qu'elle quitte son fauteuil ; les robots informatisés fabriquent des machines à fabriquer des robots. Heureusement que vous m'avez tiré de l'apprentissage. On envoie des têtes chercheuses par-dessus les pôles, pas un pou ne manque au total. D'ici, vous commanderiez à une porte de se verrouiller à l'autre bout de la planète. Qu'est-ce que vous dites de ça ?

— Je me souviens, dit Lardoz. Seliani. Vous n'étiez pas si bavard.

Il boit un coup, s'essuie du revers de la main.

— Votre mère était veuve. Italienne, non? Ou roumaine ?

— D'ascendance moldave, dit Aden, féroce. Ou arménienne. Mariée à un réfugié géorgien, ou quelque chose comme ça.

— Je vois, dit Lardoz, distraitement. Vous étiez bon en algèbre.

Soudain, il s'effondre sur son verre, penche dangereusement vers Aden.

— J'ai rendu ma carte au Parti, souffle-t-il, tragique.

Aden s'apprêtait à la riposte, la confidence le déconcerte. Il compatit, prudent, d'un hochement de tête.

— À cause de Gorbatchev, la glasnost, la farce. D'ailleurs, ils l'ont débarqué, vous avez vu, mais trop tard, sacré nom, trop tard.

— J'ai vu, dit Aden.

— J'avais des convictions, continue Lardoz, sur sa lancée. J'y croyais. Résistant, et pas de la dernière heure, militant, la lutte des classes, ils disent que c'est fini, nom de Dieu. Vous gagnez de l'argent, jeune homme, je vous félicite, vous remplacerez Lénine avec vos tas de marks et les prières des popes, hein? Il faut des convictions, vous êtes au courant ?

Au courant de quoi, Lardoz? Du délabrement des blocs, de l'éparpillement des rats de la STASI et du KGB ? Ils se sont juste déguisés en civils, soyez tranquille. La fin des lendemains qui chantent. Pour qui chantaient-ils ? On a soulevé le couvercle, dessous c'était pire qu'avant, d'ignorance et de haines rassises.

— Quand les peuples perdent le sens des valeurs sans que s'éveille la conscience morale, ils vont au massacre, dit le professeur, le doigt levé, comme dans la classe de troisième après l'énoncé d'un théorème.

Il s'est redressé, terrible.

— Ils vont au massacre, bien fait.

— D'accord, dit Aden, très las.

— C'est pas enseigner, que j'aurais dû, dit Lardoz, c'est poser des bombes, tant qu'il était encore temps.

— D'accord, dit Aden. Des bombes.

La voix du vieux tremble d'émotion, il s'est reculé. Cette rencontre a fait remonter en lui toute l'histoire, son exécution insidieuse au fil de tant d'années de certitudes déçues et d'attente différée qui ont accompli le travail de sape. Sa figure est froissée comme s'il allait pleurer, mais il ne pleure pas, il s'empare de son verre et le vide d'un trait, fait claquer sa langue. Tout d'un coup, il n'est plus qu'à son plaisir de l'instant, la sensation satisfaite de son palais, la gorgée avalée, autant de pris. Aden se lève, rajuste son blouson. Alors le professeur s'inquiète, il jette un regard traqué vers le comptoir, le patron qui veille au grain pour encaisser les consommations.

— Un autre, commande Aden, et il laisse un billet sur la table que le vieux subtilise aussitôt en silence.

À quelques pas de là, Aden se retourne. Entre les sihouettes des consommateurs, tout au fond du café, le dos de Lardoz s'est tassé, sa nuque ploie. Il n'a plus devant lui que la plante verte, la banquette vide. Peut-être pense-t-il avoir rêvé que se tenait en face de lui l'ancien élève, le partenaire de combat. Pris de honte, Aden voudrait revenir, soulever de sa chaise le vieux professeur et l'obliger à se tenir debout, tête haute, qu'il ressemble encore à celui qui avait pour théâtre l'enseignement, grand cabot sur sa modeste estrade, qui prenait exagérément au sérieux sa mission de pédagogue, celui qu'il trouva sur le seuil de sa porte, un soir d'hiver et dont il fit son ennemi. Celui qui brandissait les promesses d'avenir, un héros respecté, redouté comme haï, droit debout, en adversaire véritable, et non ce fantôme effondré, ruminant ses calamiteuses chimères, avec son petit père des peuples chiffonné dans le fond de la poche. Lardoz est devenu le triste, triste guerrier égaré qui mendie des verres de vin rouge chaque jour aux passants de la gare, en attendant la descente de l'ange en TGV. Entre-temps, Aden s'est détourné, il marche vers la sortie. Dehors, le soleil d'automne éblouit le toit des voitures, la forêt des caténaires et des lignes électriques du chemin de fer. En avant, Otar, en avant.

Lewert pivote mollement sur son fauteuil. À travers les vitres, le soleil frappe de biais son visage fatigué. Il est rentré en début d'après-midi de Dubaï, son taxi l'a déposé à l'Agence. Malgré la douche rapide, il n'a pas récupéré.

— Écoute, Aden, ne perdons pas de temps en bavardages. On va liquider cette affaire tout de suite.

— Je ne suis pas venu bavarder, dit Aden. Je suis pressé.

— Bon, alors tu veux combien ?

Il pivote, l'air ennuyé. Coline l'a mis au courant, dès son retour, il y a une heure à peine. De la visite de Aden, de son investigation dans les pièces comptables. Rien de méchant apparemment, cette histoire le contrarie à peine. Ce genre de choses arrive, l'employé privilégié qui s'avise de faire monter les enchères. Il n'a pas eu le temps de réfléchir, Aden a déboulé dans le bureau sans prévenir.

— Combien selon toi ? lance Aden.

— Tu n'avais pas besoin de venir fourrer ton nez dans les fiches de salaire, tu n'avais qu'à demander à Coline.

— Les fiches de salaire, je m'en fous, dit Aden. J'ai travaillé avec le JobLog de son Mac, juste une vérification des manips de la maison.

Lewert accuse le coup en silence.

— J'optimise les ressources de l'Agence, laisse-t-il tomber.

— J'aurais préféré être au courant, en tant que ressource.

— Qu'est-ce qui te prend, tout d'un coup ? Assieds-toi.

Aden ne s'assoit pas. Une péniche remonte la Seine, avec son sillage d'écume dorée, et les mouettes l'accompagnent. Il va quitter ce point de vue.

— Arrête de faire l'idiot.

— D'accord, dit Aden. J'arrête.

— Bon, dit Lewert. Je préfère que tu m'épargnes tes discours. Je suis inattaquable, de toute façon. Je ne vais pas te faire un dessin, c'est la conséquence logique de notre développement, en toute légalité.

— Je sais, dit Aden. Et les discours, c'est toi qui les fais, en ce moment.

— Ça se chiffre à combien, selon toi ?

— Quoi, dit Aden, pris de nausée.

— Ton dédommagement.

Pas de réponse. Dans l'axe du soleil, la percée sur la Seine est devenue éblouissante.

— Soyons clairs, dit Lewert. Je ne cède à aucune pression. Le rapport de forces est correct. Mais tu m'emmerdes. Qu'est-ce qui te prend ? Tu as des états d'âme ?

Il n'a pas fini sa phrase que Aden l'a déjà soulevé de son siège, il l'empoigne et le dresse contre le mur, serre à la gorge. Lewert ne résiste pas, il perd son souffle très vite, la tête renversée. Aden pense que tuer cet homme serait physiquement facile, de l'ordre des possibilités simples et répugnantes.

— Lâche-moi, hoquette-t-il, on va se rendre ridicules.

— D'accord, dit Aden, brusquement calmé. Liquidons.

Lewert s'éloigne, passe une main dans ses cheveux ébouriffés. Il rajuste sa cravate.

— Dix unités, dit-il. Ça va ?

— Ta gueule, dit Aden. Je me tire.

— Ah ! C'est ça, ton chantage ? Qu'est-ce que tu veux ? On va pas faire le réveillon là-dessus. Tu prends un mois de congé, je te file quinze briques, et on n'en parle plus.

— De rien, dit Aden, on ne parle plus de rien. J'arrête.

Lewert s'est mis à marcher de long en large, il bouscule une chaise, au comble de l'exaspération. Il a oublié l'algarade.

— Tu es complètement timbré. Je ne sais pas ce qui s'est passé à New York, mais tu as la tête à l'envers. Qu'est-ce que tu crois ? demain matin, j'embauche n'importe quel petit con à ta place. Il y en a dix comme toi devant la porte.

— Très bien.

Il est à la porte. Lewert s'est rassis, épuisé.

— Arrête, Aden. Tu me mets dans la merde.

— J'espère, dit Aden. C'est une petite consolation, mais quand même.

Comme il traverse le bureau de Coline, il lui souffle un baiser, du bout des doigts. Lewert hurle :

— Salaud. Va te faire foutre.

Iana est morte à cinq heures du soir.

L'infirmière-chef a appelé vers huit heures, elle s'est excusée. Du dérangement. Vous ne me dérangez pas, a dit Aden. Et elle s'est excusée une deuxième fois, de la formule maladroite. Un nouvel infarctus, dans l'après-midi. Vous n'êtes pas obligé de venir tout de suite, a-t-elle précisé, rien ne presse. Rien ne presse.

La nuit est tombée très lentement, ce soir.

Le vent arrachait des envolées de feuilles, retardées longtemps dans la lumière crue du ciel, Aden marchait à sa rencontre. Après avoir quitté l'Agence, il a d'abord marché sans penser à rien vers l'est de la ville, le long des quais, et sous les arbres des Tuileries. C'était cinq heures du soir, le vent emportait les feuilles tourbillonnantes autour de lui, il faisait froid. Il était d'accord avec ce froid, avec ces feuilles, avec la nuit lente à venir. D'accord pour avoir décidé de laisser tomber Lewert. Sans héroïsme. Il sait qu'il ne sera pas longtemps sans emploi. Mais il va attendre, réfléchir. Partir peut-être pour un voyage, avec Paul, avec Kerin, si elle voulait. Pour l'instant, rien ne presse. Il ne pense à rien de solide et d'arrêté. Il marche, un genre d'état d'âme. Il aurait voulu d'abord être utile à quelque chose pour des gens de son espèce, pas d'ici. Des gens de son espèce, seuls. Faire un effort jamais tenté. Il aurait voulu croire. Une croyance plus grande que sa poitrine, un genre d'état d'âme à venir, pour ne pas être seulement héritier de la lignée, sans s'être élevé. Non pas sur l'échelle du meilleur des mondes possibles, avec des souliers en peau d'homme cirée, cravate assermentée, les dents brossées. Sans s'être haussé au-dessus de l'ignorance, un petit doigt au-dessus. Trop longtemps éduqué à sa limite, à l'acceptation de ses frontières, cela autorise tout juste la révolte stérile contre un Lewert de pacotille, cette maigre vengeance ne change rien. Comment Iana aurait-elle pu m'« élever », elle que la vie a mise à sa place, sévèrement tenue à sa place. Malgré sa colère, sa fureur impuissante de femme obscure contre l'impossibilité de changer rien, malgré sa grande et juste indignation de toute une vie, elle ne s'est pas élevée. Il aurait voulu devenir capable d'un acte de foi, croire en un dénouement possible, à cinq heures du soir. Un doigt au-dessus des demi-vérités, des oublis, à hauteur de l'effort exigé, le moment venu.

Iana est morte à cinq heures du soir. Il faisait beau et froid, clair sur Paris, où la nuit vient si lentement, s'allument les éclairages du commerce, les phares des voitures, sur les ponts, le long des berges en un ruban frénétique au milieu duquel il marchait à son pas, sans penser à rien.

Vers huit heures, l'infirmière a appelé. Le téléphone l'a sorti de la douche. Il grelottait en peignoir de bain, à côté du téléphone, à cause du grand froid soudain qui surprend chaque automne. L'acacia perd toutes ses feuilles, contre la vitre. Il gèlera cette nuit dans les jardins vers Vigneux. Sur les frontières d'incompréhension. Ici se présente une frontière derrière laquelle tout est différent. La vitre. Un fleuve, une baie. Une invisible frontière d'intelligence. Iana avait des antécédents, on peut comprendre. Cette mort sur le front, son cerveau et son cœur tant malmenés, maltraités, on peut comprendre. Mais la frontière. Est-ce que Iana sera encore quelque part ? Est-ce que quelqu'un bouge sur les berges, de l'autre côté ? Sur l'autre rive de la baie, sous les arbres de la réserve Shinnecok que voile une brume impalpable. Quoi voir venir qui ne soit, d'avance, défiguré.

Il tremblait de froid encore, habillé et chaussé. À Paul, il parlait en anglais.

— Est-ce que tu vas venir ? demande Paul.

— Pas tout de suite, dit Aden. C'est difficile.

— Je vais venir, dit Paul. Blaoum.

— Peut-être avec Kerin. Tu es encore petit.

— Oui, mais je sais comment on vient.

— Que sais-tu ?

— En volant, en marchant.

— Tu regardes la télévision ?

— Oui, dit Paul. Tchafff. Est-ce que tu arrives, maintenant ?

— Oui, dit Aden, je vais venir bientôt. Passe-moi Kerin.

— Elle vient, dit Paul.

— Je t'aime, dit Aden.

Même les chiens pleurent, c'est facile, Otar. En avant.

Il se trouva aussitôt rue des Pyrénées. Il éprouvait le besoin de marcher, d'obéir à l'impatience de ses jambes. Soudain, il marche, le vent vif l'accompagne où il va. C'est d'abord, rue des Pyrénées, une manière de départ sans savoir où dans la nuit, à travers des lumières, parenthèse de silence après l'autobus et derrière le monsieur arabe très propre, très correct, qui porte une baguette de pain en travers de sa poitrine, parenthèse de son visage souriant quand le vent rabat sur lui la bâche de l'épicier. Aden passe, laisse défiler coin d'œil gauche les façades de la rue, vitrines de boutiques noires, rideaux tirés, portes et couloirs, le vent l'attire et pousse, rien ne résiste à l'avancée de son corps solide sans pensée. Le feu vert lui donne la pente abrupte, rue de Ménilmontant, il va plus vite, s'enfonce plein sud vers la ville, sa trouée de toits au loin et Pompidou illuminé. Il plonge vers ce décor froid piqué de lumières clignotantes, chaque fois un feu vert lui ouvre le passage pour descendre, lancé vers où il ne sait.

Il sait. Le quartier et tout l'Est de Paris, nulle part il ne se perd, ce sont des réseaux de rues familières, rien ne le retient, c'est d'ici qu'il part, ce serait n'importe où pareil. Le temps de quitter, s'éloigner. Il se dit qu'il se dirige vers une ligne de métro, mais qu'auparavant il marche pour la mort de Iana que rien ne signale. Sa marche accompagne en lui un déplacement très grand qu'il a senti dans le froid, tout à l'heure. Béance indolore, récente, dans le tissu déchiré, on croirait intact. À quelle échelle mesurer la distance entre cette déchirure insensible et la douleur à rejoindre. Il voulait un dépaysement brutal pour prendre contact, non le défilement du quartier connu, il doubla l'allure, emporté par une exaspération physique nouvelle que l'écho de ses pas solitaires accompagnait dans de subits étouffements de silence, la pétarade d'une moto, un concert de klaxons, il sentait son pas jusque dans son ventre. Il voulait quitter l'élancement paisible des immeubles nocturnes, éclairés derrière les vitres de lumière domestique, celle qui se referme sur les foyers, les tables familiales, avec la lueur tressautante des écrans de télévision, les mêmes tables, la même imagerie emphatique encore ce soir, de ruine yougoslave, ou kurde, ou libanaise, la même ruine esthétique des archives polyvalentes, en décor aux visages d'enfants, d'hommes rendus muets d'éloignement par le faux émoi des tables du soir, une souffrance assassinée une deuxième fois par l'écran des téléviseurs. Il se mit à courir dans la pente. L'essoufflement, la pointe au côté, ce n'est rien, pas cela, la douleur à venir bascule vers quoi, Iana.

Il est parvenu rapidement au boulevard, dans les clignotements rouges des restaurants chinois, la foule devient dense et ralentit son pas, entrave le départ. Il navigue à vue parmi les corps encombrants d'hommes sombres, Turcs des ateliers clandestins, Arabes de Belleville, descendus avec lui vers quel rendez-vous, ils tournent sur place, s'accoudent aux poubelles, aux barrières de voirie, accroupis contre les murs. Aden enjambe des jambes, ralentit, l'air manque. Ils fument des cigarettes, ils sont éblouis par la lumière des phares, leurs yeux se voilent, colonies séparées, cloisonnées de dos hostiles ; pour traverser, il faut se glisser, trouver la brèche du mur compact qu'ils forment. Il franchit l'obstacle d'un chantier en pleine chaussée, bifurque, s'engage dans la première rue solitaire qui descend encore, rencontre lentement une famille africaine, la troupe de petits enfants aux tresses hérissées qu'escorte la mère en boubou bariolé, elle chante, vaillante. Il fait froid, le vent pousse fort vers où il va, il pense qu'il va geler ce soir sur les artichauts, et au coin de berge, aux roseaux que froisse la nuit froide, il avance vers quelque chose ressemblant à ces lieux écartés dont aucune carte ne signale l'emplacement. Dans cette netteté de nuit froide, en avant !

Iana est morte, Otar, son cerveau bleu dessine sur l'écran blessé de la ville une carte appropriée. Est-ce que quelque chose en est changé, des ombres qu'on croise, êtres humains ? Propulsé de manière autonome, vers un point précis, dans le sens de la déchirure, il va vers une ligne, un métro. Une ligne avec connections et correspondances, le réseau logique d'un cerveau urbain qui mènerait quelque part.

Boulevard Magenta, il faisait plus clair, d'un bout à l'autre, pour choisir un but ; il reprit le fil de l'itinéraire, droit sur République. Mais chemin faisant, opta sur gauche, puis sur droite, pour des rues moins vastes, un square désert aux buissons frissonnants, chuchotants, un passage encaissé. Tout cela dépassé, il est sur le bord du canal Saint-Martin. Là, il s'arrête, circonspect. Rien ne ressemble à son trajet, dans ce dédale il n'est pas perdu. Ligne des arbres noirs, pavés, berges du canal, il escalade en vitesse un pont, s'arrête au-dessus de l'eau, le temps d'un remous, à l'aplomb. Il fait le point. Depuis une heure, il n'avance pas, il a seulement descendu en zigzag des quartiers hauts vers l'eau. Il se rend. Rien ne presse, n'attend. L'urgence est dépassée. On a tout le temps, Otar.

Dans un bar, il commande un café-cognac au zinc. C'est un bar en couloir, près du canal. Au premier regard, le garçon l'a démasqué, et il voit, dans le miroir enfumé du fond, un type pas d'ici. Aden en blouson, épaules tassées, lunettes sur le nez, irrité de chercher si près des choses trop lointaines, comme le dépaysement, l'effarement d'un début, la perte des frontières. L'alcool lui rappela qu'il n'avait pas mangé, il commanda un sandwich. Saucisson ou camembert proposa le garçon, mauvais. Il n'osa pas dire ni l'un ni l'autre. Dehors, il cracha la bouchée mâchonnée, lança le reste loin, comme la vieille de New York, eut honte aussitôt d'avoir mimé son geste comme un mauvais étudiant de théâtre. Plus d'enfantillage, décida-t-il, et il se mit en route.

L'air manqua, il s'aperçut qu'il avançait en titubant, entravé au point qu'à tout instant il allait falloir s'arrêter, reprendre souffle. Mais s'il étouffait ce n'était pas du rythme de la marche, s'il manquait d'air, c'est que la ville conspirait à son asphyxie, retardant son départ.

Pourtant, déjà place de la Bastille du temps a passé, fermant quelques passages d'absence, de distraction. De longs segments inarticulés restent pointillés, mais il est sur la place. L'opéra rutile, les cafés scintillent, des manèges tournent, des taxis, des motos ; sous les arbres, il réfléchit. La marche est bonne conseillère. Il se souvient : gare de Lyon, à cinq minutes. Plein est, une rue obscure, il oblique plus loin sans tout à fait se perdre, à l'écart des avenues, coupe, revient vers Bastille, effaré de tourner en rond sur un terre-plein minuscule, il avait la ville sous les pieds, piétinée, reniflée, ombres et lumières découpées, entailles électriques, nulle part qui ne soit connu, déjà écrit. Cette marche trace une lettre initiale, en calligraphie dictée. Il cherche à se déplacer, beaucoup plus loin. Donc, évite gare de Lyon, par La Râpée gagne la rive, traverse à Austerlitz. Le jardin des Plantes et le haut édifice du musée le chassent du côté de la gare, il s'engouffre dans l'avenue qui file droit sous les arbres noirs, désormais librement lancé.

Il ne cherche plus une station de métro, un terminus de trains. Cette fois, il marche, il se perd de vue dans un vrai départ. Il est vite parvenu à l'élan mécanique, sans plus rien prévoir que l'instant d'après, l'allongement régulier du pas, la physique équilibrée des membres balancés. Puis ce furent, après les derniers cafés, un immense chantier désert, crevé sous les projecteurs, calme, et sauf le passage de quelques voitures, vraiment calme d'éloignement. Il sentait, loin derrière, la ville se détacher, continent largué, lourd de poussière électrique à l'horizon nocturne. Il comprit qu'il se rendait à pied là où il allait. D'accord, dit-il à voix haute. Plus loin, il coupa en courant l'échangeur du périphérique, sous le grondement des voitures, dépassa des ponts sur la Seine, et le décor changea plusieurs fois. Depuis quelque temps, il longeait une rue d'entrepôts, d'usines, des façades d'ateliers aux vitres brisées en étoiles poussiéreuses, derrière des barreaux, une suite de garages désaffectés, constructions sinistres d'abandon, cimenteries aux portes fermées de grosses serrures, grillages, barbelés sur des murs de briques écaillés, et plus personne, pas une ombre, sinon, très loin, sur une avenue, un camion-remorque, un taxi filant en éclair, rendus silencieux par la distance. Il ne savait où il se trouvait, mais il n'était pas perdu, identifiant l'alternance de zones commerçantes des centres, aux cafés éclairés, aux magasins d'électro-ménager ou d'immobilier, et de quartiers résidentiels ou industriels, déserts. Du côté d'Ivry, ou Vitry, pensa-t-il, sachant qu'un carrefour donnerait l'indication, tôt ou tard. Pas perdu, si près de la ville qui n'oublie jamais son centre et sa périphérie, noie les contours sans perdre le nord. Il n'était pas déçu puisqu'il ne cherchait pas à se perdre, mais à s'éloigner. La dérive, et ses simulacres d'aventure urbaine, il y avait un peu joué à New York, pour se faire mal, n'avait réussi qu'à tomber au bord d'un trottoir. Je voudrais trouver un endroit pour m'y accorder, me trouver chez moi, derrière le trompe-l'œil des architectures. C'est pas chez moi, ici, s'écria-t-il avec rage, et les larmes brusquement lui montèrent aux yeux parce qu'il rentrait chez lui. À Villeneuve.

Un voyage à pied, qu'il n'avait jamais fait. On ne fait pas ces voyages-là, dans les villes laides. Iana est morte dans la réalité. Il ne peut qu'avec son corps traverser le passage des morts, essayer d'aller vers elle en prenant le temps d'apprendre. Il n'apprend pas. La banlieue ressemble à n'importe où ailleurs, répète interminablement ses pavillons, ses cheminées, sa suite de faux centres et de fausses rues fusant dans toutes les directions. Et son corps n'apprend que le froid de la nuit d'automne, le vent qui coupe le souffle. Une fois, il voit au loin une bande en train de dépouiller, au bas d'une allée, une moto couchée. Il change de trottoir, quitte cette rue et fait un détour ; une fois un fourgon de police remonte lentement l'avenue, il reste à l'ombre des arbres jusque après son passage. Il se met à courir, à perdre haleine. Il déboucha tout d'un coup sur un cul-de-sac, une sorte de port, des quais près de l'eau noire, non loin d'un pont ferroviaire. De l'autre côté, on entend l'autoroute, des giclées hurlantes de moteurs emballés. Mais ici, tellement paisible. Quelques tas de gros sable, des barges amarrées. Il eut un long frisson de découragement, se laissa tomber sur un banc de parpaings. Personne dans le coin. Il prit son visage dans ses mains.

À New York, il s'était perdu. Au début, il se tenait sur ses gardes, peut-être allait-il se passer quelque chose. Il était sous le coup du KO asséné par Owen, une histoire d'Indiens et de pêche, l'après-midi d'automne en barque au milieu de la baie, et la session informatique ouverte, pour service rendu au corps mort du père. Une histoire sans rime ni raison qui ouvre les yeux sur l'autre côté des choses. Il s'est mis en marche dans la ville, sans la carte, avec l'espoir très naïf d'aller au hasard. Il prend une rue, coupe des avenues, redescend vers le sud, revient sur ses pas, compte trois rues, remonte l'avenue suivante, encore trois, tourne à gauche, oublie le compte. Géométrie sommaire, vide d'aventure, refusant la direction, l'appel d'une perspective ouverte, volte-face brusques, méthodiques. La configuration de la ville se prête au quadrillage, toujours les mêmes feux, les mêmes signaux urbains que sa vitesse rejette dans le sillage arrière, jusqu'à brouiller toute piste et son souvenir. Jusqu'à ne plus savoir s'il croise ses pas, déporté vers le nord, et vers l'est, il atteint le bord d'un fleuve, au bout d'une rue constamment laide, hérissée de ferrailles, de refuges en carton pour les sans-abri, des murs écroulés, l'élancement d'un pont aux piles monumentales, et il voit le fleuve, plaqué d'or, huileux, longe des docks sous les poutres en fer du métro aérien, dans les déjections d'une décharge se met à courir, parce que quelqu'un a appelé, il coupe un long jardin où dorment des gens, erre longuement dans une zone de maisons basses, bardées d'escaliers en fer, mais plus loin, sur des blocs sombres, constellés jusqu'à hauteur d'homme, il suit un entrelacs d'écritures en tags enchevêtrées saturant la surface des portes, des caves, illisible, illisible.

Devant lui, soudain, au coin d'une avenue, il voit une vieille femme tirer de sa poche un quignon de pain, dont elle mord, arrache un morceau, et jeter le reste loin devant elle au milieu de l'avenue où filent les voitures. Puis elle reste les bras ballants, les yeux fixés sur la chaussée. Quand il est près d'elle, elle est vieille, elle porte des socquettes, un chapeau plat, elle a retrouvé son apparence délabrée. Pourtant l'instant d'avant, le geste fulgurant a révélé sa force de lanceur athlétique, la vigueur que cachent ses nippes. Aden a vu la beauté s'emparer de la vieille, et la quitter. Au moment où il la dépasse, il envie sa colère solitaire. Il ne fait plus qu'avancer désormais, plongeant de plus en plus profondément dans une ville engloutie entre des murailles d'aquarium, plus loin dans la profondeur liquide de ses murs réverbérés sans parvenir nulle part qui décide la fin de sa course. Depuis longtemps, il était dans un demi-rêve sourd, ayant presque perdu sa pesanteur terrestre, épargné par une quelconque impression de fatigue, déjà se figeaient images et pensées, dans une vision trouble où seule la lumière enfermée dans les murs semblait stable, comme matérielle, captée et concassée par le verre des murs, une lumière qui pouvait tout d'un coup voler en éclats, s'éteindre comme un coup de feu, depuis longtemps il glissait hors de lui-même en l'absence de toute autre sensation que celle d'échapper à quelque chose de promis, yeux grands ouverts, voilés de larmes ou de sueur, appelant plus absent, plus insensible encore, quand il atteignit le bord d'un trottoir.

Soudain, impossible d'aller plus loin, sans arracher, d'abord, son regard braqué devant et le porter, violemment, à la verticale absolue. Au moment où il cherchait au plus haut ce point d'infini, il désira si fort que quelque chose tombe qu'il chancela. Au bord du trottoir, il eut le temps de se souvenir en un éclair — comme s'imaginent les enfants pencher au bord d'un précipice quand ils surplombent le caniveau —, se souvint qu'il était au bord d'un trottoir, ne put résister au vertige fondant sur lui, du haut du ciel, entre les arêtes, les angles aigus des buildings fléchés vers lui, tomba.

Le choc de sa chute résonna en ondes ultracourtes sous son front, il crut dormir un bref instant, sans perdre de vue le ciment grossier du trottoir tout près de son œil, ses cratères, ses bosselages. Il roula sur le côté, meurtri d'exquise fatigue, tandis que passaient près de sa tête des pieds et des jambes. Plus tard, assis par terre, il se traîna contre le mur le plus proche, s'adossa, fermant les yeux, les rouvrant, ravi que parût sans passé la rue, et sa foule, dans un instantané qui lui appartenait. Il commença à se reconnaître, toucha sa poitrine sous la chemise, sa peau, lut à voix haute le panneau d'indication, cinquième avenue, quarante-cinquième rue, entendit sa propre voix, et soudain la trépidation indifférente de la rue, son vacarme assourdissant. Il lui sembla qu'il venait d'arriver.

— Pour la première fois, je me suis trouvé couché par terre, dans une rue, dans une ville. Et, dit-il à Otar, penché non loin sur le quai, à l'ombre d'un mur, il faudrait pourtant que chacun apprenne à quitter l'apparence, à épouser l'état d'exil. Que chacun, un jour, ait l'ambition de se trouver une fois couché sur le sol au milieu des hommes en marche, avec le calme effrayant d'un amour qu'on vient de perdre, dans un intervalle où s'oublie toute autre expérience. Sortir puissamment de soi, se regarder, et, à cette vue, retrouver ce que, quelquefois dans l'enfance, on pressent de la mort, à quelques pas d'un être aimé, trop grand pour vous. Voilà, dit Aden, comment je te regardais, quelquefois, trop grand pour moi, et la tête du père tomba sur sa poitrine.

Cette part de lui-même, à l'ombre du mur, était le père, sa voix portait encore des jugements, donnait encore des ordres.

— Ainsi, disait Otar, tu as marché dans New York comme tu travailles. Avec la même intensité, le même acharnement que tu mets au travail, négligeant nourriture et sommeil, et le reste du monde. Cette aptitude dont certains t'enviaient l'efficacité, au temps des concours, ou en des circonstances récentes, quand il s'agissait d'être le meilleur, d'arriver le premier, cette aptitude à la performance qui est ton avantage, invite à croire aux vertus du dressage. Mais en réalité, ce n'est qu'une infirmité. Un reliquat d'enfance, l'incapacité, comme chez les fous et les enfants, à faire plus d'une chose à la fois, à poursuivre plus d'un but à la fois. Tu ne peux regarder un visage et te mouvoir en même temps, entendre la rumeur de la rue, le bruit de l'enfant dans son bain, écouter de surcroît la femme que tu aimes, elle te parle depuis l'autre bout de la pièce et tu n'entends pas. Tu es couché, elle te parle. Finalement, elle s'empare de toi, t'oblige à te mettre debout. Tu es debout, elle ne dit rien, elle pleure. Tu rentres de voyage et tu as oublié les objets que tu as choisis. Tu perds le sentiment de l'unité dans le déplacement, chaque pensée concurrente menace l'autre de déflagration, et contre ce danger, tu t'es absenté. Kerin a débusqué ton aptitude à l'absence, à t'*abîmer,* dit-elle. Elle en a fait la raison de ne plus t'aimer ; elle et l'enfant se sont mis à l'abri de ta destruction. Tu marches comme tu travailles et comme tu vis, au hasard, avec l'exactitude et la précision d'un enfant qui se sauve en ne faisant qu'une chose à la fois, aussi rien ne peut plus t'atteindre, acquitté de l'hostilité des choses concurrentes, de leur injonction à entendre les voix et les pensées de la réalité.

— Pourtant, dit Aden, je n'ai pas marché pour être le meilleur, pour être le premier, ni pour m'absenter des choses qui me blessent, en feignant l'apparence du travail. C'était un vrai travail que la marche dans New York, fatigant, j'ai vu par où je suis passé, à chaque instant, j'ai travaillé à un brouillon pour penser. En marchant, je travaille à un programme de recherche personnel, sans donnée d'avance, une hypothèse de travail à venir. Je préfère tomber comme un homme égaré plutôt qu'obéir à ce que tu nommes les injonctions de la réalité. Plutôt qu'exécuter les consignes des machines de guerre infiltrées dans les programmes de la Compagnie, je préfère écrire dans la ville un programme d'analphabète, une lettre illisible en écriture d'enfant ou de fou, conforme, et exacte, qui témoigne sincèrement de l'état où je suis rendu, couché sur le trottoir.

— À qui, dit le père, veux-tu adresser une lettre de toi qui témoigne sincèrement de ta figure ? Qui la lira et t'aidera, car tout perdre au fur et à mesure est devenu ton dessein.

— Je suis seul, dit Aden, au point de ne plus savoir quelle langue me parler, comment m'entretenir. Au point de me devenir étranger comme on le devient seulement à soi-même, au point d'écrire en marchant une lettre lisible pour personne. Iana aujourd'hui délivrait une langue dans les décombres, je n'ai pas trouvé la traduction.

— Je lis ta lettre, dit le père, et je connais la langue. Étranger, qui peut l'être plus que moi, quand tu me regardes à quelques pas, trop grand pour toi, dans la chambre, enfant, quand tu penses à ma mort. Immigré dans la langue et prisonnier avec toi du texte que Iana a tissé sur nous par amour, désespoir. Ce soir n'est pas New York. Ce soir, tu marches dans une direction. Tu n'es pas seul, peuplé de solitude. Debout, dit le père, en avant !

Aden se lève. Demain, pense-t-il, je serai loin avec moi-même. Otar se mit à marcher près de lui.

Le quai s'éloigne, le bord de l'eau, il entre dans la réalité des rues. Cette nuit-là, Aden parcourut quelque vingt kilomètres, distance considérable pour le corps humain, pourtant à la mesure de sa résistance, quand l'homme marche régulièrement plusieurs heures, ajoutant son pas à l'autre ; et, chemin faisant, assemble par segments le tracé de sa ligne itinéraire, d'une écriture à pas comptés traversant la banlieue, vers un point qui se localise mal, vers le sud. Car chaque voisinage de rue dérobe l'événement suivant qui fut tantôt le parvis d'une gare, tantôt une bretelle d'échangeur en courbe, nœud de circulations serré en lacis, terrain vague, usine électrique abandonnée à la ruine, ombre monumentale, une gravière bosselée de collines artificielles que les néons sculptent en jardin. Aucun récit ne préside à son parcours, ne donne l'enchaînement et les ruptures, ellipses de sommeil debout, pas à pas raccordées dans le morne accolement du paysage, fractionné sans raison. Il vit des enfilades, des îlots, localités sans un centre, une frontière visibles, architectures pauvres, grappes d'arbres jetées au bas de talus contre des résidences barricadées, des avenues larges comme des fleuves dans la coulée de lumière froide, fusant vers des points d'hypothèses, aires rapiécées de jardins. Il était dans la mosaïque des quartiers du sud-est, Vitry, Choisy, franchissait des communes sans douanes, assemblage de poches, d'enclaves hasardeuses. Une gigantesque cité comme un cimetière futuriste, déjà périmé, champ monumental de pierres tombales sous le ciel étoilé, ni posées, ni fondées, sans dieux pour nommer ceux qui vécurent là, ayant effacé ce qui, autrefois, donnait le sens du site, un puits, une source, terre arable ou jachère, carrière et sablière, hameaux, espaces de transit et d'arrivée, bâtis d'hommes et de bêtes, chemins de plaine, halage des bords de fleuve, contour de labourage : la ville a tout effacé sous le chantier minéral, sans ordre ni raison, du dédale moderne. Il fit ce chemin-là, se perdit, corrigea la direction d'instinct, comme le piéton ancien qui se guide aux étoiles. Dans la nuit froide, il ne sentait plus son corps acharné à marcher, sa face pétrifiée par le vent. Une fois, il émergea, d'une vue cavalière, sur l'immense plaine des voies, ses sillons élargis en palme métallique sous le hérissement des pylônes, des caténaires, barbare tissage forestier des lignes électriques, dentelle rude des câbles, des passerelles, la gare de triage. Il passa un pont, enjamba les ateliers des trains, alignés dans l'ombre, brutales carcasses de rouille et de bâches cirées luisant sous les néons.

Il parcourait la distance qui le séparait de lui-même, car après tant d'années de capitulation, le déplacement avait enfin un sens. Il voulait, cette nuit, par un acte solennel, revenir une dernière fois à la maison de Iana, par un chemin qu'il n'avait jamais fait, une nuit d'automne et sans carte, marchant à la vitesse d'homme, pas à pas, pour connaître ce qui l'en séparait. Pour avoir le courage de vivre ensuite sa propre existence, et non pour se punir, ou par piété de la femme morte, pour son fantôme de mari aimé de tant de mots cruels. Non pour les rejoindre, mais se séparer d'eux. Dans la paix de la nuit voir venir, au travers de cette ville absurde, une réconciliation possible. Une ville au loin ressemble au futur, à un souvenir de peur enfantine arrêtée dans le cri, aussi instable et confuse qu'un rêve de catastrophe. Tant de voyages inutiles et de pièges urbains que complotent les banques, les entreprises, tant de vains déplacements, tentatives d'évasion avortées, échouées. Ah, certes, l'aptitude au travail, à l'abîme appliqué du travail en langage codé, qui légitime l'esquive, bon élève, bon étudiant, bon programmeur ; et l'amour massacré par distraction, par inaptitude à faire plus d'une chose à la fois, même un petit garçon veut venir à ton secours. Plus d'un être à la fois ne peut occuper mes pensées, et peur des hommes, des pouvoirs, de ne rien comprendre aux menées du monde, aux livres, aux mots d'amour, peur de recevoir, mon Dieu, pas digne d'espérer, d'exiger, affichant l'orgueil solitaire, affectant l'absence pour que rien ne traverse, et jamais, jamais, la paix intérieure, l'accord avec soi. Tu connais la date de ta naissance, Aden, et la ville jamais vue dont tu portes le nom a dessiné en toi le voyage jusqu'à elle, sous les paupières. Tu portes des paysages de nulle part dont la perfection t'aveugle, noyé dans le nuage, son ombre du lendemain. Tandis que tu marches, et tandis que tu penses au corps de Iana morte, vraiment endormie cette fois, et tout à fait silencieuse, tout à fait bouche close sur son dernier mot, tout en faisant un pas plus grand pour arriver, le pas s'allonge sans réduire l'écart. L'écart ne se réduit pas à chaque pas, il se réduit dans la pensée de la marche du retour vers la maison, l'écart diminue, non par le pas à pas, mais par la vitesse de la pensée qui marche dans une nuit urbaine sans événement ni épisode, un récit urbain sans page ni chapitre, ni paragraphe écrit, qui est à l'image de ta vie. La vitesse immobile de tes voyages, la vanité de tes évasions, le refus de la mémoire que tu as mise en pièces, posément morcelée pour n'avoir rien à lire, ni de l'origine ni de la préhistoire, plutôt orphelin que leur enfant, plutôt Aden sans père et mère qu'héritier de ce siècle qui enfante des enfants comme toi, à la porte des camps, au bord des charniers, boue glacée des villages de tentes, chaos des villes bombardées que le nuage n'en finit pas d'engloutir. Ta mauvaise, mauvaise mémoire quand tu redoubles d'effort intellectuel pour apprendre sans savoir comme un étranger dans les livres dont tu penses qu'ils ne te sont pas destinés, pas écrits pour toi, pour inventer, comme un étranger à ce monde, des programmes dont tu ignores l'usage. En avant, allonge le pas, dans la vitesse plus grande de ta pensée pour rejoindre ta peur, l'accompagner et marcher avec elle côte à côte. Non à côté d'un fantôme de père, non à côté de Otar qui juge et ordonne encore, mais à côté de toi, le frère jumeau de Aden en banlieue, de Aden qui marche pas à pas avec sa propre volonté, toute neuve, sa propre aptitude de marcheur solitaire, sans carte ni papiers d'identité, avec une vraie pensée politique et historique.

La nuit passait, sans qu'il sût où il avait franchi la frontière ni l'instant. Il marchait toujours, mais seulement pour achever le déplacement sans qu'il devienne un regret, ou le remords d'avoir trahi, d'avoir tué le compagnon de route, ou d'avoir vraiment désespéré de l'enfant et haï son enfance, ou d'avoir condamné au tribunal des autres l'autre en lui, non conforme, ou d'avoir lui-même tué Iana, l'avoir sacrifiée à la haine de l'histoire, avoir voulu sa lente, lente chute sur le bord du trottoir où cogne son front de pierre, la montagne brisée de son front plein de fureur, sans que cela empêche l'amour. Il marchait encore, mais il était passé de l'autre côté, à l'envers de son paysage, derrière la brume scintillante et floconneuse du nuage qui colmate l'horizon. Il était rendu près de Iana, dans la plus grande détresse et le plus grand amour. S'il faisait jour, il n'y verrait pas plus clair que maintenant, dans la netteté de la nuit, la tête traversée par le plein jour d'un tracé de balle tirée au milieu du front, unique. Sa belle ligne droite trouée dans le cerveau bleu de la banlieue, à partir d'un point de tir arrière, très ancien, une visée d'amour très vieille.

Dans le couloir, il vit une fente de lumière sous la porte d'en face. Ce rai de lumière dans l'obscurité lui donna un grand frisson, il s'aperçut qu'il tremblait de froid. Il céda sans réfléchir, cogna doucement. Derrière la porte, il entendit bouger.

– C'est moi, Aden, souffla-t-il contre la fente.

Li Song a ouvert. Elle a enfilé son pull noir sur son pyjama.

Il se tient sur le seuil, désarmé, ébloui par la lumière de la pièce, pourtant une seule lampe de bureau est allumée. Il ne peut s'empêcher de claquer des dents.

— Entrez, dit-elle.

— J'ai vu de la lumière, s'excuse-t-il. Je vous ai réveillée ?

— Non. Je travaille.

Elle a refermé la porte, reste appuyée au chambranle. Elle attend, le regarde au fond des yeux.

— D'où venez-vous ?

— Iana est morte, dit Aden.

Dans le silence, cela n'a pas fait plus de bruit qu'un chuchotement. Li a posé un doigt sur ses lèvres et fermé les yeux. Puis elle dit :

— Vous êtes gelé. Je vais faire du café. Vous avez faim ?

— J'ai faim, dit Aden.

Une faim dévorante, impérieuse. Un besoin de chaleur et de présence humaine. Des pensées dont on a peur quand elles vous submergent à ce point, font de vous des mendiants.

Sur la table est posée une assiette de porcelaine blanche. Il y a un poisson dedans. Le poisson mort a l'œil voilé d'une taie bleue, sa gueule bée.

— Mon père l'a pêché aujourd'hui. Il le jettera demain. C'est immangeable.

Aden regarde le poisson et le chagrin l'étouffe. Il voudrait poser son front quelque part, que quelqu'un marche à son côté. La chair froide du poisson déchire son cœur de tristesse.

— C'est une triste journée, dit Li.

— J'ai marché, dit Aden avec effort. J'avais besoin de marcher.

Au lieu de rentrer chez Iana, il a frappé ici, par lâche abandon, ce besoin pressant d'une chaleur, d'une voix. Li Song a ouvert. Ce n'est pas elle qu'il désire, ni sa maison, mais celle d'à côté ; pas cette lumière, la lampe d'à côté.

Ici, ce n'est pas une cuisine, comme en face, mais une salle de séjour avec une télévision, un divan sous la fenêtre, des plantes vertes et des meubles scandinaves. Il y a ce poisson mort dans une assiette sur la table.

– Il est tard, dit Aden. Vous ne dormez pas ?

— Je prépare un examen pour enseigner le français langue étrangère, c'est dans quinze jours. Vous mangerez une omelette ?

— Une omelette, n'importe quoi.

— Ne chuchotez pas, dit-elle. Il n'y a personne que nous. Mon père est veilleur de nuit, vous avez oublié ?

— Non, dit Aden.

Le Guern a installé une cuisine dans l'alcôve, un minuscule coin bricolé qui laisse la place d'un cabinet de toilette, au fond. Li tire la porte, elle allume une barre de néon au-dessus de la cuisinière. Elle prépare l'omelette, rapidement. Aden réchauffe ses mains contre le radiateur, troublé par l'accueil fraternel de la jeune fille qu'il a si mal reçue l'autre soir. À l'omelette, elle joint du jambon, du fromage, de la confiture. Elle emporte le plateau dans le séjour avec une bouteille de vin rouge. Aden mange. Assise en face de lui, elle continue de se taire, elle le regarde dévorer son dîner improvisé en quelques minutes. À la fin, il mange plus lentement, honteux de cette grande faim et de sa brutalité. Ils boivent du vin, la chaleur revient. Il se sent au bord des larmes, de fatigue, et de bien-être, tout son corps est rompu, prêt à l'abandon. Quelle débâcle, soudain.

— J'ai l'impression, dit-il, et ses mains tremblent à nouveau.

— C'est pas la peine, coupe-t-elle, ça va passer.

Le café noir est brûlant. Elle a ramené ses pieds nus sur le barreau de la chaise, elle a mis ses coudes sur ses genoux et posé son visage dans ses mains. Le triangle vif du visage se découpe net dans la lumière de la lampe.

Celle-là va survivre, pense Aden. Elle est taillée pour s'en sortir, et les petits enfants dont elle s'occupe s'en sortiront aussi.

— Elle est morte à cinq heures. Cet après-midi, elle ne m'a pas reconnu, elle parlait en langue étrangère.

— Ça ne fait rien, dit Li. C'est pareil. Quand j'étais petite, ma mère parlait une langue, dans les derniers temps, que personne ne savait. Même pas mon père qui avait appris son dialecte du Tonkin. Quand je pense à elle, c'est à ce moment que je la comprends le mieux.

— Que comprenez-vous ?

— Je lui ressemble, forcément, les gens voient bien que j'ai une tête pas d'ici, ils ne se doutent pas que c'est la seule chose qui me reste d'elle, mes yeux, ma peau. Rien de sa vie ne m'est parvenu. Iana m'a dit une fois qu'on peut parler avec les morts qu'on a connus. Mais je ne la connais pas, je n'ai rien à lui dire. Elle m'a juste mise au monde, quel trop lourd fardeau, c'est tout ce qu'elle me dit. Il faut bien que je me porte, moi, à présent. C'est ce que je comprends.

Au bout de la table, l'assiette avec le poisson semblent irréels, comme dessinés dans l'ombre avec un pinceau clair, pur éclat de la porcelaine, et celui des écailles. Une nature morte, tellement dépouillée.

— Il est tard, dit Aden. Excusez-moi, je vais vous laisser dormir.

— Ne vous excusez pas toujours, dit-elle en souriant. Et vous, qu'allez-vous faire ?

— Dormir chez ma mère.

— J'ai rempli le poêle, dit Li. Je me suis permis. J'ai pensé que vous alliez revenir.

Elle décroche une clef de son trousseau, celle de Iana.

— Je vous la rends. Maintenant. Il y a longtemps que je l'ai.

— Gardez-la, dit Aden. Et soudain, cela tardait à venir :

— Est-ce qu'elle vous parlait de moi ?

— Jamais. Ne vous inquiétez pas.

Cette question, il aurait voulu ne pas la poser, ni la suivante :

— Vous vous souvenez d'elle ?

Li Song ferme les yeux, réfléchit.

— Pas encore. Vous non plus.

Il l'aide à remporter le plateau, les assiettes. Elle hésite, l'interroge du regard, puis elle se décide :

— Venez voir quelque chose, dit-elle.

Elle a poussé la porte de la chambre. La pièce est dans l'obscurité, mais au fond, il y a une lueur rouge, et comme une guirlande de Noël. Des fleurs en papier sur un meuble haut, des photographies en grand nombre, on dirait un reposoir.

— C'est leur chambre, explique-t-elle très vite. L'autel de ma mère.

Un autel de pacotilles, de fétiches et de gris-gris, autour des images d'une jeune fille indochinoise au grand sourire ravi dans la lumière des veilleuses.

— Nuit et jour, ça reste allumé.

Elle se tourne vers lui, lève les yeux, très grave et solennelle :

— Il ne faut jamais faire ça aux morts. Ce n'est pas de l'amour, s'écrie-t-elle soudain.

Aden tend la main, elle y pose sa joue, brièvement. Sur le pas de la porte, le courant d'air froid les sépare. Il dit : merci pour tout, bonne nuit, Li Song.

— Bonne nuit.

Dernière étape, dans les murs, pense Aden.

La journée s'achève, une longue, longue journée commencée une autre nuit lointaine. Cette fois, orphelin vraiment, la mort décide. Il fait tiède, air stagnant, paisible dans les murs. Iana en a fini de ce long voyage immobile, elle s'est tue. Sa face de demi-lune s'éclipse dans la nuit. Rien ici ne pleure son départ. Il ne tenait qu'à elle que chacun de ces meubles, de ces objets, ustensiles, ait un usage, une raison, et nul archéologue ne viendra interroger leur sens, monnayer leur valeur, en faire une histoire. À l'étal des brocantes, on trouve de ces assiettes, de ce linge, une vieille Singer. Aden allume toutes les lampes, donne le plus de lumière possible à ce théâtre désaffecté. De toutes ses forces, de toute son intelligence, il refuse l'accès à la tristesse des choses désertées par la mort. Iana, sois tranquille, je ne pillerai pas le site, je ne démantèlerai pas les pièces, inapte à l'étiquetage des archives. Rien à garder pour quel autel, quel culte tardif. Un dé à coudre, un mouchoir. Ne jamais faire ça, dit Li Song, et il est d'accord.

Il arpente les deux pièces d'un bout à l'autre, prend la mesure des lieux à l'arpentage de son pas d'homme qui double celui de l'enfant, au bord d'un épuisement physique très doux et lancinant. Tous les pas de la nuit conduisaient ici, au terminal étroit des quatre murs, au voyage sur place commencé autrefois. Encore un aller-retour, de la table de la cuisine au canapé de la chambre. Entre ces deux pôles, la distance à parcourir semble infiniment grande, quelques pas encore, un dernier déplacement en va-et-vient pour faire sa place, se poser comme l'intérieur d'une paume recueille la fatigue d'un visage. Aller-retour encore et fin du balancier. Il s'arrête.

Il tombe assis sur le canapé. Point de vue imprenable. Désolant paysage dont il emplit ses yeux à satiété, et que reste-t-il à voir, voir, qui soit mémorable ? Avant l'aube, avant que pâlisse tout à fait le souvenir de ce lieu, qu'il ne se décompose et tombe en poussière. Le véritable effacement a déjà commencé. En marchant, il a commencé à effacer ce qu'il cherchait à atteindre. Plus il approchait, plus se corrompait l'image. Tandis qu'il marche, le vent froid achève de glacer et craqueler les murs, d'effriter la pellicule des choses, et ronge jusqu'au cœur la matière déjà friable qu'un dernier souffle dispersera en cendre. Cet endroit n'existe déjà plus. Nul endroit du monde n'est hors du regard. Il n'existe qu'en mémoire ; et non en elle exactement, mais dans un miroir de nous-mêmes que nous lui tendons. Il demeure pour avoir recueilli l'impact d'une émotion nouvelle, d'un premier apprentissage, une attente ou un cri. Aucun endroit n'est un lieu propre, il résulte d'une rencontre avec soi, d'une révélation fugitive à soi qui se poursuit définitivement en nous, grandit en profondeur, plus vaste que nous et vieillit avec nous. Une image de cette rencontre, son rêve. Il n'y a pas de pays natal, mais des naissances à soi. Ces deux pièces d'appartement de banlieue sont tout son pays natal et son voyage, l'immense déplacement de Aden vers Aden et sa fuite éperdue pour s'adopter un peu. Ici tout se résume, les frontières, les événements, trajets et échelles, en ressemblance exacte, à l'état miniature, avec ceux du monde qu'il n'en finit pas de reconnaître, absolument conformes. Non à chaque objet, chaque pièce de meuble, mais à l'agencement singulier qui présida, par hasard, à l'apparition du monde en lui. Dans l'immobile déplacement qu'il prescrit : celui d'un regard. Une percée de lumière transversale, un méridien en ligne de fuite porté au travers de ce paysage domestique, de la table de la cuisine, au canapé de la chambre. Ni la table ni le canapé ne font signe. Seulement le déplacement de l'un à l'autre, qui donne la direction. L'aller-retour d'un regard dans l'enfilade des portes, d'une fenêtre peut valoir pour matrice de tous les voyages ultérieurs, ils n'auront pas d'autre figure. Cet aller-retour suspendu à sa répétition, inachevé, recommencé entre deux bords du monde, comme une ligne d'écriture tirée de marge à marge, dicte une certaine sorte d'horizon, une ligne litige à la pliure de soi, entre deux points d'espace. Une façon d'être un corps séparé, à chaque extrémité se voyant revenir, s'éloigner, dans la perpétuation du même mouvement vers soi, divisé. Cet aller-retour engendre les images intérieures qui le hantent, celle du paysage de cendre où il fait si froid, celle de l'homme assis de dos, qui écrit sous la lampe, des images dressées sous l'écran des paupières en attente de révélation dans l'enfilade des portes. Le reste compte peu, Iana, voilà mon seul héritage. Le décor, les objets meublent l'espace, l'habillent d'apparence, leur inventaire ne révélera rien que d'anecdotique et ta mort les dépare.

Seule à résister, pourtant, la photographie, accrochée au chevet, de si longue date qu'elle semble inscrite dans le mur. Pour la première fois, Aden s'en approche, il tend la main, s'en empare. Le cadre laisse dans le papier peint un rectangle clair et comme neuf, intact. Privée de lumière depuis si longtemps qu'en profondeur la pierre garde le souvenir de cette fenêtre aveugle.

Sur la photographie, ils sont tous les trois rassemblés, Iana et son mari Otar, et leur enfant Aden. Le père a déjà là-dessus les traits émaciés, déjà le front affaissé sur les yeux las et sa maigreur des derniers temps. Il porte le costume accroché dans la penderie, une chemise, sans cravate. Il se tient droit debout, le cou renflé par l'effort qui redresse sa taille. Iana est assise, droite elle aussi, une jeune femme en robe sombre avec sa couronne de cheveux rebelles et le front haut. Leurs deux silhouettes unies se découpent sur des rideaux drapés, de lourdes tentures galonnées. Ils posent leurs pieds sur un tapis chamarré qu'ils n'ont jamais eu chez eux. L'enfant se trouve pris entre eux deux, comme incrusté dans le rempart du couple, coincé entre la hanche de son père et l'épaule de sa mère, tellement enveloppé par ces corps qu'il semble impossible de l'en extraire. Il a cinq ou six ans, ses pieds disparaissent dans les plis de la robe. Le père a posé sa main droite sur son épaule, de l'autre il entoure étroitement l'épaule de sa femme. Elle enlace d'un bras la taille de l'enfant, ce qui déjette un peu son buste à l'intérieur du groupe et projette vers l'avant l'autre bras qui serre, posée sur ses genoux, une mallette d'osier. Ils regardent tous les trois le même point de l'espace, traqués par l'objectif du photographe qui tire le portrait de la famille. Une famille soudée par la photographie, corps unique tellement resserré dans son étreinte qu'il y a trop d'air autour, trop de vide dans les draperies, on les dirait réfugiés dans ce lieu central, monolithe tombé au milieu du décor. Ils ont si peu de temps été cette famille-là. Pourtant, jaunie, piquée de taches brunes, la photographie maintient la fiction familiale, impose dans son grand silence d'image la preuve dérisoire et têtue qu'un instant au moins, celui du déclenchement, ils ont bien été ensemble, ce corps à trois têtes dans son enlacement éperdu de naufragés, cramponnés par le bras de la mère à cette dernière épave d'une mallette de voyage. Un de ces objets qui condensent à eux seuls les espoirs, la ferveur d'une vie.

Il regarde encore Iana, son visage de jeune femme au front bombé, sans sourire, ces traits qui ne délivrent aucune vérité, dont émane seulement une énigme. Mais quel regard dardé, violent, que ni la disgrâce du vêtement, ni l'affliction et la bonté du père ne désarment. Un regard de défi et de courage qui déchire le cœur de Aden, noue sa gorge de chagrin. Il allait reposer cet objet, quand il avise, derrière le cadre, le bricolage maladroit de papier collant qui s'est émietté, sa boursouflure curieuse. Il a tôt fait de dégager l'emplâtre de papier sec, le carton. Une petite clef est collée entre deux, toute plate. Une clef minuscule, rouillée. Une clef de valise. Il retourne le cadre. La valise d'osier que Iana réclamait est sur ses genoux posée, maintenue du bras, aussi jalousement fermé que celui dont elle enveloppe la taille de l'enfant. Ainsi se distribue différemment le groupe : Iana tient à pleins bras également l'enfant et la mallette, Otar debout embrasse cette étreinte. Cette mallette a tant d'importance qu'ils l'ont emportée chez le photographe de quartier où ils vont solennellement poser, pour qu'elle figure sur le portrait de famille, au même titre d'identité que leurs visages et leurs bras enlacés. Leur valise de famille, fermée à clef, aussi close que leurs visages, dont la clef est cachetée au dos du cadre, murée quarante ans. Opération magique pour conjurer le sort et sceller le voyage. De ces valises misérables qui accompagnent tous les récits d'immigration du monde, où se recensent, quand on quitte la terre et la langue natales à tout jamais, les trésors, les reliques de l'héritage. Dans le cerveau bleu de Iana, dans sa mémoire meurtrie, que heurte sèchement le doigt de l'interne, est rangée, intacte, une petite valise d'osier.

Alors Aden se met à chercher. Le chantier de fouilles est si réduit, circonscrit entre ces murs, qu'il ne peut que savoir rapidement s'il reste ici, dans le menu fatras des rangements et des rebuts, cette petite valise, tenue depuis quarante ans sur les genoux de Iana, affichée sous ses yeux au chevet de son lit, si clairement exposée, un signe si limpide, confondant d'évidence, qu'il a franchi les yeux sans être vu. Il l'a trouvée très vite, même pas dissimulée, tout simplement rangée avec soin sous d'autres cartons dans le grand placard de l'alcôve. Elle n'est pas très lourde. C'est elle, cette mallette d'osier tressé, aux coins de cuir clouté. L'osier se fendille, tombe en poudre, le cuir de la poignée se racornit, brûlé, la serrure est rouillée. La clef peine, résiste. Il l'emporte dans la cuisine, cherche dans un tiroir un outil. Un couteau. Il racle la rouille, mais très vite la serrure cède d'elle-même. Ouvrir cette valise fait battre son cœur à grands coups, une émotion plus grande qu'une rencontre d'amour. Une langue traduite, un secret révélé. Le couvercle grince, délivre le contenu. Peu de choses. Un châle de laine qui fut rouge, frangé de points de croix décolorés, et troué par les mites, sert d'écrin au petit butin familial : trois cuillères d'argent noirci, gravées d'initiales, indéchiffrables ; quelques médailles enfilées sur une épingle à nourrice, un collier de perles d'ivoire, une broche d'émail, une montre ; un portefeuille de maroquin contenant des pièces administratives en lambeaux, écrites dans une langue inconnue, avec tampons et signatures ; une seule photographie, tirage d'amateur, qui vire à l'ocre. C'est sans doute Otar, ce jeune homme en costume de ville, devant un mur anonyme éclaboussé de soleil, il brandit un fanion. Il n'a pas vingt ans. Il rit, la main sur la hanche avec cet aplomb de toutes les jeunesses. Aden extrait une à une les reliques, étreint par leur humble mystère. Il soulève le châle. Il trouve le cahier noir, déposé tout au fond. Un cahier noir ligné de bleu, pages jaunies, couvert d'une écriture dense, doublement illisible parce qu'elle est en langue étrangère. Avec des accents, des barres de ponctuation qui font de ces signes un texte hérissé, arabesque et nerveux, à hampes courtes, jambages longs, écrasé sur la ligne, étiré de marge en bord de page, entrecoupé de dates, comme un journal de bord, une chronique, texte illisible et cependant tissé, trame et chaîne d'une pensée, d'une voix. Il feuillette, quelques pages. La traduction viendra, le déchiffrement, il y a des interprètes pour toutes les langues et quel que soit le sens du texte, du visage, ces particules vivantes feront un paysage humain. Quelques pages plus loin, le texte s'arrête brusquement. Blanc d'un désert ensuite, fourmillement de sable, une brume de plage blanche sous la lampe, ce n'est pas une cendre, ce paysage d'absence, ce silence. Aden enveloppe sa tête de ses bras comme quand vous atteint la déflagration des bombes, quelque part une maison explose lentement dans l'espace, répand en grand nuage sa poussière incendiée. Il éteint les lumières, la nuit domine. Des pas s'arrêtent derrière une porte. C'est une voix d'enfant, Aden, c'est ton fils. Cet enfant, il le prend dans ses bras, il caresse sa tête. Pourquoi es-tu venu, si petit ? Comment traverses-tu la guerre jusqu'à moi ? Et toi, Otar, déjà assis à l'autre bout, tu tends ta main noire sur la table. Iana enfile une aiguille, mouille à sa salive la pointe du fil, entre deux doigts tient l'aiguille dressée dans la lumière ; si elle se retourne, elle voit l'enfant, pose sa main sur son front pour y sentir la fièvre. Elle qui n'écrit pas, ennemie des mots écrits, gardera le cahier. Elle qui n'a que deux mille mots utiles pour tuer l'adversité conserve le journal. En mémoire de cet homme qui déserte sa vie, et par piété l'enferme, sous clef, sous cadre. Comment défaire le visage des parents, comment aimer ces visages en demi-lune morte, cachant l'autre face des choses ? Les aimer sans mémoire. Ils sont des montagnes soulevées, écroulées, par manque de savoir, délaissement, des montagnes usées de haine et creusées de tombeaux, ils sont des villes dévastées, bâties sur les décombres, en banlieue d'eux-mêmes, déshérités. Une ville au loin ressemble au futur, voisine du nuage, aussi instable et confuse qu'un rêve de catastrophe, aussi hostile et désolée. Il existe une langue pour la dire, et se dire à soi-même, dans l'écriture, dans l'effroi de se tromper à chaque mot, dans l'irrésolution et la crainte d'écrire. Il y a maintenant quelqu'un avec moi dans cette pièce, je sens son souffle sur ma nuque.

Je vois encore ceci : sous la lampe, au bout de la table, Aden est assis, et il tourne le dos. Il écrit. Au centre d'un halo de lumière stable qu'encercle la nuit, un homme écrit sur un cahier et c'est le noir autour. Dans un endroit du monde très précis, cet homme est seul, on n'entend rien, on ne voit rien autour. Le coude droit s'écarte par saccades, glisse au bord de la table et revient, rappelé d'un seul mouvement contre le buste, puis s'écarte à nouveau, aller-retour suspendu au recommencement de la ligne, achevé dans sa répétition, vers une fin promise, sans cesse différée, vers quelque chose qui viendra. Il écrit et il tourne le dos.

Nul ne peut approcher davantage.

IMPRIMERIE B.C.A. À SAINT-AMAND (CHER)
DÉPÔT LÉGAL : FÉVRIER 1994. N° 21538 (94/049)

Collection Points

SÉRIE ROMAN

DERNIERS TITRES PARUS

R430. Les Comptoirs du Sud, *par Philippe Doumenc*
R431. Le Jeu des décapitations, *par Jose Lezama Lima*
R432. Tableaux d'une ex, *par Jean-Luc Benoziglio*
R433. Les Effrois de la glace et des ténèbres *par Christoph Ransmayr*
R434. Paris-Athènes, *par Vassilis Alexakis*
R435. La Porte de Brandebourg, *par Anita Brookner*
R436. Le Jardin à la dérive, *par Ida Fink*
R437. Malina, *par Ingeborg Bachmann*
R438. Moi, laminaire, *par Aimé Césaire*
R439. Histoire d'un idiot racontée par lui-même *par Félix de Azúa*
R440. La Résurrection des morts, *par Scott Spencer*
R441. La Caverne, *par Eugène Zamiatine*
R442. Le Manticore, *par Robertson Davies*
R443. Perdre, *par Pierre Mertens*
R444. La Rébellion, *par Joseph Roth*
R445. D'amour P. Q., *par Jacques Godbout*
R446. Un oiseau brûlé vif, *par Agustin Gomez-Arcos*
R447. Le Blues de Buddy Bolden, *par Michael Ondaatje*
R448. Étrange séduction (Un bonheur de rencontre) *par Ian McEwan*
R449. La Diable, *par Fay Weldon*
R450. L'Envie, *par Iouri Olecha*
R451. La Maison du Mesnil, *par Maurice Genevoix*
R452. La Joyeuse Bande d'Atzavara *par Manuel Vázquez Montalbán*
R453. Le Photographe et ses Modèles, *par John Hawkes*
R454. Rendez-vous sur la terre, *par Bertrand Visage*
R455. Les Aventures singulières du soldat Ivan Tchonkine *par Vladimir Voïnovitch*
R456. Départements et Territoires d'outre-mort *par Henri Gougaud*
R457. Vendredi des douleurs, *par Miguel Angel Asturias*
R458. L'Avortement, *par Richard Brautigan*

R459. Histoire du ciel, *par Jean Cayrol*
R460. Une prière pour Owen, *par John Irving*
R461. L'Orgie, la Neige, *par Patrick Grainville*
R462. Le Tueur et son ombre, *par Herbert Lieberman*
R463. Les Grosses Rêveuses, *par Paul Fournel*
R464. Un week-end dans le Michigan, *par Richard Ford*
R465. Les Marches du palais, *par David Shahar*
R466. Les hommes cruels ne courent pas les rues *par Katherine Pancol*
R467. La Vie exagérée de Martín Romaña *par Alfredo Bryce-Echenique*
R468. Les Étoiles du Sud, *par Julien Green*
R469. Aventures, *par Italo Calvino*
R470. Jour de silence à Tanger, *par Tahar Ben Jelloun*
R471. Sous le soleil jaguar, *par Italo Calvino*
R472. Les cyprès meurent en Italie, *par Michel del Castillo*
R473. Kilomètre zéro, *par Thomas Sanchez*
R474. Singulières Jeunes Filles, *par Henry James*
R475. Franny et Zooey, *par J. D. Salinger*
R476. Vaulascar, *par Michel Braudeau*
R477. La Vérité sur l'affaire Savolta, *par Eduardo Mendoza*
R478. Les Visiteurs du crépuscule, *par Eric Ambler*
R479. L'Ancienne Comédie, *par Jean-Claude Guillebaud*
R480. La Chasse au lézard, *par William Boyd*
R481. Les Yaquils, *suivi de* Ile déserte, *par Emmanuel Roblès*
R482. Proses éparses, *par Robert Musil*
R483. Le Loum, *par René-Victor Pilhes*
R484. La Fascination de l'étang, *par Virginia Woolf*
R485. Journaux de jeunesse, *par Rainer Maria Rilke*
R486. Tirano Banderas, *par Ramón del Valle-Inclán*
R487. Une trop bruyante solitude, *par Bohumil Hrabal*
R488. En attendant les barbares, *par J. M. Coetzee*
R489. Les Hauts-Quartiers, *par Paul Gadenne*
R490. Je lègue mon âme au diable *par Germán Castro Caycedo*
R491. Le Monde des merveilles, *par Robertson Davies*
R492. Louve basse, *par Denis Roche*
R493. La Couleur du destin *par Carlo Fruttero et Franco Lucentini*
R494. Poupée blonde *par Patrick Modiano, dessins de Pierre Le-Tan*

R495. La Mort de Lohengrin, *par Heinrich Böll*
R496. L'Aïeul, *par Aris Fakinos*
R497. Le Héros des femmes, *par Adolfo Bioy Casares*
R498. 1492. Les Aventures de Juan Cabezón de Castille *par Homero Aridjis*
R499. L'Angoisse du tigre, *par Jean-Marc Roberts*
R500. Les Yeux baissés, *par Tahar Ben Jelloun*
R501. L'Innocent, *par Ian McEwan*
R502. Les Passagers du Roissy-Express *par François Maspero*
R503. Adieu à Berlin, *par Christopher Isherwood*
R504. Remèdes désespérés, *par Thomas Hardy*
R505. Le Larron qui ne croyait pas au ciel *par Miguel Angel Asturias*
R506. Madame de Mauves, *par Henry James*
R507. L'Année de la mort de Ricardo Reis *par José Saramago*
R508. Abattoir 5, *par Kurt Vonnegut*
R509. Comme je l'entends, *par John Cowper Powys*
R510. Madrapour, *par Robert Merle*
R511. Ménage à quatre, *par Manuel Vázquez Montalbán*
R512. Tremblement de cœur, *par Denise Bombardier*
R513. Monnè, Outrages et Défis, *par Ahmadou Kourouma*
R514. L'Ultime Alliance, *par Pierre Billon*
R515. Le Café des fous, *par Felipe Alfau*
R516. Morphine, *par Mikhaïl Boulgakov*
R517. Le Fou du tzar, *par Jaan Kross*
R518. Wolf et Doris, *par Martin Walser*
R519. La Course au mouton sauvage, *par Haruki Murakami*
R520. Adios Schéhérazade, *par Donald Westlake*
R521. Les Feux du Bengale, *par Amitav Ghosh*
R522. La Spéculation immobilière, *par Italo Calvino*
R523. L'homme qui parlait d'Octavia de Cadix *par Alfredo Bryce-Echenique*
R524. V., *par Thomas Pynchon*
R525. Les Anges rebelles, *par Robertson Davies*
R526. Nouveaux Contes de Bustos Domecq *par Jorge Luis Borges et Adolfo Bioy Casares*
R527. Josepha, *par Christopher Frank*
R528. L'Amour sorcier, *par Louise Erdrich*
R529. L'Europe mordue par un chien, *par Christophe Donner*

R530. Les hommes qui ont aimé Evelyn Cotton
par Frank Ronan
R531. Agadir, *par Mohammed Khaïr-Eddine*
R532. Brigitta, *par Adalbert Stifter*
R533. Lune de miel et d'or, *par David Shahar*
R534. Histoires de vertige, *par Julien Green*
R535. Voyage en France, *par Henry James*
R536. La Femme de chambre du Titanic, *par Didier Decoin*
R537. Le Grand Partir, *par Henri Gougaud*
R538. La Boîte noire, *par Jean-Luc Benoziglio*
R539. Le Prochain sur la liste, *par Dan Greenburg*
R540. Topkapi, *par Eric Ambler*
R541. Hôtel du lac, *par Anita Brookner*
R542. L'Aimé, *par Axel Gauvin*
R543. Vends maison, où je ne veux plus vivre
par Bohumil Hrabal
R544. Enquête sous la neige, *par Michael Malone*
R545. Sérénissime, *par Frédéric Vitoux*
R546. Fleurs de ruine, *par Patrick Modiano*
R547. Les Girls du City-Boum-Boum, *par Vassilis Alexakis*
R548. Les Rives du fleuve Bleu, *par Emmanuel Roblès*
R549. Le Complexe polonais, *par Tadeusz Konwicki*
R550. La Patte du scarabée, *par John Hawkes*
R551. Sale Histoire, *par Eric Ambler*
R552. Le Silence des pierres, *par Michel del Castillo*
R553. Une rencontre en Westphalie, *par Günter Grass*
R554. Ludo & Compagnie, *par Patrick Lapeyre*
R555. Les Calendes grecques, *par Dan Franck*
R556. Chaque homme dans sa nuit, *par Julien Green*
R557. Nous sommes au regret de..., *par Dino Buzzati*
R558. La Bête dans la jungle, *par Henry James*
R559. Nouvelles démesurées, *par Adolfo Bioy Casares*
R560. Sylvie et Bruno, *par Lewis Carroll*
R561. L'Homme de Kiev, *par Bernard Malamud*
R562. Le Brochet, *par Eric Ambler*
R563. Mon valet et moi, *par Hervé Guibert*
R564. Les Européens, *par Henry James*
R565. Le Royaume enchanté de l'amour, *par Max Brod*
R566. Le Fou noir *suivi de* Le poing fermé, *par Arrigo Boito*
R567. La Fin d'une époque, *par Evelyn Waugh*
R568. Franza, *par Ingeborg Bachmann*

R569. Les Noces dans la maison, *par Bohumil Hrabal*
R570. Journal, *par Jean-René Huguenin*
R571. Une saison ardente, *par Richard Ford*
R572. Le Dernier Été des Indiens, *par Robert Lalonde*
R573. Beatus Ille, *par Antonio Muñoz Molina*
R574. Les Révoltés de la « Bounty »
par Charles Nordhoff et James Norman Hall
R575. L'Expédition, *par Henri Gougaud*
R576. La Loi du capitaine, *par Mike Nicol*
R577. La Séparation, *par Dan Franck*
R578. Voyage autour de mon crâne, *par Frigyes Karinthy*
R579. Monsieur Pinocchio, *par Jean-Marc Roberts*
R580 Les Feux, *par Raymond Carver*
R581. Mémoires d'un vieux crocodile, *par Tennessee Williams*
R582. Patty Diphusa, la Vénus des lavabos
par Pedro Almodóvar
R583. Le Voyage de Hölderlin en France
par Jacques-Pierre Amette
R584. Les Noms, *par Don DeLillo*
R585. Le Châle, *par Cynthia Ozick*
R586. Contes d'amour de folie et de mort, *par Horacio Quiroga*
R587. Liberté pour les ours !, *par John Irving*
R588. Mr. Stone, *par V. S. Naipaul*
R589. Loin de la troupe, *par Heinrich Böll*
R590. Dieu et nous seuls pouvons, *par Michel Folco*
R591. La Route de San Giovanni, *par Italo Calvino*
R592. En la forêt de longue attente, *par Hella S. Haasse*
R593. Lewis Percy, *par Anita Brookner*
R594. L'Affaire D., *par Charles Dickens*
Carlo Fruttero et Franco Lucentini
R595. La Pianiste, *par Elfriede Jelinek*
R596. Un air de famille, *par Michael Ondaatje*
R597. L'Ile enchantée, *par Eduardo Mendoza*
R598. Vineland, *par Thomas Pynchon*
R599. Jolie, la fille !, *par André Dubus*
R600. Le Troisième Mensonge, *par Agota Kristof*
R601. American Psycho, *par Bret Easton Ellis*
R602. Le Déménagement, *par Jean Cayrol*
R603. Arrêt de jeu, *par Dan Kavanagh*
R604. Brazzaville Plage, *par William Boyd*
R605. La Belle Affaire, *par T. C. Boyle*

R606. La Rivière du sixième jour, *par Norman Maclean*
R607. Le Tarbouche, *par Robert Solé*
R608. Leurs mains sont bleues, *par Paul Bowles*
R609. Une femme en soi, *par Michel del Castillo*
R610. Le Parapluie jaune, *par Elsa Lewin*
R611. L'Amateur, *par André Balland*
R612. Le Suspect, *par L. R. Wright*
R613. Le Tueur des abattoirs, *par Manuel Vázquez Montalbán*
R614. Mémoires du Capitán Alonso de Contreras
par Alonso de Contreras
R615. Colère, *par Patrick Grainville*
R616. Le Livre de John, *par Michel Braudeau*
R617. Faux Pas, *par Michel Rio*
R618. Quelqu'unbis est mort, *par Jean-Luc Benoziglio*
R619. La Vie quelque part, *par Anita Brookner*
R620. Iblis ou la Défroque du serpent
par Armande Gobry-Valle
R621. Fin de mission, *par Heinrich Böll*
R622. Les Mains vides, *par Maurice Genevoix*
R623. Un amour de chat, *par Frédéric Vitoux*
R624. Johnny s'en va-t-en guerre, *par Dalton Trumbo*
R625. La Remontée des cendres, *par Tahar Ben Jelloun*
R626. L'Enfant chargé de songes, *par Anne Hébert*
R627. L'Homme sans postérité, *par Adalbert Stifter*
R628. La Terre et le Sang, *par Mouloud Feraoun*
R629. Le Cimetière des fous, *par Dan Franck*
R630. Cytomégalovirus, *par Hervé Guibert*
R631. La Maison Pouchkine, *par Andreï Bitov*
R632. La Mémoire brûlée, *par Jean-Noël Pancrazi*
R633. Le taxi mène l'enquête, *par Sam Reaves*
R634. Les Sept Fous, *par Roberto Arlt*
R635. La Colline rouge, *par France Huser*
R636. Les Athlètes dans leur tête, *par Paul Fournel*
R637. San Camilo 1936, *par Camilo José Cela*
R638. Galíndez, *par Manuel Vázquez Montalbán*
R639. China Lake, *par Anthony Hyde*
R640. Tlacuilo, *par Michel Rio*
R641. L'Élève, *par Henry James*
R642. Aden, *par Anne-Marie Garat*
R643. L'Ange aveugle, *par Tahar Ben Jelloun*
R644. Dis-moi qui tuer, *par V. S. Naipaul*